www.kakanien.eu

Der Autor
Erich Ledersberger, 1951 in Wien geboren.
Lebt in Innsbruck und Wien.

Veröffentlichungen
Kakanien 2000 – 2006, Band 1, BoD, 2023
Der aufgelöste Mann, Stück für einen Mann, BoD, 2020
Fünf. Sieben. Fünf. 34 Haikus, BoD, 2019
Als mein Ich verschwand, Kurzgeschichten, BoD, 2018
Ich bin so viele, Kurzgeschichten, BoD, 2014
Filzbuch 01, Satiren, entertainyoumedia, 2008
Schnitzel mit Beilage, Satiren, BoD, 2001
Wiener Brut, Satiren, rororo, 1986
Alles im Lot, Gedichte und Kurzgeschichten FF&LM, 1984
Ende der Salzstreuung, Gedichte, Eigenverlag, 1982

Erich Ledersberger

Heute gibt's Tomatensuppe
Diagnose: Leukämie

Bibliografische Information der Deutschen Nationalbibliothek:
Die Deutsche Nationalbibliothek verzeichnet diese Publikation in der
Deutschen Nationalbibliografie; detaillierte bibliografische Daten
sind im Internet über http://dnb.dnb.de abrufbar.

© 2024 Erich Ledersberger
Umschlaggestaltung und Layout: Klaudia Fuchs
Verlag: BoD · Books on Demand GmbH, In de Tarpen 42,
22848 Norderstedt
Druck: Libri Plureos GmbH, Friedensallee 273, 22763 Hamburg
ISBN: 978-3-7597-7004-2

Dass alles vergeht
ist vielleicht nicht das Schlimmste.
Aber warum ich?

Leukozyten und Co

„Ich habe für morgen einen Termin ausgemacht. Zehn Uhr in der Hämatologie bei Doktor M."

„Morgen geht es bei mir nicht. Ich muss zu einer Besprechung."

„Die musst du absagen." Iris duldet keinen Widerspruch.

Manche Telefongespräche lassen nichts Gutes ahnen. Iris ist meine neue Hausärztin. Wir kennen uns seit einem Gesuch an die Innsbrucker Stadtverwaltung. Die lokalen Politiker hatten sich etwas ganz Neues einfallen lassen, nämlich die direkte Beteiligung des Volkes am politischen Leben. Digital und jederzeit könne man Anliegen der Verwaltung nahebringen, die dann sogleich zur Tat schreiten würde.

Iris hatte das getan und auf eine Engstelle an einem Gehweg hingewiesen, die weder Rollstuhlfahrer noch Menschen mit Kinderwagen oder Rollatoren bewältigen können. Ich fand die interessante Plattform ‚Bürgerbeteiligung' eher zufällig. Offensichtlich wollten die Politiker nicht so genau darauf hinweisen, vermutlich, um nicht zu viel Bürgerbeteiligung zu riskieren. Ich schrieb also einen Beitrag, in dem ich ebenfalls darauf aufmerksam machte, dass die Höttinger Gasse ein Problem darstelle. Der ‚Fußgängerbeauftragte' der Stadt antwortete, dass man bestrebt sei, das ‚subjektive Angstgefühl' zu beseitigen.

Die Beschreibung ‚subjektiv' löste bei einigen Besuchern der Plattform heftige Reaktionen aus, sie bestanden darauf, dass die Angst in der Höttinger Gasse objektiv nachvollziehbar sei. Daraufhin schwieg der Fußgängerbeauftragte so lange, bis er in Pension gehen konnte, es war eine glücklicherweise sehr kurze Frist.

In der Zwischenzeit gab es Wahlen und Innsbruck hatte den ersten grünen Bürgermeister Österreichs. Nun würde alles anders werden, die Beteiligung der Bewohnerinnen und Bewohner würde aktiv unterstützt und gefördert werden. Zwei neue Rad- und Fußgängerbeauftragte erblickten das Licht der Politik und tatsächlich: Bald darauf fügte der oder die neue Beauftragte ein Hakerl unter die Diskussion im digitalen Netz. Das bedeutete, dass die Sache seitens der Stadtverwaltung erledigt sei.

„Wenn du einen Termin beim Bürgermeister bekommst, bin ich gerne bereit, dich zu begleiten und die Situation zu beschreiben", schrieb Iris, die das Hakerl für einen Hinweis auf weitere Gespräche hielt. Ich bekam selbstverständlich keinen Termin, schon gar nicht beim Bürgermeister, aber Iris und ich trafen uns in einem Café und verstanden uns wunderbar. Iris ist eine für mich – ich nähere mich dem siebzigsten Geburtstag – junge Frau mit drei Kindern, ausgebildete Anästhesistin und Allgemeinmedizinerin, die sich auch sonst den Dingen des Lebens mit Engagement widmet – kurz: Sie ist ein Mensch, dessen Kenntnisse und Fähigkeiten ich bewundere und der mich unweigerlich zur ab und zu aufsteigenden Frage führt, warum ich zu derartigen Leistungen Zeit meines Lebens nicht fähig gewesen bin.

Wie auch immer, wir erreichten in der Sache Höttinger Gasse nichts, aber ich hatte eine neue Hausärztin. Sie nahm mir im Herbst 2019 zum ersten Mal Blut ab.

Mein früherer Hausarzt war mir bei einer Vorsorgeuntersuchung abhandengekommen. An sich verstand ich mich mit G. bestens. Er war nicht nur Schulmediziner, sondern hatte auch in China eine Ausbildung in Traditioneller Chinesischer Medizin gemacht. Das beeindruckte mich nicht aus medizinischen Gründen, sondern weil ich in meiner Jugend gerne die weite Welt bereist hätte, es aber nur bis Bonn und Berlin geschafft habe. Außerdem war er Mitglied einer Tiroler Band gewesen, die es mittlerweile zwar nicht mehr gab, aber er spielte immer noch sehr schöne Lieder. Er war ein Mensch, dem ich vertraute. Ihm gegenüber erwähnte ich bei einer Untersuchung Probleme mit kleinen, roten Flecken auf der Haut und andere Kleinigkeiten wie Müdigkeit und diverse Entzündungen.

Er diagnostizierte das als Alterserscheinung, ebenso das Thema eventuell vorhandener Hämorrhoiden. Auch die schienen ihm eine Frage des Alters zu sein. Ich nahm das erfreut – wenn man vom Hinweis auf das Alter absieht – zur Kenntnis. Wenn der Fachmann meint, alles ist in Ordnung: Warum sollte ich widersprechen?

Im Frühjahr kam ihm allerdings meine Leukozytenzahl verdächtig vor, worauf er mir im Mai nochmals Blut abnahm und mir versicherte mich anzurufen, sollte etwas nicht passen.

Glücklicherweise, dachte ich damals, rief er nicht an.

Meine sehr ordnungsliebende ALF (AllerLiebsteFrau) bestand aber darauf, dass ich den neuen Befund wenigstens in Händen halten sollte. Sie zeichnet sich fortwährend dadurch aus, dass Probleme möglichst rasch geklärt werden, damit man sie ‚abhaken kann‘, wie sie das nennt – allerdings nicht im Sinne der Radfahrbeauftragten, sondern tatsächlich.

Ich meinerseits bin ein Anhänger der Verschiebethese, ich nenne sie vornehm Transaktionsthese. Viele Probleme lösen sich, indem man sie auf die Seite legt und abwartet. Ich bin mit dieser Arbeitsweise bisher recht gut gefahren, weil viele Probleme nach einiger Zeit sich auflösen wie Zucker im Kaffee.

In Teilbereichen meines Lebens mache ich ihr allerdings erhobenen Kopfes Konkurrenz. Was die Anzahl der Aktenordner und Hängemappen anlangt, macht mir so schnell niemand etwas vor. Eine dieser Hängemappen trägt die Bezeichnung, ‚demnächst erledigen‘. Sie wird im Laufe des Jahres immer dicker, aber am 31. Dezember, wenn ich einen Schlussstrich unter die vergangenen zwölf Monate ziehe und schaue, was ich tatsächlich ‚demnächst erledigen‘ muss, haben sich etwa 90 Prozent bereits von selbst erübrigt. So ist es gut.

Der Verlag, dem ich einen Text zum Thema ‚Alleinerzieher – was jetzt?‘ schicken wollte, ist in Konkurs gegangen.

Die Satire über einen größenwahnsinnigen Obmann eines Schrebergartenvereins mit dem Namen ‚Neurosental‘ hat sich nach der Wahl von Donald Trump erledigt.

Und mein Science-Fiction-Stück ‚Wie ein Virus die Welt verändert‘ ist aus bekannten Gründen auch kein Thema mehr.

Wenn es allerdings um meine Gesundheit geht, kennt Klaudia keine Gnade. Meine Verschiebethese findet sie schlicht idiotisch. Ich forderte also den neuen Befund, der vor zwei Monaten in der Ordination angekommen sein musste, bei meinem Arzt und Alternativmediziner an. Leider war er gerade auf Urlaub und meine Nachricht auf seiner Box, dass mich die Anzahl meiner Leukozyten irgendwie doch interessierte und er mich zurückrufen sollte, wurde nicht beantwortet, auch als sein Urlaub längst beendet war.

Irgendwann erreichte ich die Ordinationshilfe und meine ALF durfte den Befund abholen. Es war allerdings jener Befund, den ich schon hatte – und nicht der neue. Ich rief also wieder an und bat um den neuen Befund, man möge ihn an meine Mailadresse schicken, ich sei gerade in Wien.

Das ginge leider nicht, weil es gegen die Datenschutzverordnung sei, man werde den Befund per Post schicken. Tatsächlich kam er am übernächsten Tag an. Da war er, der alte, bereits bekannte Befund. Die Geschichte erinnerte irgendwie an Franz Kafka und ich weiß nicht mehr so genau, wann es meinem Ex-Hausarzt gelang, den neuen Befund zu finden. Er kam per Post, meine Leukozyten, die ich inzwischen als gute Bekannte empfand, hatten sich weiter vermehrt.

Beim nächsten Anruf wollte ich von meinem Arzt wissen, was das bedeutet. Er hätte meine Befunde gerade nicht vor sich, er werde mich am nächsten Tag aus der Ordination anrufen. Fünf Wochen später hatte ich zwar noch keinen Rückruf erhalten, war aber selbst und andernorts aktiv geworden. Glücklicherweise kenne ich einige Ärzte. Einer von ihnen, mein Freund Pauci, mit dem meine verstorbene Frau Betina studiert hatte und dem wir die Befunde geschickt hatten, riet mir, sofort eine weitere Blutuntersuchung zu machen.

Ein paar Tage später fuhr ich nach Innsbruck und ließ mir von Iris Blut abnehmen. Die zögerte nicht.

Einfach gehen?

Spitäler ab einer gewissen Größenordnung erinnern an eine kleine Stadt. Es gibt eine Bank, ein Lebensmittelgeschäft, ein Espresso, eine Trafik, eine in Tirol natürlich christliche Kapelle. Jedes Haus hat einen Concièrge, der hier noch Portier genannt wird. Man nähert sich einem mit Glasscheibe gesicherten Kabäuschen und wartet, bis sich ein unbekannter Mensch von der anderen Seite nähert und nach dem Begehr fragt. Man erfährt, wohin man gehen, welchen Aufzug man nehmen und wo man sich anmelden soll. ‚Leitstellen' heißen jene Orte, an denen man sich registriert und darauf wartet, aufgerufen zu werden.

An der Innsbrucker Klinik arbeiten etwa 7.000 Menschen, was im Vergleich zu den 110.000 Menschen des größten Spitals der Welt ein Klacks ist. Die Vorstellung, sich auf einem Gelände mit 20.000 Ärzten und jährlich sieben Millionen Patienten aufzuhalten, erscheint mir monströs. Mit unüberschaubaren Größen hatte ich immer schon Probleme.

Ich sollte mich konzentrieren.

Meine ALF hatte Dr. Google befragt, welche Ursache erhöhte Leukozyten haben können und war auf merkwürdige Hinweise gestoßen. Ehrlich gesagt, hatte ich das auch getan, aber so geheim wie möglich. So waren wir beide, ohne dass es der oder die andere das wissen sollte, auf eine Krankheit mit unangenehmen Namen gestoßen: Leukämie.

Die Wahrscheinlichkeit dafür ist gering, suggeriert mir meine innere Abwehr. Andererseits bin ich ein optimistischer Realist, also nahe an einem Pessimisten und fand selbst die geringe Wahrscheinlichkeit als unangenehm.

Die Nacht vor dem Spitalsbesuch war keine gute. Erinnerungen kamen hervor wie zarte Keime, deren Bedeutung man noch nicht kennt. Wurden sie zu Früchten? Waren sie Unkraut?

In den letzten zwei Jahren gab es eine Aneinanderreihung von kleinen bis größeren Entzündungen. Unerklärlich. Unbegründet. Mein Körper, bis dahin nahezu unempfindlich gegenüber Keimen, zog sie an wie der klebrige Leimstreifen in Bauernhäusern die Fliegen.

Schmerzen in den Beinen.

Eine schlaflose Nacht mit einem heißen Vollbad.

Ein Blutsturz nach dem Zahnarztbesuch.

Ich bemerkte die blutbefleckte Hose, die an meinen Beinen klebte, erst daheim.

Im Sommer eine Lungenentzündung.

Zahlreiche Besuche bei Zahnärzten wegen Kieferentzündungen. Kleine, rote Flecken an den Armen. Schweißfeuchte Nächte in kalten Wintertagen.

Nun wurde dieses Etwas konkret, stieg aus der Dunkelheit, verdichtete sich in dem Satz: Du hast ein Ende. Jedes Leben wächst mit diesem Todesurteil auf. Meistens verdrängen wir es. Plötzlich ist es da.

Wir warten in der Ambulanz. Und mir fallen Werbesprüche ein: Du schaffst alles. Lebe deinen Traum. Alles ist möglich. Wir schaffen das. Ich schaffe das.

Wir leben in einer Welt, in der alles geht und die ewiges Leben verspricht, zumindest aber ein jugendliches Aussehen und Beweglichkeit bis ins hohe Alter. Der betagte Mensch hat heute aktiv zu sein, mit Enkelkindern oder Hunden oder Hobbys. Wenn etwas weh tut, gibt es Salben und Tabletten dagegen und schwupps, schon sind die Alten wieder jung.

Auch beim Sex ist nicht tote, sondern volle Hose angesagt. Naja, das klingt nach Inkontinenz, ich meine ausschließlich den genitalen Bereich. Angeblich ist die Hälfte aller 60 bis 70Jährigen sexuell aktiv. Habe ich in einer Zeitung gelesen. Wie oft und wie lange stand in dem Artikel nicht, aber irgendwie habe ich das Gefühl, der Leistungsdruck nimmt mit zunehmendem Alter nicht ab, sondern zu.

Trotz aller Ablenkungen und Verdrängungen: Die Existenz des Todes lässt sich nicht leugnen. Irgendwann ist Schluss mit Sex und anderen Problemen.

Wir werden sterben. Aber wie? Angehängt an Schläuche, unfähig, ein Wort zu sagen? Langsam dahinsiechend, um Luft ringend, bis endlich ein paar Organe gleichzeitig ihren Geist – und uns – aufgeben?

Oder einfach gehen?

*

Gerhard war mein erster Vorarlberger gewesen. Es war die Zeit, als man mit dem Zug nach Großbritannien fuhr, weil der Flug zu teuer war. Auf diese Weise hatte ich einst London erreicht, Bregenz war nicht so anziehend. Ich arbeitete bei einem Meinungsforschungsinstitut, das der sozialdemokratischen Partei nahestand. Es gab auch ein zweites, das wiederum für die konservative Volkspartei forschte. Die Leiter beider Institute waren tatsächlich Experten ihres Berufsfeldes, sie verstanden sich blendend, dienten bloß unterschiedlichen Ideologien. Im Österreich der 1970er Jahre war das Land gewissenhaft aufgeteilt in Rot und Schwarz. Es gab zwei Meinungsforschungsinstitute, zwei Autofahrervereinigungen, ja sogar zwei Schriftstellervereinigungen, die jeweils der einen oder der anderen Reichshälfte zugeordnet werden konnten.

Auch Gerhard arbeitete hier, der kleine Mann mit der großen Glatze. Er war etwa zehn Jahre älter als ich und ich bewunderte seine Bildung auf musikalischem und politischem Gebiet. Eigentlich war Gerhard Journalist, aber er hatte keine Aussicht auf eine Anstellung. Das war kein Wunder, er war ein kritischer und linker Geist, was im öffentlichen Leben Österreichs auf Arbeitslosigkeit hinauslief. Die Medienlandschaft ähnelte in ihrer Vielfalt eher dem kommunistischen Rumänien als einer westlichen Demokratie.

Gerhard träumte von einer demokratisch-linken Zeitung, die er, gemeinsam mit anderen, demnächst gründen würde. Od'r? Er beendete viele Sätze mit diesem Wort. Anfangs glaubte ich, er erwartete eine Antwort, bis mir klar wurde, dass es sich beim Wort ,od'r' um so etwas Ähnliches wie ,net', ,nich wah' oder ,vastehst, Oida' handelte. Ein Anhängsel ohne Bedeutung. Gerhard jedenfalls wurde mir zu einer Art Freund, auch als wir das Meinungsforschungsinstitut längst verlassen hatten, blieben wir verbunden.

Gerhard arbeitete mittlerweile als Erzieher im Voralpengebiet, ich unterrichtete widerspenstige Schülerinnen und Schüler. Jeder war auf seine Weise unglücklich, mir ging es bloß ökonomisch besser. Alle paar Monate tauchte Gerhard bei mir auf. Er hatte ein paar Tage Urlaub genommen und wanderte von Freund zu Freund. Bei jedem blieb er ein paar Tage, ausgestattet mit einer großen Tasche, in der sich Zeitungen und Bücher befanden und einem kleinen Koffer, in dem er seine Kleidungsstücke mitführte.

Anfangs freute ich mich. Gerhard war lustig und klug, erzählte von den neuesten Theater-Aufführungen, berichtete über die politische Lage entfernter Nationen. Mit der Zeit ermüdete er. Kaum aufgestanden, erzählte er mir schon beim Frühstück, wie die Welt anders sein könnte. Am Nachmittag, wenn ich vom Unterricht nach Hause kam, überfiel Gerhard mich mit weiteren Neuigkeiten. Am Abend fiel ich erschöpft in einen tiefen Schlaf. Nach wenigen Tagen, die mich allmählich mehr erschöpften als die Vormittage mit meinen Schülern, wechselte er den Gastgeber und verschwand für einige Zeit wieder aus meinem Leben.

Irgendwann bemerkte ich, dass er nicht mehr auftauchte. An seinem Arbeitsort, einem Lehrlingsheim am Semmering, wusste man nur von seiner Kündigung. Telefonnummer gab es keine. Über Umwege erfuhr ich von seiner Adresse. Er lebte nun offenbar in Bregenz. Ich schrieb ihm einen vorwurfsvollen Brief. Nach einigen Wochen kam der zurück. Absender verstorben, stand auf dem Umschlag.

Das hielt ich für einen Irrtum.

Auch mein Schriftstellerkollege Günther, ich hatte ihn durch Gerhard kennengelernt, bemühte sich, die Wahrheit herauszufinden. Er folgte Gerhards Spuren, fuhr von Salzburg nach Bregenz, nach Berlin, quer durch Deutschland.

„Er hat sich umgebracht", erzählte ihm endlich ein Polizeibeamter in Hamburg. „Er hat den Kopf auf die Schienen gelegt. Sehr ordentlich. Die Rettungsmänner haben gesagt, die meisten Selbstmörder lägen ja stückchenweise verstreut und unkenntlich in der Gegend rum. Er aber war nahezu unversehrt, wenn man vom Kopf absah. Im Gebüsch fand man eine Aktentasche mit Zeitungen und Büchern und seinem Ausweis. Sonst nichts. Nein, auch keinen Abschiedsbrief."

Was übrigens ganz normal ist. Die meisten Selbstmörder hinterlassen keinen Abschiedsbrief. Wozu auch? Sie haben von der Welt genug, was sollen sie ihr mitteilen? Niemand hatte sie je verstanden, warum sollte sich das nun ändern? Und was hätten sie davon?

Als Günther mir mitteilte, dass Gerhard tatsächlich tot war, betrank ich mich so heftig, dass ich bald alles wieder in einen Kübel erbrach. Der säuerliche Geruch erfüllte die Wohnung und half nicht weiter.

*

Während all das durch meinen Kopf geistert, halten Klaudia und ich uns an den Händen, die kälter werden und kälter. Bis vor kurzem wussten wir nicht einmal, was Hämatologie ist, nun sitzen wir in einer Ambulanz mit diesem Namen.

Wikipedia hatte uns mitgeteilt, dass es sich um die ‚Lehre von der Physiologie, Pathophysiologie und den Krankheiten des Blutes sowie der blutbildenden Organe‘ handelt. ‚Sie umfasst bösartige Erkrankungen des Blutes, Bildungsstörungen des Knochenmarks, Blutveränderungen durch immunologische Prozesse, Störungen der Blutstillung und Übergerinnbarkeit des Blutes. Die wichtigsten Blutkrankheiten sind die akute und chronische Leukämie (Blutkrebs), bösartige Veränderungen der Lymphknoten (umgangssprachlich ‚Lymphknotenkrebs‘), Anämie (Blutarmut) und die Hämophilie (Bluterkrankheit).‘

So genau wollte ich es gar nicht wissen. Nun sitzen wir hier, einen Tag nach dem Anruf von Iris, meiner Ärztin. Die Räume sind in einem Gebäude untergebracht, das vermutlich aus den 1960er Jahren stammt. Die Damen – noch ist kein Mann in Sichtweite – sind sehr freundlich, das soll vermutlich aufkommende Panik zurückhalten.

Mich beunruhigt diese Freundlichkeit, sie ist hierzulande nicht sehr verbreitet. Ist das bereits der Übergang in die vollständige Ruhe des Grabes? Noch ist keine Zeit, den Gedanken auszuweiten, die bürokratischen Formalitäten beschäftigen uns.

E-Card vorweisen, Daten eingeben, dann ein Lächeln und der Satz: ‚Setzen Sie sich bitte und warten Sie, bis Sie aufgerufen werden‘.

Er wird mir im Laufe der Monate sehr vertraut werden.

Dem ersten Aufruf folgt eine Blutabnahme, dann warten wir wieder. Klaudias Hände frieren weiterhin, ich beobachte die anderen Patienten. Noch habe ich keinen Befund, noch bin ich gesund, noch kann ich mich wie ein

Besucher fühlen. Die Kranken sehen unterschiedlich aus. Manche sind abgemagert und bleich, manche werden im Rollstuhl hereingebracht, manche sehen gesund aus. Sind das überhaupt Patienten? Oder handelt es sich um Begleitpersonen? Ich spüre, wie bei Klaudia Panik hochkommt, je länger das dauert. Wir tätscheln beruhigend unsere Hände.

Mein Blut wird untersucht, einfaches Blutbild, differenziertes Blutbild, ich kenne den Unterschied nicht. Noch nicht. Gegen Mittag werden wir aufgerufen, Doktor M. wird uns über das Ergebnis unterrichten.

In einem kleinen Zimmer mit Computer, Bett und einigen Zusatzgeräten erklärt er uns meine mögliche Erkrankung. Er spricht langsam und deutlich. Ich verstehe Subjekt, Prädikat und Objekt. Und den Inhalt. Der ist nicht so schön wie die Grammatik.

„Ihre Blutbefunde sind in Teilen nicht in Ordnung. Wir müssen uns das noch genauer ansehen, aber einiges deutet auf eine Erkrankung des Blutes hin.“

Klaudias Hände sind Eiswürfel geworden. Ich wärme sie, während etwas in mir hinunterrieselt. Mein Gewicht sammelt sich in den Füßen. Nichts deutete auf eine schwere Erkrankung hin. Warum hatte es Iris so eilig gehabt, mich an diesen Ort zu bringen?

„Ihre Leukozyten sind erhöht. 80.000, normal sind etwa 10.000. Außerdem gibt es noch andere Hinweise. Wir brauchen eine Entnahme des Knochenmarks, um mehr zu wissen.“

„Leukämie?“, zittert Klaudias Stimme. Der Arzt reagiert kaum. Er kennt die Situation.

„Wir müssen noch abwarten."

Dann erklärt er uns, wie kompliziert diese nahezu unwahrscheinliche Krankheit ist. Es gibt eine chronische Form, die mit Tabletten behandelbar ist. Wenn sie nicht in eine akute Form umschlägt. Die wiederum ist sogar heilbar. Zumindest manchmal. Es fallen viele medizinische Begriffe, die uns nicht beruhigen. Als er fertig ist, versuche ich das vorläufige Ergebnis zusammenzufassen, um nicht in Ohnmacht zu fallen.

„Es gibt also eine nahezu gute Leukämie, die lebenslang behandelt werden muss und ungefähr drei ziemlich böse, die geheilt werden können. Manchmal." Das Wort ‚selten' vermeide ich.

Der Arzt nickt. Allerdings kann jede ‚gute' in eine akute Leukämie kippen, ergänzt er. Dann müsse man schnell handeln.

Ich spüre, wie bei Klaudia der Boden unter den Füßen wegklappt, wie bei zu Tode Verurteilten, die danach der Strick am Fallen hindert. Sie aber fällt und fällt. Ich werde tapfer sein. Ich halte ihre Hände, sie hält meine. Ich werde nicht fallen. Wir werden nicht fallen.

„Wie wahrscheinlich ist eine chronische Leukämie?"

„Derzeit sehr wahrscheinlich, aber das ist keine sichere Aussage. Wir müssen die Analyse abwarten. Dazu brauchen wir das Knochenmark."

Er blättert in seinem digitalen Kalender. Der ist dicht besiedelt mit unterschiedlichen Farbmarkierungen, als hätte Mondrian dort seine kleinen Rechtecke gemalt. Doktor M. findet eine freie Stelle.

„Mittwoch, 11 Uhr 30?"

„Ja. Und wie lange dauert es für den Befund?"

„Montag, Dienstag danach."

„Geht es früher?" Meine ALF bleibt trotz ihrer Panik am Ball. Ich bewundere ihre Schnelligkeit und ihr Auffassungsvermögen. Während ich noch ‚Ja' sage oder ‚Nein' oder gar nichts, ist sie gedanklich schon unterwegs, macht Pläne, um etwas zu erledigen oder in eine Handlung einzugreifen.

*

Ich erinnere mich an eine Szene in einer Schulklasse. Wir unterrichteten eine Zeitlang in derselben Schule – was ich übrigens nicht empfehlen kann – und hatten sogar je eine Gruppe der gleichen Klasse. Bei der Projektvorstellung – die Jugendlichen produzierten Radiosendungen – waren beide Gruppen beisammen. Meine Gruppe tat sich durch große Lautstärke und wenig Konzentration hervor, was mir ein bisschen auf die Nerven ging. Während ich noch überlegte, wie ich pädagogisch sinnvoll und möglichst demokratisch für Ordnung sorgen könnte, erhob Klaudia ihre Stimme ein wenig und sagte:

„Ich vertrage Lärm ganz schlecht. Könnt ihr bitte etwas leiser sein?"

Zu meinem Erstaunen sahen ‚meine' Schülerinnen, deren aufgeregtes Lärmen zu meinem Unterricht gehörte wie zu viel Chili in einen Eintopf, zwar verwundert zu Klaudia, schwiegen aber plötzlich. Bevor ich etwas hinzufügen konnte, rief Klaudia die erste Gruppe zur Präsentation auf.

Irgendwie, dachte ich, ist sie die bessere Lehrerin. Sie hatte diese seltsam natürliche Autorität, die ich nicht hatte und auch nicht erklären konnte. Mir war der Witz von der Autorität eingefallen. Was ist der Unterschied zwischen konsequenter Erziehung und nicht konsequenter? In der konsequenten Erziehung ist es heute so und morgen so. In der inkonsequenten heute so und morgen so.

Es kommt nur auf die Melodie des Satzes an.

*

Doktor M. sieht uns fast liebevoll an.

„Ich versuche es. Ich kann nichts versprechen." Er wird mich am nächsten Tag anrufen und den Termin vorverlegen. Jetzt aber erklärt er mir noch den Vorgang der Knochenmarkentnahme.

Er nimmt ein Blatt mit skizzierten Knochen und fährt mit einem Stift Linien entlang. Schritt für Schritt werden wir in die Geheimnisse der Knochenmarkentnahme eingeführt. Ein Loch am Rücken, dann wird eine Nadel Richtung Hüftknochen geschoben, ein Stück rausgeschnitten. Im Prinzip kein Problem, aber es könne immer etwas passieren, es gibt Nebenwirkungen, darüber müsse er aufklären. Und ich muss mein Einverständnis für den Eingriff mit Unterschrift bestätigen.

*

„Daran sind wir Juristen schuld", wird Ruth später sagen. „Seit gegen alles Mögliche und Unmögliche, sogar gegen Noten in der Volksschule, geklagt wird, sichern sich alle ständig ab. Das ist der Tod jeglichen Zusammenlebens."

Ich musste ihr beipflichten. Juristen tummelten sich auch an der Bildungsfront. Im zuständigen Ministerium, dem österreichischen Mysterium, wie Edwin es nennt, war die Juristerei nahezu Voraussetzung für pädagogische Tätigkeiten. Darum gab es im hiesigen Bildungsbereich auch keinen Fortschritt, denn sobald eine entscheidende Veränderung durchgeführt werden sollte, zeigte ein juristischer Sektionschef oder dessen Stellvertreter auf und zitierte Gesetze und Verordnungen, von deren Existenz niemand etwas ahnte, um das zu tun, was die Aufgabe jeder Bürokratie ist: verhindern.

Bis man sich auf einen gesetzlichen Kompromiss geeinigt hatte, vergingen Jahre und Jahrzehnte, sodass niemand mehr wusste, worum es ursprünglich gegangen war. Um den Anschein von Aktivität zu erwecken, erließen Ministerinnen und Minister immer wieder Verordnungen, die keines Gesetzes bedurften. Unzählige dieser verbindlichen Empfehlungen kamen im Wochenrhythmus in den Schulen an, wurden in Ordnern abgelegt und sorgten bei den wenigen, die sie gelesen hatten, für Kopfchaos.

*

Die möglichen gesetzlichen Nebenwirkungen von kreativem Unterricht, der womöglich gegen irgendeine lächerliche Verordnung verstieß, waren mir als Lehrer egal gewesen. Was sollte ich jetzt mit den Nebenwirkungen einer notwendigen medizinischen Untersuchung anfangen?

Entweder lasse ich sie machen.

Oder.

Oder was?

Aufstehen und nach Hause gehen? Glauben, dass alles ein Irrtum ist? Etwa ein nicht verarbeiteter Konflikt, wie jener Arzt behaupten würde, der eine Neue Germanische

Medizin gegründet und Menschen in den Tod getrieben hatte?

Ich nicke und unterschreibe.

„Wie halten Sie das aus, ständig Menschen solche Nachrichten zu übermitteln?", frage ich den Arzt nebenbei.

Er lächelt.

„Weil die Aussichten für eine Heilung in unserem Bereich vorhanden sind. Die Onkologen haben es da schwerer. Selbst wenn auch dort die Überlebensdauer immer länger wird."

Es ist also nicht zu Ende?

Es gibt eine Zeit zu leben?

Zumindest die Möglichkeit?

Wir vergewissern uns nochmals, ob wir richtig gehört haben.

„Ja. Leukämie ist kein Todesurteil. Wir haben gute Therapien. Aber ich kann Ihnen nichts versprechen."

Immerhin, eine gute Nachricht zum Schluss. Wir verabschieden uns und gehen hinaus. Die Wände stehen, die Menschen grüßen, wir halten uns aneinander fest. Wir haben eine Stunde mit dem Arzt gesprochen. Seine Sätze waren klar und verständlich. Nun sind wir auf uns gestellt.

Die Diagnose ist die Krankheit, hat eine Krebspatientin gesagt. Sie ist der lucky punch, der dich ohnmächtig werden lässt, nur ohne Sternchen vor den Augen.

Wir wissen nicht, was wir reden sollen. Schweigen ist manchmal nicht Gold, sondern Trauer. Klaudia fingert an ihrem Taschentuch herum, nur jetzt nicht weinen. Nicht zusammenbrechen wie in schlechten Filmen, in denen Schauspieler Entsetzen mimen, einander um den Hals fallen oder zu weinen beginnen.

Es ist alles ganz anders.

Die große Zufriedenheit

Die nächsten Tage vergehen, ohne dass wir sie wahrnehmen. Wir klammern uns an die angenehmer klingenden Diagnoseteile. Chronische Leukämie etwa klingt recht harmlos. Chronisch krank ist man lange Zeit, vermutlich auch mit Leukämie. Wir setzen unsere Hoffnung auf sie. Rot oder schwarz? Rien ne va plus? Oder geht noch etwas?

Von Untersuchung zu Untersuchung verdüstert sich die Aussicht. Nach einer Woche lautet die endgültige Diagnose AML, Akute Myeloische Leukämie. Im Knochenmark befinden sich Blasten, jene Zellen, die sich nicht zu freundlichen Leukozyten entwickeln, sondern alle Abwehr zunichtemachen. Die Lebenschancen, die Überlebenschancen werden geringer.

Klaudia bekommt Panik, ich kann ihr nicht helfen. Ich starre auf die Hortensien und weiß nicht, ob ich sie wieder blühen sehen werde. Klaudia organisiert einen Termin beim Psychiater. Sie zittert. Weint im Wartezimmer, bei der Assistentin. So kenne ich sie nicht. Nur beim Streit mit ihrer Mutter begann sie manchmal vor Wut zu weinen. Diesmal ist es Trauer. Verzweiflung.

Der Arzt ist ruhig und freundlich. Er erkundigt sich, ob sie diese Attacken kennt. Ja. Wann sie auftreten. Wenn der Tod nahe ist. Später wird eine Therapeutin feststellen, dass sie den Tod ihrer Schwester, die jahrelang an Multipler Sklerose litt, wohl nicht verarbeitet hat. Der Arzt verschreibt ihr Medikamente.

„Wir versuchen es erstmal konventionell, damit Sie diesen Zustand überwinden. Keine Angst, Sie werden davon nicht abhängig."

Er versteht Klaudias Blick ohne nachzufragen.

„Es hat keinen Sinn, in dieser Starre zu verharren. Sie stecken in einer schwierigen Phase fest. Wir müssen sie daraus befreien. Dann sehen wir weiter."

Die Tabletten wirken. Klaudia wird ruhiger, abends schläft sie müde neben mir ein, ein kleines Häufchen Elend. Ich denke beim Einschlafen über mein Leben nach. Was ich gemacht habe. Was mir fehlt. Welche Wünsche ich noch habe.

*

Am Anfang stand die Rettung der Welt. Das bekannte Jesus-Syndrom. Ich bewunderte den Mann, der die Händler und Geldwechsler, also die Spekulanten, aus ihren Geschäftshäusern, den Tempeln, den heutigen Kirchen, vertrieb, die Menschen liebte, gleichgültig, wer sie waren. Nur die Reichen kamen nicht in sein Himmelreich, eher gelangt bekanntlich ein Kamel durchs Nadelöhr.

Und was hatten seine Nachfolger aus seiner Lehre gemacht? Inquisition, Hexenverfolgungen, Raubzüge, Bereicherung, Machtspiele im Namen des Herrn. Die Rettung musste anders ablaufen. Mit ihr begann ich während des Studiums.

Bildung ist die Basis für Bewusstsein und Vernunft, glaubte ich. Hier musste angesetzt werden, in Kindergärten und Schulen sollte eigenständiges Arbeiten und Denken gefördert und gefordert werden. Die Regierenden hatten andere Pläne. Es dauerte Jahrzehnte, bis ich meinen Irrtum akzeptierte. Oder war es Einsicht? Resignation? Noch immer glimmt Wut in mir auf, wenn ich das Bildungssystem meiner Heimat beobachte.

Damals schrieb ich pädagogische Texte, beteiligte mich in einer engagierten Gruppe von Lehrerinnen und Lehrern, bei der ich meine geistige Heimat fand. Wir strotzten vor Optimismus, eine bessere, soziale, friedliche Welt war möglich. Die SPÖ mit Kreisky ließ ein Parteiprogramm erstellen, darunter – heute unvorstellbar – eines zum Thema Bildung.

Vier Mal im Jahr produzierten wir im Eigenverlag ein Taschenbuch für Pädagogik. Alles wird gut. Die Vernunft wird siegen. Wir werden Generationen mündiger Menschen hervorbringen.

Als ‚Junglehrer‘ wurde ich im Konferenzzimmer mit einer anderen Wirklichkeit konfrontiert. Sie glich der Karikatur von Lehrer Lämpel und Co. Ich habe das Bild meiner ersten Konferenz noch vor Augen. Während die Direktorin Verordnungen referierte, strickten die Damen zierliche Pullover für ihre Kinder und Enkel. Die wenigen Herren lasen in Zeitungen und Büchern. Hustenbonbons wurden herumgereicht, Nebengespräche immer lauter, bis die Frau Direktor mit dem Schlüsselbund auf den Tisch klopfte und die Stimmen für Minuten sich senkten. Danach stieg der Pegel allmählich wieder an, so wie die Flut die Ebbe vertreibt und immer mehr Wellen ans Ufer bringt. Bevor sie das Ufer überschwemmen konnten, erklang wieder das Scheppern der Schlüssel. Augenblicklich wurde es still. Das Spiel wiederholte sich, bis die Konferenz zu Ende war.

An eine der vielen Richtlinien erinnere ich mich noch heute, es ging um das richtige Durchstreichen von leeren Seiten im Klassenbuch. Die Landesschulinspektorin, in der Rangordnung eine Stufe über der Schulleiterin stehend und einiges mehr verdienend, hatte sich dieser Problematik angenommen. Keinesfalls durfte eine leere Seite von links oben nach rechts unten durchgestrichen werden, sondern immer von links unten nach rechts oben! Es kann auch umgekehrt gewesen sein.

Ich ging deprimiert nach Hause.

Das also geschah an einem ganz konkreten Ort der Bildung, während wir an der Universität über gerechte Bildungschancen und Sozialismus diskutierten. Es gab damals übrigens eine große Vielfalt an Sozialismen. Da waren die glühenden Maoisten, die sich an ihrer roten Bibel festhielten wie die Katholiken an ihrer, die Karrieristen, die in sozialdemokratischen Zirkeln ihren Weg nach oben vorbereiteten und gewitzte Schnösel, die von klein auf ihre Tage in diversen katholischen Cartellverbänden verbrachten. Dazwischen immer wieder Engagierte, die irgendwann das gleiche Schicksal ansteuerten: Raus aus der Politik.

Mitte 30 verlor ich die Rettung der Welt allmählich aus den Augen. Ich war Vater einer Tochter geworden. Ihre Geburt war wohl der glücklichste Moment meines Lebens. Ich meine Glück im Sinne eines Augenblicks. Glück hält ja nicht lange an, es kann allerdings in Glückseligkeit oder Zufriedenheit enden. Dieses Gefühl ist selten, weil es Geduld erfordert.

Zwei Jahre nach Ninas Geburt war ich Alleinerzieher und weder glücklich noch glückselig. Oder doch? Jedenfalls hatte ich keine Zeit mehr, über die Rettung der Welt nachzudenken. Irgendwie ganz angenehm.

Meine Karriere als Schriftsteller verlief auch nicht so, wie ich dachte. Meinen Freund und Kollegen Günther wunderte das nicht. Er warf mir mangelnde Konsequenz vor.

„So kommst du nie weiter. Bei mir kommt ganz oben die Kunst, dann die Kunst, dann lange nichts und dann kommt meine Familie."

Er hatte in seinem Weltbild recht. Wer Erfolg haben will, darf keine Rücksicht nehmen auf Gefühlsduseleien wie Liebe, Elternschaft oder Freundschaft. Er muss Prioritäten setzen. Ich fand seine Reihenfolge allerdings unmenschlich. Wie konnte Arbeit oder Kunst wichtiger sein als Menschen? Diesem Programm wollte ich nicht folgen. Ich wollte auch nicht jährliche Feste für Journalisten, Mäzene und andere Investoren des Kunstbetriebs veranstalten, wie er es zähneknirschend tat.

Günther lebte in Salzburg und war ein begnadeter Koch. Er bereitete seine Feste tagelang vor, kochte selbst gesammelte Pilze ein, produzierte Pasteten diverser Wildvögel, holte von Bauern Fleisch für Gulasch und andere, immer edle Eintöpfe. Sein Haus verwandelte sich in eine einzige Küche und wenn der Festtag gekommen war, hatte seine Frau Garten und Zimmer geschmückt.

Er lud mich einmal zu dem Gelage ein, ich sollte die Gelegenheit ergreifen und Kontakte knüpfen. Wir mochten einander und das gehöre eben zum Beruf. Er wollte mir helfen.

Bereits am Vormittag trudelten Hinz und Kunz des Salzburger Kulturlebens ein. Schauspieler, Regisseure, Politiker, Unternehmer und ihre aktuellen Anhängsel bevölkerten die Räume und begrüßten einander mit dem damals nicht verbreiteten, daher noch exklusiven Bussi-Bussi.

Ich fühlte mich wie ein Exot, bloß dass ich nicht angestarrt, sondern irgendwie pikiert zur Kenntnis genommen wurde. Eine ehemals attraktive Dramaturgin erbarmte sich meiner und begann ein routiniert oberflächliches Gespräch mit mir. Das war für mich ein ungewohntes Terrain und so antwortete ich so hilflos, dass sie ihr vorgeschobenes Interesse bald verlor. Sexuell schien ich ebenfalls nicht sonderlich interessant zu sein und so wendete sie sich an den Regionalhelden, einen bereits in die Jahre gekommenen Schauspieler, der zumindest Interesse an ihr heuchelte.

Am nächsten Morgen erklärte mir Günther, dass er diese Feste ekelerregend finde. Eine Ansammlung widerlicher Lemuren sei das. Er kippte sogleich einen seiner köstlichen Schnäpse hinterher. Er müsse solche Veranstaltungen aus geschäftlichen Gründen machen, schließlich müsse er eine Frau und zwei Kinder ernähren Er sah mich zornig an.

„Du findest das natürlich lächerlich."

Er hatte plötzlich Tränen in den Augen.

„Es ist alles so grausig."

Er brach unvermittelt zusammen, sein Kopf landete auf dem Tisch, seine Hände umfassten ihn.

Sein kleiner Erfolg war teuer erkauft. Wer heute seinen Namen googelt, findet nur mehr seinen Todestag vor, ein paar kleine Nachrufe und kurze Notizen zu jenen Büchern, die er nicht aus Begeisterung, sondern aus finanzieller Not geschrieben hatte. Seine Bilder, wunderschöne getupfte und realistische Darstellungen der Welt, sind verschollen oder waren vor wenigen Jahren im Dorotheum um wenig Geld erhältlich.

Heute bin ich froh, seinem Lebenskonzept nicht gefolgt zu sein. Damals war ich nicht so sicher.

Wenn ich alles zusammenzähle, wie ein Buchhalter bilanziere, bemerke ich, dass ich mit dem Ergebnis meines Lebens zufrieden bin. Ich habe einen Großteil von dem gemacht, was ich machen wollte. Vor allem war ich die meiste Zeit meines Lebens sexuell zufrieden und manchmal glücklich.

Von Sexualität war bisher kaum die Rede, obwohl sie ein wichtiger Bestandteil meines Lebens ist. Ich werde hier nicht viel davon berichten. Vielleicht ein Hinweis und Vergleich mit Paul Parin, dem Psychoanalytiker, der als Begründer der Ethnopsychoanalyse gilt. In seinem Text ‚Der Haselhahn‘ in dem Buch ‚Licence for sex and crime‘ berichtet er von seinem ersten Samenerguss.

‚Ich drücke ab, höre keinen Knall, spüre den Rückstoß nicht. Ich bin aufgesprungen, blind und taub steh‘ ich da. Eine unerträgliche Spannung, irgendwo im Unterleib, etwas muss geschehen sein. Plötzlich löst sich die Spannung, in lustvollen Stößen fließt es mir in

die Hose, es ist das, der wunderbare Samenerguss, der erste bei Bewusstsein. …'

‚Das Ereignis des ersten Samenergusses im Wachen habe ich bis heute nicht vergessen. Es ist mir unerwartet passiert, hat alle Sinne gelöscht: Seither gehören Jagd und Sex zusammen.'

*

Der Knabe liegt auf der roten Couch, die auch sein Bett ist. Im Winter schlafen er und die Eltern in einem Zimmer. Bald werden sie übersiedeln, dann bekommt er ein eigenes. Die Anwesenheit seiner Eltern ist ihm unangenehm. Heute ist er allein, blättert durch die Frauenzeitung seiner Mutter. Die Frauen sind schön, am besten gefällt ihm die Dunkelhaarige auf Seite fünf. Sie hat eine Bluse an, wie sie Jäger tragen. Die Knöpfe stehen offen, so weit, wie sie Anfang der 1960er Jahre offen sein durften. Es wird heiß da unten, zwischen den Beinen. Das Gefühl kennt er schon, aber heute wird es stärker. Er schließt die Beine eng zusammen, schiebt die Oberschenkel gegeneinander. Das tut gut. Sein Atem geht schneller. Er starrt auf die Brust der Frau, in ihre Augen, drückt die Schenkel enger und häufiger zusammen. Dann kommt es plötzlich. Es fließt aus ihm heraus, endlos lang, endlos schön.

Sein Atem geht stoßweise, beruhigt sich allmählich. Seine Hose ist nass. Hat er sich angemacht? Er öffnet die Hose, ein großer, weißer Fleck auf der Unterhose. Als er mit den Fingern hinfasst, spürt er eine klebrige Masse. Er riecht daran. Ein seltsamer Geruch, etwas zwischen Ekel und Genuss.

Er weiß nicht, was ihm geschehen war. Niemand hatte ihn auf diese Wonnen vorbereitet. Weder seine Eltern noch die Gleichaltrigen sprachen davon. Erst viel später erfuhr er die Ursachen seiner Freude. Bis dahin betrachtete er die Fotos von Frauen in Zeitungen und auf Plakaten. Vom Fenster aus sah er auf eine Wand. Dort wechselten Männer jeden Monat die Bilder von Frauen aus, die für neue Frisuren oder, wenn er Glück hatte, für erotische Kleider warben. Dann stand er dort und rieb sich am Fensterbrett sein Genital, bis es ihn auch dort überkam.

Wahrscheinlich war Paul Parin sexuell auf die Jagd geprägt, ich war es auf Frauen. Ein Blick, ein Gang konnte mich erregen und viele Jahre konnte ich mich diesem Drang nicht entziehen. Es war eine schöne Zeit.

Irgendwann, es muss in meinen 40er Jahren gewesen sein, verschwand er, beinahe beiläufig. Das Leben wurde ruhiger, es floss allmählich dahin und wirbelte nicht mehr ungestüm gegen Felswände. Das war angenehm.

Ich muss mir nicht vorwerfen, etwas versäumt zu haben.

In der Summe ist alles gut.

*

Am Morgen erzähle ich Klaudia das Ergebnis meines Nachdenkens.

„Eigentlich", sage ich, „habe ich fast alles gemacht, was ich wollte. Ich habe dich gefunden, ich habe eine wunderbare Tochter, ich habe geschrieben. Ich habe eine paar Veröffentlichungen, ein paar Literaturpreise, ich habe unterrichtet, einige Zeit sogar Themen, die mich interessierten. Ich habe als Lehrer Geld verdient, ohne mich anbiedern zu müssen. Ich habe meistens gemacht, was ich wollte. Ein wenig mehr Erfolg wäre mir recht gewesen. Enttäuschungen gab es auch jede Menge. Was eben dazugehört zu einem richtigen Leben. Ich möchte noch reisen, mit dir so viele Jahre verbringen wie möglich. Meine Projekte beenden. Aber wenn das nicht mehr geht, dann soll es so sein. Das Schlimmste ist wahrscheinlich, wenn du mit dem Tod konfrontiert bist und plötzlich fällt dir ein, was du alles nicht gemacht hast. Wie viele Träume du versäumt hast. Man sollte sich seine Träume gut überlegen. Und sie zu verwirklichen versuchen. Wenn das nicht klappt, weiß man wenigstens, dass man es versucht hat. Ich glaube, das macht zufrieden."

Ihr Schluchzen unterbricht mich.

„Du redest, als ob du nächste Woche sterben würdest."

So hatte ich das nicht gemeint. Ein paar Monate, dachte ich, sind mir noch sicher. Ich weiß nicht. Vielleicht ist es bald vorbei. Und dann?

Ich nehme sie in die Arme, ihren zarten Körper, der noch immer so schlank ist wie damals, als wir uns kennenlernten. Beinahe ein Vierteljahrhundert ist das her. Es war ein Fortbildungsseminar gewesen, ich war zu spät zum Abendessen gekommen. Neben der wunderschönen jungen Frau mit den langen Haaren war noch ein Platz frei gewesen. Ob ich? Ja, natürlich. Ihr Lachen war freundlich, ihre Zähne blitzten.

Sie war mir schon bei der Rezeption aufgefallen, als wir uns gemeinsam über die schlechte Organisation beschwerten. Es waren keine Zimmer reserviert, der Leiter des Seminars glänzte durch Abwesenheit. Es war jene

Zeit, in der man seine Wut noch nicht per Handy und auf der Stelle in die weite Welt senden konnte.

Ich schäumte also direkt und bekam schließlich einen Zimmerschlüssel. Die schöne Unbekannte verzichtete auf eine Diskussion und forderte den Rezeptionisten auf, in einem anderen Hotel ein Zimmer zu organisieren. Der begann eilig, diverse Hotels anzurufen.

Das Zimmer, das er mir zugewiesen hatte, war eine Kammer. Der Ausblick aus dem einzigen und winzigen Fenster endete auf einer zwei Meter entfernten Kaminmauer, von unten drang Küchenduft empor, der vor dem Genuss der Speisen warnte. Hier werde ich nur eine Nacht bleiben. Es war bereits zehn Uhr abends, eine andere Bleibe suchen sinnlos. Ich vergaß meinen Zorn, als ich beim Abendessen neben ihr saß.

Weil ich nicht aufdringlich sein wollte, plauderte ich zur Sicherheit mit meinem Gegenüber. Wir kannten uns vom letzten Seminar und machten die üblichen Witze über die Vortragenden. Fortbildungsseminare des Bildungsministeriums dienen überwiegend der Beschäftigung von vortragenden Lehrern, die unfähig waren, ihren Beruf auszuüben und deshalb andere Lehrer belehren durften. Ab und zu gab es Lichtblicke, vor allem dann, wenn Vortragende außerhalb des Schulwesens eingeladen waren. Der Lehrgang, den wir besuchten, bot keinen Lichtblick, schließlich gab es auf dem Gebiet der neuen Medien selbst außerhalb der Schulen kaum kompetente Menschen und wenn, waren sie zu teuer.

Die Anwesenheit jener unbekannten Schönen ließ mich das Niveau des Lehrganges vergessen. Als das Essen – ich hatte Zander bestellt – serviert wurde, betrachtete meine Nachbarin meinen Teller. Er gefiel ihr.

„Magst du kosten?", fragte ich in der Annahme, dass sie das ablehnen würde. Wer nimmt schon ein Angebot dieser Art von einem Unbekannten an? Meine Nachbarin zum Beispiel. Sie war begeistert.

„Sehr gut", lächelte sie. Ihre Zähne waren weiß und ebenmäßig. Mir wurde heiß. Nach dem Essen stand sie auf, ich konnte ihre schmalen Beine sehen, ihr Kleid war verdammt kurz und ziemlich teuer.

Ich eilte an die frische Luft, holte eine Zigarette aus meinem Sakko und atmete den Rauch tief ein. Mir wurde heiß. Ich kannte dieses Gefühl. Das war nicht gut. Vor wenigen Tagen hatte ich beschlossen, allein zu bleiben und die Suche nach einem Lebensmenschen endlich aufzugeben. Und jetzt. Die Zigarette schmeckte besonders gut. Aber sie war sehr jung. Meine Nachbarin. Und ich gerade 45 Jahre alt geworden. Ich musste mir eine Grenze setzen. 30? Ja. Sie durfte nicht jünger als 30 sein. Andernfalls: Verlieben kommt nicht in Frage! Allerdings sah sie nicht aus, als wäre sie schon 30. Aber das muss ich aushalten. Was nicht geht, geht nicht. Ein zu großer Altersunterschied tut einer Beziehung nicht gut. Was heißt da Beziehung. Ich weiß noch nicht mal ihren Vornamen!

Sie war 31 Jahre alt. Und hätten wir nach dem Seminar geheiratet, könnten wir diesen Sommer Silberne Hochzeit feiern. Hätten wir fünf Jahre später ein Kind bekommen, wäre es heute großjährig. Und ich müsste mir keine Sorgen mehr machen. Oder zumindest weniger.

*

„Ich will nicht, dass du mich verlässt. Was mache ich dann? Ganz alleine? Vielleicht kümmert sich Nina um mich. Ich habe ja sonst niemanden."

Meine Tochter Nina, die gerade eine Tochter geboren hat, Luna. Ich habe sie noch kein einziges Mal in den Arm genommen. Anfangs war sie so zierlich wie ein gerade geschlüpftes Küken, eine Frühgeburt eben. Später kam dieses weltweite Virus dazu, der Ehrenkranz, die Krone, die kein soziales Leben mehr zuließ. Corona.

Aber noch weiß ich davon nichts. Noch habe ich bloß diese Diagnose: Leukämie. Und der Tod winkt mir zu. Aus der Ferne noch.

„So meine ich das nicht. Ich will dich nicht verlassen. Ich will leben. Wer will schon sterben? Außer du bist todkrank, kannst dich nicht mehr rühren. Dann möchtest du wahrscheinlich aufhören. Tot sein. Ich will das nicht. Ich will nur sagen, dass ich froh bin, einigermaßen alles gemacht zu haben, was ich machen wollte. Ich glaube, nichts ist schlimmer, als den Tod zu sehen und sich daran zu erinnern, was man alles vorhatte. Und es nun nicht mehr machen kann. Weil es zu spät ist. Nachholen geht nicht. Denk an deine Eltern. Deine Mutter, die erst glücklich wurde, als sie von deinem Vater getrennt war. Im Seniorenheim! Nach wie vielen Jahrzehnten Ehe? Oder wie das genannt wird, dieses sinnlose Zusammensein, weil es sich so gehört? Das Problem hatten wir nicht. Und darum bin ich froh, nicht hadern zu müssen. Bis auf die paar Kleinigkeiten. Reisen im Wohnmobil mit dir zum Beispiel. Aber das geht vielleicht noch. Ich bin guter Hoffnung. Weißt du das?"

„Du klingst aber, als würdest du den Sommer nicht erleben. Was mache ich denn ohne dich? Mit wem soll ich dann reden?"

Sie stockt.

„Ich kann ja weiter mit dir reden, du sagst dann halt nichts mehr", fügt sie resigniert hinzu.

Ich horche in mich hinein. Ich will keine falsche Antwort geben.

„Nein. Das meine ich nicht. Ich habe nicht vor, im Frühling zu sterben. Auch nicht danach. Ich möchte nur nicht verdrängen, dass es möglich ist. Auch wenn ich weder will noch glaube, dass es passiert. Aber glauben heißt doch nichts wissen, oder? Nein, ich lasse mich nicht unterkriegen. Ich vertraue den Ärzten. Aber ich verlasse mich nicht auf sie. Auch nicht auf mich, übrigens. Aber ich werde alles tun, um mit dir alt zu werden. Darauf kannst du dich verlassen. Und ich bin kein Pessimist! Wir werden das schaffen. Aber wir haben keine Garantie."

Sie kuschelt sich an mich.

Wie ich ihre Wärme liebe!

Ihre Haut duftet nach Sonne und Blumen. Nein, ich will nicht sterben, ich will leben.

„Ich mache alles dafür. Wenn das reicht, bin ich glücklich."

„Ich auch", flüstert Klaudia.

Ich versuche eine Zusammenfassung.

„Es hat keinen Sinn, die Tage nun in schwarzer Traurigkeit zu verbringen. Egal, wie es ausgeht, lass uns die Tage genießen. Wenn wir es nicht tun, werden wir bedauern, die Zeit vertrödelt zu haben. Und wenn uns Zeit bleibt, umso besser. – Komm, lass uns etwas Gutes kochen. Und dann hinausgehen. Die Sonne scheint. Der Himmel leuchtet."

Es hat keinen Sinn, ständig an den Tod zu denken.

Ihn zu verleugnen auch nicht.

Er kommt einfach.

Ob tagsüber oder nachts, ob als junger Mensch oder als alter, wir wissen es nicht.

Er schläft

Wie schafft er das? Ohne Medikamente? Er liegt neben mir, schläft zufrieden wie ein Baby, das von der Welt nichts weiß. Wenn ich ihn streichle, lächelt er. Er wacht nicht auf. Er träumt wohl. Ich beneide ihn. Ich habe ihm viel zu selten gesagt, dass ich ihn liebe. Ich muss das nachholen. Jeden Tag ein Mal. Mindestens. Das wird nichts helfen gegen die Krankheit, würde er wohl sagen. Das ist mir egal.

Der Arzt hat mir gesagt, ich solle keine Hemmungen haben. Abhängig von diesen Tabletten wird man erst nach Jahren. Sie helfen! Heute kam wieder dieser Teufel, der mir die Brust zuschnürt, den Atem raubt. Ich bekam keine Luft, sprang auf, schlich hinaus, damit er nicht aufwacht. Ich keuche. Luft. Öffne die Balkontür. Sternenklar ist es. Mich schwindelt. Wo sind die Tabletten? Ich nehme eine. Zwei dürfen es auch mal sein, sagte der Arzt. Also gut. Noch eine. Mein Atem. Langsam einatmen. Langsam ausatmen. In ein paar Minuten werden sie wirken. Bis dahin halte ich durch. Ich gebe mir eine Ohrfeige. Dumme Urschel. Du musst dich zusammenreißen. Ich darf jetzt nicht zusammenklappen. Nie. Niemals.

Ich merke nicht mal, dass die Medikamente wirken. Nur die Welt um mich merkt es. Sie beruhigt sich. Mein Atem geht langsamer. Keine Panik mehr. Wie soll es weitergehen? Ich finde keine Antwort. Aber mein Herz schlägt nun leise, es lärmt nicht mehr.

Ich lege mich wieder zu ihm. Er murmelt etwas. Ich suche die Verzweiflung in seinem Gesicht. Die Angst. Ich finde sie nicht. Morgen muss ich unterrichten. Glücklicherweise. Ich würde durchdrehen ohne Arbeit. Ob ich noch schlafen kann? Der Mond scheint so hell. Bald ist er eine Kugel. Eigentlich ist er immer eine. Wie schrieb Matthias Claudius?

Seht ihr den Mond dort stehen?
Er ist nur halb zu sehen,
und ist doch rund und schön.
So sind wohl manche Sachen,
die wir getrost belachen,
weil unsre Augen sie nicht sehn.

Vielleicht sehe ich auch nur die Hälfte der Wahrheit. Vielleicht wird alles gut und ich fürchte mich vergeblich. Ich weiß es nicht. Ich muss schlafen, sonst kann ich morgen nicht unterrichten.

Er schnarcht! Wie schön. Ich habe gar nicht gewusst, dass mich diese Töne einmal erfreuen werden. Ich mache die Augen zu. Hoffentlich schlafe ich bald ein.

Ich wollte doch noch etwas notieren. Was war das gleich?

Ach ja: Alles wird gut.

Ich glaube es nicht.

Gewohnheiten

Der Mensch ist ein Gewohnheitstier, heißt es und tatsächlich freunden wir uns allmählich mit der Diagnose an. Es bleibt uns erstens nichts anderes übrig und zweitens gibt es Aussicht auf Heilung. Die Aussicht auf den Tod schieben wir zur Seite.

‚Wenn man sich zu viele Sorgen macht, dann kann man nicht mehr weiterleben‘, sagte ein Bauer in einer TV-Dokumentation, dessen Haus von einer Steinlawine verschüttet worden war und der beschlossen hatte, nicht daran zu verzweifeln. Das war ein guter Hinweis.

„Ich möchte höchstens eine Viertelstunde pro Tag über die Krankheit sprechen", sage ich zu Klaudia. „Abgesehen von Ausnahmefällen, etwa wenn einer von uns depressiv wird. Melancholisch ist zu wenig. Ja?"

Klaudia nickt und umarmt mich. Sie werde sich bemühen, sagt sie – und es gelingt ihr allmählich.

Die Therapie läuft in geordneten Bahnen ab. Man wird mit einer ambulanten Chemotherapie beginnen, die einige Monate dauert. Ich werde fünf bis sieben Zyklen absolvieren, jede besteht aus 28 Tagen: Sieben Tage bekomme ich je zwei Spritzen in den Bauch, dann folgen 21 Tage Pause. Das Präparat heißt Vidaza und soll das Wachstum der Tumorzellen hemmen, bestenfalls zum Stillstand bringen. Es gibt möglicherweise Nebenwirkungen, aber die seien meistens erträglich. Ich versuche, den Ärzten zu glauben. Was die Nebenwirkungen anlangt, sind die Aussagen, wie ich bald merke, eher euphemistisch.

Alles ist gut organisiert. Ich bekomme sieben Terminvorschläge und erscheine pünktlich im CCCI. Comprehensive Cancer Center Innsbruck, das klingt bereits viel besser als Krebszentrum. Die Schwestern – die nun, da auch Männer den Beruf ausüben, diplomierte Gesundheits- und Krankenpflegerinnen genannt werden – sind freundlich und geduldig, außerdem meistens recht jung und hübsch, was mir gut gefällt. Bruder Thomas ist der einzige Mann auf der Station und ich vermute, dass Bruder nicht die korrekte Anredeweise ist. Da meine Geschichte in Tirol spielt, ist das ohnehin egal, denn hier sind Mann und Frau und überhaupt alle meistens per Du. Manche Schwestern halten sich nicht daran und bleiben unsicher beim Sie, deshalb frage ich vorsichtshalber immer nach, wie ich sie nennen soll. Dann atmen sie erleichtert auf und bestätigen gerne das Du. Es fällt ihnen sichtlich schwer, das Sie zu verwenden. Die Männer haben weniger Hemmungen, wie ich später im 9. Stock erfahren werde, wo sich die Abteilung für harte Chemo und Transplantation befindet.

Ich hole meine ersten Injektionen gerne ab, von Nebenwirkungen spüre ich anfangs nichts. Ich befinde mich in einer merkwürdigen, den objektiven Umständen wiedersprechenden Hochstimmung. Ich fühle mich wunderbar, weil nun endlich etwas Konkretes gegen meine Leukämie gemacht wird. Umgeben von Menschen mit ähnlichem Krankheitsbild entsteht so etwas wie ein Wir-Gefühl. Bald darauf die Gewissheit, dass die Unterschiede bleiben. Da ist der mürrische Alte, der seine bulgarische 24-Stunden-Hilfe anschnauzt, da ist die freundliche alte

Dame, die für ihre Enkel Mützen strickt, da ist der muskelbepackte Sportler, die attraktive 40jährige, die ihre Glatze selbstbewusst zur Schau stellt. Wir gleichen uns nur in unserer Krankheit.

Die Damen an der Leitstelle müssen sich ab und zu Beschwerden anhören, aber sie bleiben freundlich. Menschen legen ihre schlechten Gewohnheiten auch nicht wegen einer Krankheit ab.

Zu Hause gelingt es uns, ein nahezu normales Leben zu führen. Ich fühle mich gut, von der Chemo spüre ich wenig.

Das wird sich bald ändern.

Vom Ende der Scham

Die erste Runde ist überstanden. In sieben Tagen 14 Injektionen Vidaza. Das bedeutet eine Pause, keine Heilung. Ich freue mich auf drei Wochen ohne Spitalsbesuch. Leider habe ich am Montag erste Probleme mit dem Stuhlgang. Das gilt als angekündigte Nebenwirkung und beunruhigt mich daher nicht. Allerdings soll ich nach einem Anruf in der Klinik trotzdem vorbeischauen, man wolle sich das ansehen.

Den diensthabenden Arzt kenne ich nicht, offenbar passe ich nicht in seinen Terminkalender. Er sieht mich kurz an, verschreibt mir ein Medikament und meint, es würde nach 48 Stunden wirken. Weg ist er. Wahrscheinlich Dienstschluss. Er erklärt mir leider nicht, was ich machen soll, wenn es nicht wirkt. Ich bin ein korrekter Mensch und weil ich nach 48 Stunden keine Erleichterung spüre, halte ich mich an die beiliegende Gebrauchsanweisung. Ich nehme immer mehr von der Lösung, nach weiteren zwei Tagen bin ich bei jener Menge angelangt, die man bei Kotstauung benötigt.

Nichts passiert.

Doch! Mein Bauch schwillt immer mehr an, ich sehe schließlich aus, als wäre ich knapp vor der Entbindung. Allerdings verlassen weder Fruchtwasser noch Urin meinen Körper. Klaudia ruft unseren Arztengel Iris an. Sie befiehlt mit ihrer gewohnten Knappheit:

„Ab ins Spital. Und zwar sofort."

In der Notaufnahme werden wir auf die Chirurgie verwiesen und warten eine Zeitlang. Endlich untersucht mich ein Arzt per Ultraschall. Die Blase ist voll, schätzungsweise 1,5 Liter Urin warten darauf, mich zu verlassen, meint der Chirurg. Dafür sei er allerdings nicht zuständig.

Man schickt mich auf die Urologie, allerdings so, wie es meinen Schmerzen angemessen ist: in einem fahrbaren Stuhl inklusive Begleiter. Gut angekommen, erbarmt sich der nächste Arzt meiner Blase. Er führt – es ist mir in diesem Augenblick egal, aber die Länge des Schlauches verblüfft mich doch etwas – einen Schlauch in meinen Penis, worauf sofort gelbe Flüssigkeit herausströmt. Ein kleines Glück durchströmt mich, aber da ist noch der harte Stuhl. Der muss auch irgendwie entfernt werden. Und wann zieht er endlich den Katheter wieder raus?

„So“, sagt der Arzt. „das hätten wir. Sie behalten diesen Katheter für zumindest eine Woche. Hier“, er deutet auf einen kleinen Schalter, „öffnen Sie den Zugang. Dann wieder zumachen nicht vergessen.“

Ich blicke auf das Ende des Schlauches, der aus meinem Penis ragt und komme mir vor wie ein sich allmählich zur Maschine verändernder Mensch.

„Wie? Ich soll aufs Klo gehen und an dem Schalter drehen?“

Er nickt freundlich.

„Und wann soll ich aufdrehen? Jede Stunde? Oder zwei Mal pro Tag?“

„Keine Angst, das merken Sie schon. Das ist alles kein Problem. Und jetzt geht es wieder zurück in die Chirurgie. Dort bekommen Sie einen Einlauf.“

„Und wohin soll ich das Ding geben?“

„Das können Sie machen, wie Sie wollen. Manche legen ihn auf den Bauch, manche nehmen ein Gummiband, um ihn zu fixieren. Sie können alles machen. Nur nicht daran ziehen."

Er lacht nicht einmal.

Ein neuer Helfer fährt mich wieder zurück, Klaudia stapft schweigend nebenher. Ich verfluche den Arzt, der mich so undeutlich über Verstopfung informiert hatte. In der Chirurgie übernimmt mich eine junge Schwester. In früheren Tagen hätte mich ihr Anblick erfreut und ich hätte mich für meinen Zustand geniert. Heute ist mir alles gleich. Das Ende der Scham ist gekommen. Sie kann mit mir machen, was sie will, Hauptsache, die Schmerzen gehen endlich vorbei.

Habe ich das noch nicht gesagt? Eine Verstopfung tut höllisch weh. Nicht so wie eine Nierenkolik, die ich vor Jahren hatte, aber sie kommt ihr ziemlich nahe. Ich quäle mich auf ein Bett.

„Legen Sie sich auf die Seite", höre ich die hübsche Schwester sagen. Und schon hat sie mir einen weiteren Schlauch, dieses Mal hinten, hineingedrückt. Etwas fließt in mich. Ich will wissen, was es ist, aber ich habe keine Zeit mehr. Sie überreicht mir eine riesige Windel.

„Wir sind fertig. Stopfen Sie sich die Windel über den Po und gehen Sie draußen ein wenig hin und her, dann bekommen Sie ohnehin einen solchen Drang, dass Sie schnell aufs Klosett gehen werden."

Es geht noch schneller.

Sie hat mir die Windel in die Hose gesteckt, ich versuche, meinen Schwanz mit dem Schlauch einigermaßen in der Hose unterzubringen und humple hinaus auf den Gang. Wie ich mit Windel und Hose hätte auf- und abgehen sollen, ist mir ein Rätsel, aber es blieb ohnehin keine Zeit, darüber nachzudenken.

Im letzten Augenblick erreiche ich das Klosett und lasse mich auf die Brille fallen. Ich bringe den Katheter irgendwie nach vorne, außerhalb der Klomuschel, die Windel habe ich fallen gelassen und aus dem Grollen im Darm wird unversehens ein Donnern und Krachen. Kanonenkugeln gleich schießen drei bis vier steinerne Brocken aus mir, das Wasser des Klosetts platscht herauf, eine ungeheure Erleichterung ergreift mich.

Nach den Kugeln übergibt sich mein Darm, es fluten ungeheure Mengen Flüssigkeit aus mir heraus Richtung Kanalisation. Die Menge staut sich und ich betätige die Spülung, um zu vermeiden, dass der sich weiter aus mir ergießende Strom meinen Allerwertesten berührt. Ob das irgendwann ein Ende haben wird? Ein diesmal großes Glücksgefühl überkommt mich, während ich immer weniger werde. So wenig, dass ich bald in dem Loch unter mir verschwinden werde.

Plötzlich endet der Fluss. Als wäre eine Flasche entleert, macht es noch einmal Glucks und aus ist es. Wie lange hat das gedauert? Minuten? Stunden? Ich atme aus, reinige mich, entsorge die Windel, sehe das Rohr aus mir ragen. Beinahe hatte ich es vergessen. Wo war der Schalter, den ich betätigen sollte, wenn ich einen Drang verspüre? Da. Ich drehe ihn nach links. Urin tröpfelt heraus. Ich habe keinen Drang verspürt.

Es dauert einige Zeit, bis ich aus dem Klosett gehen kann, ohne einen völlig desolaten Eindruck zu machen. Klaudia wartet bereits.

„Alles in Ordnung?"

„Ich fühle mich wunderbar", antworte ich wahrheitsgemäß. „Wie Moshe, als er die Verwandten nach Hause schickte."

„Moshe. Aha." Klaudia wundert sich nicht, das ist seltsam. Hat sie mich schon aufgegeben?

„Wer ist Moshe?" Also doch nicht.

„Moshe ist der Jude, der in einem kleinen Haus wohnte, mit seinen vier Kindern und seiner Frau. Als seine Frau wieder schwanger war, hielt er die Enge des Hauses nicht mehr aus und ging zum Rabbi. Hilf mir, flehte er ihn an, ich halte die Enge nicht mehr aus, was soll ich tun?

Der Rabbi überlegte und sagte dann zu Moshe, ruf alle deine Verwandten und lade sie zu dir ein.

Moshe sah den Rabbi entgeistert an, aber er tat, was der Rabbi wollte, schließlich war der ein weiser Mann."

Klaudia winkt ab.

„Den Witz kenne ich schon. Kannst du alleine gehen?"

Was für eine Frage! Natürlich kann ich alleine gehen. Ich braucht keine Stütze. Da ist sie wieder, die alte Scham. Sie hat nur kurz geschlafen, ist wieder aufgewacht.

*

Wie war das damals gewesen? Als wir uns schämten, für alles und jeden? Für unsere Körper, für unsere Gedanken, für unsere Eltern? Alles trieb uns die Schamesröte ins Gesicht! Kaum fühlten wir die ersten wohligen Erregungen des Körpers, schon trat in deren Gefolge die Scham auf. War Freude bis dahin bloß Freude und Wut eben Wut, begannen sich nun gegensätzliche Gefühle auszubreiten. Der Blick des Mädchens, in das ich verliebt war, ließ mich erröten. Ihre Nähe bestürzte und erfreute mich zugleich. Ich wusste nicht, was ich machen sollte. Sie war nicht mehr ein Kind wie ich ein Kind war, sie entstammte einer fernen, unbekannten Welt. Etwas Trennendes hatte sich zwischen uns geschoben und wir schämten uns unserer Körper und seiner Teile. Die Haare waren zu glatt oder zu gelockt, die Nasen zu gerade oder zu schief, die Ohren meistens zu groß.

Wie geht es den Kindern heute, wenn sie sich stetig selbst fotografieren oder fotografieren lassen? Schämen sie sich nicht? Doch, sie schämen sich. Und behelfen sich mit digitalen Tricks, um ihre Scham zu mindern. Programme wie Photoshop und andere Filter sind mindestens so begehrt, wie die Fotografierten das für sich selbst erhoffen.

Die Welt ist seltsam, aber – das fällt mir gerade auf – sie war das schon immer. Zumindest für mich. Womöglich für alle Menschen! Und im Laufe des Lebens haben wir das Sich-Wundern darüber verdrängt, haben vergessen, dass die Welt seltsam ist und sie akzeptiert, wie sie ist.

Das nennt man Erwachsenwerden.

Wir akzeptieren mit einem Mal, dass es normal ist, mehr Geld in Waffen zu investieren als gegen Hunger.

Die USA gaben 2019 insgesamt 732 Milliarden Dollar für das Militär aus, also für eine Tötungsmaschine. China schaffte nur etwa ein Drittel der Summe, auf dem dritten Platz folgt Indien, jenes Land, in dem Millionen von Menschen hungern.

Sechs bis sieben Milliarden Dollar würden reichen, um den Hunger einigermaßen zu lindern, meinen Vertreter der Caritas.

Ein Prozent weniger Geld des reichsten Landes der Welt für Waffen – und der Hunger in der Welt wäre etwas weniger, nahezu verschwunden?

Hat noch jemand Zeit, sich dafür zu schämen?

Wahrscheinlich geht es über das menschliche Vorstellungsvermögen hinaus, sich dafür zu schämen oder auch nur nachzudenken. Denn was sind die Alternativen? Wütend werden auf einen unsichtbaren Gegner? Verzweifeln? Kämpfen? Manche entscheiden sich für eine dieser Varianten, die meisten resignieren auf die eine und andere Weise, versuchen zu vergessen. Solche Gedanken gehen einem während einer Verstopfung selbstverständlich nicht durch den Kopf. Erst danach. Wahrscheinlich auch nicht jedem.

Ich bin erleichtert, im metaphorischen und tatsächlichen Sinn des Wortes, als wir daheim angelangt sind. Ich lege mich ins Bett, vergesse Leukämie und die ganze Welt und schlafe ein.

Unser Engel

Ich bin so froh, dass wir Iris haben! Ich kann sie jederzeit anrufen, ihr eine Nachricht schicken, sie antwortet sofort. Dabei hat sie selbst genug um die Ohren, Kinder, Mann und Rückenschmerzen, ich könnte das nicht aushalten.

Sie hat uns gleich in die Klinik geschickt. Als Erich beim Urologen war, hat sie angerufen. Es war gegen Mitternacht.

„Unsere Hausärztin", erklärte ich dem Urologen.

„Wie? Ihre Hausärztin? Die ruft jetzt an?" Er starrte mich ungläubig an.

„Ja. Sie wollte wissen, wie es Erich geht."

„Jetzt? Um Mitternacht?" Offenbar hatte er das noch nicht erlebt.

„Es ist erst 23 Uhr." Meine Korrektur hatschte etwas. „Und nein, er hat kein Verhältnis mit ihr. Er ist ein ganz normaler Patient. Ohne Zusatzversicherung."

Alle Achtung, sagte sein Gesichtsausdruck. Vielleicht dachte er auch daran, dass seine Arbeitszeiten dagegen ausgeglichen waren.

Jedenfalls machte er seine Arbeit ruhig und vorsichtig. Ich durfte sogar zusehen und wunderte mich über die Präzision, mit der er handelte. Als der Urin aus Erich floss, lächelte er zufrieden.

Ich war auch froh.

Die zweite Runde

Bei der zweiten Etappe meiner Spritz-Kur hatte ich zwar keine Verstopfung, zum Ausgleich bildeten sich an den Unterarmen braune Flecken. Sie sahen nicht sehr vertrauenserweckend aus. Das fand nicht nur meine ALF, sondern auch mein betreuender Arzt. Die Dermatologie, die Abteilung für Hautkrankheiten, sei jener Ort, der für mich in dieser Situation bestens geeignet sei.

Ich murmle den Namen leise vor mich hin, um den Pavillon problemlos zu finden.

Mein Gedächtnis hatte in den letzten Jahrzehnten abgenommen, was manchmal von Vorteil ist, aber nicht immer. Das kleine Haus stammt noch aus den Gründungsjahren des Spitals, es sieht nicht sehr vertrauenserweckend aus.

Glücklicherweise wartet bereits eine attraktive Ärztin auf mich. Sie ist schlank, Mitte dreißig, wirkt durchtrainiert und lächelt mich freundlich an. Ich fühle mich persönlich angesprochen, in Wirklichkeit lächelt sie wohl jeden Patienten so an. Trotzdem gefällt sie mir. Sie hat diesen schelmischen Ausdruck in den Augen, der einem jedes Problem gering erscheinen lässt.

„Wurde bei Ihnen schon einmal ein Muttermal entfernt?"

„Viele", erwidere ich bereitwillig, „einmal sogar eine Sommersprosse. Meine ehemalige Hautärztin entfernte gerne Teile meiner Haut. Wahrscheinlich zur Verhinderung von Falten."

Sie lacht. Nun gefällt sie mir noch besser.

„Gut. Dann fangen wir an. So viel Betreuung wie hier werden Sie bisher nicht gehabt haben."

Sie zieht leider eine Maske über ihr Gesicht und setzt ein weißes Hauberl auf. Ich kann nur noch ihre Augen sehen. Sie sind braun und lächeln. Seltsam, dass man beim bloßen Anblick von Augen sehen kann, ob man einem Schelm gegenüber sitzt. Oder heißt es Schelmin? Immerhin ist sie eine Frau. Oder divers? Ich kann mir darüber nicht den Kopf zerbrechen, denn nun geht es ans Eingemachte, also an einen Teil meiner Haut, der entfernt werden soll.

Eine Assistentin erklärt mir, wie ich das Bett belegen soll, eine zweite schweigt, aber ihre Anwesenheit bedeutet, dass nun Wichtiges geschieht.

Die Ärztin lächelt und eine der Krankenschwestern bedeckt mich mit einer kleinen Plastikdecke, die andere legt über meinen Arm ein weiteres Teil, so dass nur mehr jener kleine Hautfleck frei bleibt, der entfernt werden soll. Nun wird noch eine grelle Lampe auf mich gerichtet.

„Toller Aufwand", meine ich.

Meine Ärztin lächelt zufrieden.

„Wir tun, was wir können." Dabei hält sie ein Instrument drohend – oder freudig? – in die Höhe.

„Ich bin begeistert! Wann darf ich wiederkommen?"

Sie lässt sich auf keine weiteren Diskussionen mit dem sie anhimmelnden Patienten ein und gibt der Schwester ein Zeichen. Die setzt eine Spritze an, die keinen Schmerz mehr zulässt und die Ärztin entfernt das verdächtige Ding. Es geht alles sehr schnell. Ich wäre gerne noch länger hier geblieben.

Draußen empfängt mich meine Klaudia.

„Wie war es?"

„Wunderbar", sage ich. „Selten eine so nette Ärztin kennengelernt."

„War das die junge Frau, die vorher reingegangen ist?"

Ich nicke, noch immer ganz verzaubert.

„Hast du dich verliebt?"

Klaudia lächelt, sie nimmt mich in solchen Situationen nicht ernst. Naja, so schlimm war es nicht, aber noch heute denke ich mit Wohlgefallen an meine lustige Ärztin. Leider habe ich sie im Laufe meiner Spitalsaufenthalte nie wieder getroffen.

*

Zur Abwechslung machen sich bald darauf meine Beine bemerkbar. Sie schmerzen so, dass ich in der Nacht aufwache und zum Medikamentenkasten schleiche. Ich will Klaudia nicht aufwecken, gegen Schmerzen kann sie mir nicht helfen. Ein Apotheker hatte mir Ibuprofen empfohlen, vielleicht hilft es mir? Den Namen hatte ich das erste Mal in einem Krimi gelesen. Es ging um Sucht und gefälschte Medikamente, inklusive einiger Morde und verstümmelter Menschen, also der Grundlage eines modernen Kriminalfilmes. Nun konsumiere ich es gegen Schmerzen, Rezept braucht man keines dafür

In den USA starben in den letzten fünf Jahren angeblich 200.000 Menschen an einer Schmerzmittelsucht. Angesichts meiner Schmerzen ist mir das ziemlich egal. Die Kosten von Ibuprofen – etwa drei Euro – sind gering, die Auswirkungen großartig. Sie können sich gar nicht vorstellen, wie angenehm der Effekt ist.

Ich habe übrigens den Teil über Nebenwirkungen im Beipackzettel übersprungen. Wenn ich alle Hinweise auf mögliche Krankheiten während meiner Therapie bedacht hätte, wäre ich heute tot. Ich lege mich ins Bett und schlafe ein.

Keine Schmerzen!

Ich gehe weiter alle drei Wochen in jene Abteilung, in der ich sieben Tage lang jeweils zwei Spritzen in den Bauch bekomme. Hier ist es ruhig, ich muss selten warten. Die Menschen wirken entspannt, sind freundlich und ich gehe gerne dorthin. Wenn ich meine Diagnose vergesse. Aber die muss nicht tödlich enden, es gibt Überlebenschancen. Am nettesten ist Schwester Claudia – oder muss ich nun Diplomierte Gesunden- und Krankenpflegerin Claudia sagen? Mir ist es lieber, wenn ich zu ihrem Kollegen Thomas ‚Bruder Thomas‘ sage und zu ihr ‚Schwester Claudia‘. Die Gespräche mit ihr sind interessant und beruhigend.

Es gibt eine Welt außerhalb meiner Krankheit. Das tut gut.

Ich bewundere ihre riesigen, orangefarbenen Ohrringe. Sie habe sie im Ho-Ruck gekauft, einer sozialen Institution für Tauschwaren. Außerdem erfahre ich, dass sie ein Faible für slawische Sprachen hatte. Sie wolle unbedingt Russisch lernen, komme derzeit aber nicht dazu.

Drei Tage lang sehe ich sie nur aus der Entfernung und beschwere mich danach, dass sie mich sträflich vernachlässige. ‚Keine Sorge‘, antwortet sie, ‚ich habe Sie ständig im Blick.‘

Tatsächlich winken wir uns immer zu, wenn ich meine Chemo abhole.

Das Problem der Anrede haben wir gut gelöst. Per Du oder per Sie? Also verloren, perdu, oder förmlich? Claudia ist förmlich, was die Ansprache anlangt, aber den Patienten zugewandt. Als ich sie auf ihre Tätowierung in chinesischer oder sonst einer mir unbekannten Schrift anspreche, weicht sie aus.

Wir bleiben beim Sie.

Seit IKEA seine Kunden duzt und wildfremde Menschen einander umarmen und mit Bussis herzen, ist das Du zu einer Art Gütesiegel für Kundennähe und Verkaufserfolg geworden. Der einstmals widerständige Kampf gegen Etiketten, der sich auch durch Duzen auszeichnete, war zu einem Symbol der Kommerzialisierung geworden. Immer mehr Konzerne duzen ihre Kunden, als würden sie seit Jahren mit ihnen Bett und Alltagsleben teilen. Claudia und ich bleiben beim Sie und fühlen uns wohl dabei.

Als ich ihren Namen auf der Spitalsseite finde, steht ein Doktortitel davor. Das verblüfft mich, aber ich komme nicht mehr dazu, sie über den Ursprung des Titels zu fragen, weil sie nur Teilzeit arbeitet. Ob sie in der Zwischenzeit Russisch lernt?

Nach meiner Verstopfung haben sich in der dritten Runde Vidaza riesige Wasserblasen um die Einstichstellen gebildet.

Sie werden nicht von meiner Lieblingsärztin entfernt, sondern in der Notfallambulanz. Dorthin hatte mich mein Arzt befohlen, als ich – es war ein Wochenende – ihm davon berichtete.

Außerdem schmerzen meine Beine wieder. Die Chemotherapie spüre ich kaum. Oder ist sie die Ursache? Ich fühle mich nicht schwach, mir gehen keine Haare aus, ich wandere bloß durch einige Abteilungen der Klinik. Es sind die Nebenwirkungen, die mich ständig beschäftigen.

Die Angst zu sterben ist in den Hintergrund getreten. Ich habe beschlossen, mit meinem bisherigen Leben zufrieden zu sein, alles was kommt, ist eine nette Draufgabe. Wobei ich auf die Schmerzen gerne verzichtet hätte. Der Alltag ist bestimmt von Terminen in der Klinik, außerdem machen mir die Ärzte Mut.

Doktor F., ein sportlicher Typ mit kurzen Haaren, auch er ein Vorarlberger und daher bisweilen schwer zu verstehen, lobt meine Befunde.

Als er eines Tages, nachdem er die zuständige Abteilung zur Eile aufgerufen hatte, die Nachricht vorfindet, dass es zwei Stammzellenspenderinnen gibt, die bis auf das Geschlecht exakt meinem Genprofil entsprechen, scheint für ihn die Sache nahezu gelaufen.

„Sehr schön. Zwei Spenderinnen, die passen. Wunderbar. Dann können wir bald in die nächste Phase gehen. Wir planen sechs bis sieben Runden Vidaza, um die vorhandenen Blasten weitgehend zu zerstören. Dann kommen Sie in den 9. Stock und werden dort stationär behandelt. Über die genaue Vorgangsweise wird uns Professor N. informieren. Die da oben glauben nämlich, wir sind auf der Nudelsuppe dahergeschwommen.“

Wir lachen draußen über seine knurrende Kritik an den Hierarchien. Tatsächlich wird diese allerorten sehr strikt eingehalten, allerdings hat diese Ordnung auch ihre guten Seiten, abgesehen davon, dass sie in diesem Spital irgendwie, ja, freundlich und wohlwollend ausgeübt wird. Ich habe keine Ahnung, wie das für die Beteiligten ist, aber die meisten, die ich kennengelernt habe, scheinen sehr ausgeglichen, von kleinen Spitzen gegen die Oberen einmal abgesehen.

Wenn ich diese für mich durchaus verständliche Hierarchie – nein, der Pfleger darf keinen Zugang in meine Hauptvene legen, nein, die Putzfrau mir keine Medikamente verabreichen – später mit den Diskussionen im Bereich Corona vergleiche: Bitte mehr Hierarchie! Also dort, wo sie sinnvoll ist. Lasst Politiker sich nicht als Virologen betätigen. Das endet mitunter tödlich.

Klaudia und ich haben beschlossen, uns auf unser Laientum zu beschränken. Wir befragen kein Internet und keine wohlwollenden Freunde mehr. Wir beginnen, den Ärzten zu vertrauen. Weitgehend. Eine zweite Meinung kann nicht schaden. Glücklicherweise kenne ich einen Onkologen, den ich um Rat bitten werde.

Zuvor treffen wir allerdings noch Doktor M., jenen Arzt, zu dem ich großes Zutrauen habe. Er hat mir Knochenmark entnommen, mich über die Nebenwirkungen aufgeklärt, nun sitzen wir ihm am 23. Dezember gegenüber, positiv bestärkt von den Aussichten seines Kollegen.

Am 24. Dezember und am 25. Dezember feiert das christliche Abendland die Geburt von Jesus. In manchen

Kulturen kommt der Weihnachtsmann, in anderen das Christkind und selbstverständlich beharrt jede darauf, dass ihre Feier die wahrhaft richtige sei.

In den letzten Jahrhunderten ist die Feier vom mehr oder weniger besinnlichen Zusammensein zu hektischem Einkaufsstress geraten. Oder zu Gewaltausbrüchen. Das Ministerium nennt das vornehm ‚eine gewisse Intensität der Einsätze‘ um diese Zeit.

Es geht seit den Jahren des Wachstums nicht um Jesus, sondern vor allem um die Wirtschaft, also um Arbeitsplätze und die Verteilung der von den Arbeitenden erwirtschafteten Gewinne.

Auch wenn wir nicht gläubig sind, die ständige Berieselung mit weihnachtlichen Liedern und glücklichen Familien geht nicht spurlos an uns vorüber. Irgendwie haben wir das Gefühl, ebenfalls glücklich und zufrieden vor einem Weihnachtsbaum sitzen und allen Freunden fröhliche Weihnachten wünschen zu müssen.

Doktor M. macht unserer Stimmung einen dicken Strich durch die Rechnung.

Weihnachten

Wir werden heuer zu zweit feiern. Es wäre schön, unser Enkelkind zu sehen und mit der Jungfamilie zu sein. Aber nicht schlau. Zu viele Komplikationen. Wir verschweigen meine Krankheit. Das Lügen fällt nicht leicht.

Wir bleiben in unserer Wohnung. Wie jedes Jahr mit zwei Büchern und einem guten Essen. Am 24. Dezember werde ich Gänsebrust mit Sauerkraut im Römertopf machen. Dazu gibt es Serviettenknödel und einen Salat. Ohne Salat gibt es für Klaudia kein Essen. Seltsame Eigenheit. Vielleicht eine Tiroler Kulturerscheinung?

Ist gar nicht so einfach, in diesem kleinen Bundesland, das so stolz auf seine eigenhändig errichteten Berge und die heile Natur ist, einen lokalen Fleischhauer zu finden. Die heißen hier übrigens wie in Deutschland Metzger. Nach langem Suchen habe ich einen entdeckt. Dort bestelle ich bei einer sächsischen Angestellten regelmäßig, was ich gerne hätte. Sie informiert mich geduldig über das Vorhandensein von Geselchtem, Blunzn beziehungsweise Blutwurst und Gänseteilen. Die Produkte stammen von Tiroler Bauern und sind tatsächlich geschmackvoller als die Handelsware im Supermarkt. Für unser Weihnachtsessen habe ich zwei Gänsekeulen bestellt.

Vorher müssen wir noch zu einer Besprechung. Doktor M. möchte uns noch einige Informationen geben. Und wir wollen vor allem wissen, wie der Ablauf bis zur Stammzellentransplantation sein wird. Wir werden nicht dazu kommen, ihn zu fragen.

Die Ambulanz ist ein wenig geschmückt, morgen ist Heiliger Abend, wie es hier heißt, in Wien spricht man bloß von Weihnachten. Die Menschen sind nun, da alle Einkäufe erledigt sind, nahezu fröhlich. Morgen kommt nämlich das Christkind. Nicht der Weihnachtsmann!

Der Konflikt zwischen den beiden Phantasiefiguren wurde vor einiger Zeit zu einem lokalen Medienhit. Der Weihnachtsmann, geborener Nikolaus, der Kinder am Nikolaustag, dem 28. Dezember, beschenkte, wurde bereits von Martin Luther durch das Christkind abgelöst.

Die Protestanten verehrten daraufhin den Heiligen Geist, der als Christkind die Gläubigen begeisterte. Für die Katholiken blieb lange Zeit der Nikolaus-Weihnachtsmann zuständig. Im Laufe der Zeit vermischten sich die Dinge und das Christkind wurde auch bei den Katholiken zu Weihnachten Familienmitglied.

Tempora mutantur, die Zeiten ändern sich, the times, they are a-changing, panta rhei, diese alte Weisheit bestätigte sich auch bezüglich Weihnachten und so kam es, dass amerikanische Protestanten Ende des 19. Jahrhunderts den guten Nikolaus durch den Weihnachtsmann ersetzten.

Bald wurde daraus Santa Claus, ein Förderer des Konsums, der nach Europa zurückkehrte. Hier wurde er zur Identifikationsfigur eines Süßgetränkeunternehmens und kam als solcher Innsbrucks gläubigen und katholischen Politikern verdächtig vor. Sie wollten zurück zum protestantischen Christkind und veranstalteten einen Christkindleinzug. Der erste fand 1934 statt, veranstaltet vom Mutterschutzwerk der Vaterländischen Front. Es war die

Zeit des österreichischen und folglich nahezu gemütlichen Faschismus, der als Austrofaschismus in die Geschichtsbücher einging.

Wiederbelebt wurde das seltsame Unternehmen 2004, seither ist die Veranstaltung laut Tiroler Medien ein Höhepunkt feierlicher Stimmung. Weißgekleidete Engel mit Laternen begleiten das bereits etwas groß gewordene Christkind, das in einem Wagen sitzt und den Passanten freundlich zuwinkt.

Noch bevor ich Schlüsse ziehen kann aus diesem Wechselspiel zwischen katholischem und protestantischem Glauben, werden wir in das Zimmer von Doktor M. gebeten. Er ist freundlich wie immer und möchte, bevor wir unsere Fragen stellen, noch ein paar Informationen geben.

Es geht uns gut!

Endlich geht es aufwärts! Erich verträgt die Chemotherapie einigermaßen, wenn man von den Nebenwirkungen absieht. Die Ärzte sind zufrieden, Doktor F. ist optimistisch. Bei der vorletzten Besprechung hat er darauf gedrängt, dass die zuständige Abteilung einen Spender sucht, bei der letzten hat er uns mitgeteilt, dass es zwei Spenderinnen gibt.

„Na bitte", sagte er. „Geht doch. Man muss ihnen nur ein bisschen auf die Zehen treten. Noch dazu sind die jungen Damen aus Deutschland. Das erleichtert die Logistik."

Erich hat das stoisch zur Kenntnis genommen, ich hätte den Arzt am liebsten umarmt. Manchmal wundere ich mich über seinen Gleichmut. Entspricht nicht seinem Gemüt. Aber seit wir die Diagnose bekommen haben, hat er sich verändert. Er ist ruhiger geworden. Gelassener. Sogar den Wahnsinn der hiesigen Politik nimmt er nahezu friedfertig zur Kenntnis. Stört mich aber nicht. Ich verstehe sowieso nicht, warum er sich über Dinge aufregt, die er eh nicht ändern kann. Morgen ist Weihnachten und heute geht es zu Doktor M. für eine letzte Besprechung in diesem Jahr. Bisher läuft alles bestens, ich bin gespannt, welche Antworten er auf unsere Fragen hat.

Seltsam vertraut alles hier. Das ältere Paar sitzt schon im Warteraum, im anderen Teil der Mann, der immer abgekapselt dasitzt. Ah, Doktor M. geht gerade vorbei. Eine Schwester mit einer Weihnachtszipfelmütze trabt neben ihm her. Hübsches Mädchen. Wahrscheinlich gar nicht so einfach für einen Mann, bei solchen Angeboten treu zu bleiben. Es wim-

melt hier nur so von jungen und schlanken Frauen. Ob er sie auch bemerkt? Ist mir eigentlich egal. Wir haben andere Sorgen als Eifersucht. Bisher schlägt die Therapie gut an. Ich bin froh, wenn es dann richtig losgeht. Mit Spital und Transplantation. Jedenfalls fühlen wir uns hier gut aufgehoben. Bin gespannt, was der Arzt in Wien sagen wird. Ah, wir sind dran.

Erich seufzt erleichtert, er wartet nicht gern. Wir gehen in das Arztzimmer. Es geht uns gut. Doktor M. sieht dagegen müde aus. Ich habe einen Blick in seinen Kalender am Computer erwischt. Kein Wunder, dass er schlecht aussieht, der Mann. Ein Termin nach dem anderen. Ich könnte das nicht. Dabei wirkt er im Gespräch immer konzentriert und überhaupt nicht hektisch. Als hätte er jede Zeit der Welt.

Wir setzen uns, wollen unsere Fragen stellen. Wir kommen nicht dazu. Er möchte uns zuerst über die Nebenwirkungen einer Transplantation aufklären, sagt er.

Na gut, wenn es sein muss. Wobei, er hat sie uns schon einmal erklärt, Erich hat sogar sein Einverständnis zur Transplantation unterschrieben. Wir haben begonnen die Nebenwirkungen zu lesen, allerdings haben wir dann aufgehört. Es hat nicht viel Sinn, ständig Nebenwirkungen zu lesen. Die Wahrscheinlichkeit sie zu bekommen steigt dann. Wie bei meiner Mutter.

Sie ist ein Paradebeispiel für den Nocebo-Effekt. Sie liest jeden Beipackzettel aufs Genaueste, um danach alle Nebenwirkungen zu bekommen, die dort stehen. Darum haben wir aufgehört, Erfahrungsberichte zu lesen. Die Krankheit verläuft sowieso individuell. Die Suche nach geregelten Abläufen entstammt wohl dem Wunsch, alles berechenbar zu machen. Wahrscheinlich ein juristisches Problem, über das er uns nochmals aufklären will.

„Ich muss Ihnen noch mitteilen, dass es bei Transplantationen Nebenwirkungen geben kann. Die bisherige Chemotherapie haben Sie relativ gut vertragen, wir könnten die also weiterführen. Die Lebenserwartung ist immerhin im Durchschnitt fünf Jahre. Manchmal sogar mehr. Das ist also durchaus eine Alternative, die Sie in Erwägung ziehen sollten. Nach einer Transplantation beobachten wir nämlich etliche Folgeerkrankungen und Nebenwirkungen. Bei Speiseröhrentumoren haben wir etwa ein 20- bis 40fach höheres Risiko daran zu erkranken. Ebenso steigt das Risiko für Hautkrebs und Leberkrebs. Wir beobachten auch einige Abwehrreaktionen des Körpers, die zur Abstoßung der unbekannten Zellen führen können, etwa die Host-versus-Graft-Disease. Sie kommt bei zwei bis 20 Prozent der Patienten vor. Dann müssen wir mit Immunsuppression reagieren, also der Ausschaltung des Immunsystems. In solchen Phasen kann das harmloseste Virus für Sie tödlich sein. Abgesehen davon ist eine extrem problematische Komplikation die GvHD. Dabei reagieren spezielle Immunzellen des Spenders auf das Gewebe des Empfängers. Diese GvHD kann akut auftreten oder chronisch, das betrifft etwa 30 bis 60 Prozent aller Empfänger. Wenn nach etwa 100 Tagen eine GvHD eintritt, sprechen wir von einer chronischen Form. Sie betrifft etwa 50 Prozent der Patienten. Ein

Drittel der betroffenen Personen geht uns leider verloren, ein Drittel hat so schwere Nebenwirkungen, dass sie permanent in Behandlung sind und ein weiteres Drittel hat schwache Nebenwirkungen. Am gefährlichsten ist natürlich eine Progression, also ein Rückfall der Erkrankung. Das können wir auch mit einer Transplantation nicht ausschließen."

Ich versuche, seine Angaben zu addieren. Das sind doch schon mehr als 100 Prozent! Habe ich mich verrechnet? Außerdem wollten wir etwas fragen! Warum zählt er uns alle möglichen Krankheiten auf? Ich will das nicht wissen. Nicht jetzt. Ich rutsche.

„Nach der Transplantation berichten viele vom Verlust der Geschmacksfähigkeit, einige können nicht mehr riechen. In seltenen Fällen ändert sich das im Lauf der Zeit, allerdings scheint es niemals zur gleichen Qualität zu kommen. Selten ist noch mit einer Lebervenen-Verschlusskrankheit zu rechnen, die allerdings zu schwerwiegenden Nebenwirkungen wie Schmerzen führt und durch eine Gelbfärbung der Haut zu erkennen ist. Diverse juckende Hautausschläge, Entzündungen der Schleimhäute oder Schluckbeschwerden gehören zu den eher leichten Formen."

Der Stuhl ist feucht. Erich hält meine Hand. Er starrt den Arzt fassungslos an. Wann hört der endlich auf zu reden? Was will er uns überhaupt sagen? Dass keine Hoffnung besteht? Nur noch ein paar Jahre? Oder Monate? Allmählich verschwimmen die Sätze, ich höre sie wie unter Wasser. Ich bin ein Delphin, denke ich. Aber ich verstehe den Medizindelphin nicht. Seine Stimme gurgelt unverständliche Laute. Delphine singen doch!

Mein Blut wandert die Beine hinunter, steckt in den Füßen fest.

Stille.

„Gibt es eigentlich auch Patienten, die überleben?"

Das hat mein Mann schön zusammengefasst. Er mag die Kürze. Und schwarzen Humor. Wir haben gerade begonnen, wieder miteinander zu lachen. Jetzt ist alles schwarz.

Wie? Ja? Es gibt Überlebende? Viele scheinen es nicht zu sein. Und wenn sie überleben, scheint es kein Leben mehr zu sein. Wir bedanken uns für die Informationen — das ist eine Lüge, wir sind wütend — und gehen hinaus.

Dort ist die Welt eine Kulisse. Vorne spielen sie Weihnachten, hinten geht es drunter und drüber. Ich falle Erich um den Hals und weine. Es ist mir plötzlich egal, was die anderen denken. Sein Blick geht durch mich hindurch, durch die Welt, hinaus nach irgendwo.

*

„Was war das gerade?", fragt mich Erich, während wir nach Hause fahren. „War das ein Traum? Oder hatten wir tatsächlich eine Besprechung?"

Ich sage nichts, versuche, die Tränen zurückzuhalten. Die lebhaften Schilderungen all dessen, was auf uns zukommen könnte, lähmen uns. Die Welt wird vorbeigezogen, morgen ist Weihnachten. Ich muss noch die Gans einreiben, damit sie gut duftet. Majoran! Haben wir den überhaupt? Thymian habe *ich jedenfalls. Und den Apfel muss ich sowieso streichen, wegen meiner Unverträglichkeit.*

„Ich muss zu meinen Eltern ins Pflegeheim fahren", sage ich, als wir vor unserer Wohnung stehen und starre auf die Fahrbahn. „Ich beeile mich."

„Fahr vorsichtig", fleht Erich mich an. Die Angst vor einem Unfall steigt auf wie glühende Lava. Bald werde ich explodieren.

Menschen mit Geschenken eilen in das Pflegeheim. Ich habe unsere auch dabei, muss bei Rosi, der Heimleiterin, vorbei. Sie winkt mir aus ihrem Büro fröhlich zu. Ich kann nicht. Ich muss zu ihr hinein. Ich schließe die Tür. Ich wanke zu einem Stuhl. Ich falle auf ihn. Ich weine. Hemmungslos.

Rosi sieht mich entgeistert an, will wissen, was los ist. Ich bringe kein Wort heraus, suche nach Taschentüchern. Sie bringt mir welche, umarmt mich plötzlich. Das tut gut. Endlich kann ich sprechen.

„Ein Arzt hat uns gerade aufgeklärt. Was alles sein kann. Rosi! Es war eine Aufzählung von grässlichen Dingen. Kein Licht am Ende des Tunnels. Keine Chance. Er wird sterben. Oder an entsetzlichen Nebenwirkungen leiden. Was soll ich denn tun ohne ihn?"

Sie sagt nichts. Das tut gut. Hält mich. Ich darf mich fallenlassen.

Mama steht am Fenster, als ich zum Auto gehe. Sie winkt mir zu. Seit sie hier ist, hat sie sich verändert. Sie bedankt sich für jeden Besuch und jede Aufmerksamkeit. So kenne ich sie nicht. Die Trennung von ihrem Mann, meinem Vater, tut ihr sichtlich gut. Die Pflegerinnen und Pfleger hier sind ganz begeistert von ihr. Sie sei so nett und hilfsbereit.

Sie, die daheim mürrisch und unzufrieden ihren Tag absolvierte, im wahren Sinn des Wortes.

Sie, der ich nichts recht machen konnte.

Sie, die sich jetzt für jede Schokolade bedankt, die ich ihr bringe.

Was war los in ihrem Leben? Seit 60 Jahren sind meine Eltern verheiratet und offiziell glücklich. Ich habe keine Weihnachten erlebt, bei denen sie nicht gestritten hätten. Ich habe immer gefroren daheim. Mein Vater hat sich vor ein paar Wochen scheiden lassen. Inoffiziell. Offiziell ginge es nicht mehr. Er spricht von meiner Mutter als seiner Ex-Frau. Vor einigen Tagen hat er ihr einen Brief geschickt.

‚Ich bin nicht mehr bereit, die Kosten für deine Zusatzversicherung zu übernehmen. Du musst das jetzt selbst bezahlen.‘

Das kann sie nicht, sie hat keine Pension, weil sie ja nie ‚gearbeitet‘ hat, wie es heißt. Sie hat bloß die Kinder aufgezogen, gekocht, gewaschen, den Haushalt geführt und ihn vor etlichen Dummheiten bewahrt. Nichts, was in Geld ausdrückbar ist. Ich diskutiere darüber nicht mehr mit ihm und bezahle ihre Versicherung.

Meine Mutter ist ein leichter Pflegefall, mein Vater auch. Hoffentlich nehmen sie ihn in dem Heim. Vier-Sterne-Hotel hat Erich das genannt. Das Essen ist gut, wer etwas nicht verträgt, darf ein anderes bestellen.

„Beschweren darf sie sich nicht", meint Erich.

Meine Mutter macht das auch nicht. Obwohl das nicht zu ihr passt. Früher konnte man ihr nichts recht machen. Nun ist sie mit allem zufrieden.

„Sie ist endlich ihren Mann los", glaubt Erich. „Bei deinen Eltern weiß niemand, wer für wen die Strafe ist. Jedenfalls haben sie ihre Leben selbst zerstört. Sie hatten doch Möglichkeiten!"

„Welche? Mein Vater hat meiner Mutter verboten zu arbeiten. Was sollte sie machen?"

Er überlegte.

„Ich weiß nicht. Abhauen? Verschwinden? Irgendwohin gehen, wo die Welt ein wenig anders ist?"

Das hätte sie tun sollen. Sie ist die Klügere von den beiden. Ohne sie hätte er nichts in den Griff gekriegt. Als wir ihre Sachen im Seniorenheim ordneten und er auch etwas beitragen sollte, gelang ihm das nicht.

„Mei. Ist der blöd." Ihre Aussage ist nicht von der Hand zu weisen. Mein Vater ist auch ein liebenswerter Mensch, es fehlt ihm bloß an Überblick. Ein bisschen mehr Verstand würde ihm guttun.

Ich meine Verstand in dem Sinn, dass er über den Tellerrand seiner Existenz als Polizist, damals am Land Gendarm genannt, hinwegsehen hätte können. Blöd ist er in Wirklichkeit nicht. Sein Hobby sind Zahlen. Er merkt sich Lottozahlen auf Wochen und erklärt mir immer wieder, warum er eigentlich gewonnen hätte. Letzte Woche bestanden die Zahlen für den Sechser aus den Geburtstagen seiner Geschwister, seiner Eltern und dem Todestag seines Vaters. Er hatte diese Zahlen leider nicht gesetzt. Aber das nächste Mal. Da würde er gewinnen, wenn die Kugeln richtig rollen.

Wie oft haben mein Mutter und ich ihn vor dem eigenen Untergang gerettet? Etwa damals, als er unsere Wohnung verkaufen wollte? Welcher Teufel ihn damals geritten hat, wissen wir noch heute nicht. Jedenfalls hatte er, natürlich ohne uns zu fragen, schließlich war er der Herr über unsere Finanzen, einen Makler beauftragt, die Wohnung zu verkaufen. Wo wir dann wohnen sollten, überlegte er nicht, er war der Meinung, das wäre ein günstiger Augenblick. Mit Ach und Krach schaffte ich es damals, das Verkaufsangebot rückgängig zu machen. Oder die Ledercouch, die er völlig überteuert und viel zu groß für unsere Wohnung auf einer Möbelmesse erstanden hatte. Nach vielen Telefonaten und Drohungen hatte ich den Kauf stornieren können.

„Geld spielt keine Rolle", ist einer seiner Lieblingssätze.

Die Allüre eines Emporkömmlings?

Wahrscheinlich. Es gehörte zu seinen Geboten, dass niemals ein anderer die Rechnung im Gasthaus bezahlen durfte. Erich ging das irgendwann so auf die Nerven, dass er einmal nach dem Essen zur Theke ging und die Rechnung selbst bezahlte.

Als mein Vater den Kellner rief und mit großer Geste bezahlen wollte, antwortete der, dass schon bezahlt worden war.

Das Gesicht meines Vaters versteinerte, wir gingen danach den Inn entlang. Er schmollte in einem Ausmaß, dass Erich irgendwann meinte, wenn er unbedingt wollte, könnte er ihm das Geld ja geben.

Erleichtert folgte mein Vater diesem Vorschlag.

Warum lässt er sich nichts geben? Nichts schenken? Was für eine seltsame Einstellung dem Leben gegenüber. Ich verstehe es nicht.

Vielleicht geht das nicht, alles zu verstehen. Vielleicht muss ich mich mit dem Gedanken vertraut machen, etwas nicht zu verstehen. Bei den eigenen Eltern fällt das schwer. Die sind einem vertraut.

Glaubt man.

Bis einen die Wirklichkeit eines Besseren belehrt.

Die Feier

Der Speck duftet. Wie lange rieche ich ihn noch? Und das Sauerkraut, das ich vorbereite? Oder werde ich ohnehin nichts mehr riechen, nichts mehr schmecken, weil ich nur mehr Asche bin?

Ich schneide den Speck in zierliche Stücke, brate sie in der Pfanne, bis sie knusprig sind, hole sie aus dem Fett, lege sie auf einen Teller. Nun kommt das gewässerte und klein geschnittene Sauerkraut in die Pfanne, ich lasse es ein wenig anbrennen, dann kommt ein großes Glas Riesling dazu. Ich nehme einen Schluck und gieße den Rest in die Pfanne. Es brutzelt und zischt, aber es freut mich nicht. Ich merke nichts von dem Duft, als übte ich schon für die Zeit nach der Therapie. Morgen wird das Sauerkraut noch besser schmecken, Klaudia hat die Gans bereits eingeschmiert, damit sie den Geschmack der Kräuter aufnimmt.

Ich muss noch das Geschenk für sie einpacken! Ein Buch, wie jedes Jahr. Seit wir dieses Ritual eingeführt haben, sind die Feiertage tatsächlich besinnlich und still geworden. Seit unsere Tochter Nina aus dem Haus ist, haben wir nur mehr einen Baum aus Blech. Dieses Jahr wird auch der fehlen. Und das Essen wird auch nicht schmecken.

Was geht in einem Menschen vor, der einen Tag vor Weihnachten seinem Patienten erzählt, was alles nicht gelingen kann? Seit Wochen suche ich nicht mehr nach vermeintlichen Antworten im Internet, hinterlege keine Lesezeichen für alternative Methoden mit chinesischem

Tee, Akupunktur oder Handauflegen und antworte Freunden auf ihre wohlmeinenden Empfehlungen mit einem artigen Dankeschön. Sie meinen es gut, aber ich glaube keinem, der für eine komplizierte Krankheit einfache Lösungen hat. Heilsbringer bringen nicht nur in der Politik Unheil. Die Populisten der alternativen Heilkünste sind ebenso gefährlich, sie dulden nur eine Wahrheit. Wie war das gleich? Ich traue allen, die auf der Suche nach der Wahrheit sind. Ich misstraue allen, die sie gefunden haben. Aber dann ist die Wahrheit unseres Schwarzsehers auch nicht die Wahrheit. Ich muss es anders betrachten. Was ist, wenn seine Wahrheit nur einen Teil der Wahrheit beschreibt? Vielleicht den falschen? Noch habe ich keine Kraft dafür.

Klaudia weint neben mir. Eigentlich wollten wir ein wenig ausruhen, während die Gans im Backofen vor sich hin gart. Es klappt nicht. Wir sitzen nebeneinander im Bett, Klaudia schüttelt es; sie wiederholt ihre Klage.

„Mit wem soll ich mich treffen, wenn du stirbst?" Sie starrt auf die gegenüberliegende Wand. „Vielleicht kümmert sich Nina um mich. Ich habe ja sonst niemanden."

Das stimmt nicht. Es gibt Freunde. Ruth, Erika, Edwin, Orestis, Said. Vielleicht noch Karin und Pauci. Das reicht doch, oder? Natürlich nicht. Da fehlt einer. Ich. Seinen Verlust gilt es dann zu verkraften. Das schaffst du, möchte ich sagen. Finde es dann unpassend. Mich gibt es nicht mehr, ich kann nicht helfen und nicht trauern. Trauer ist für Lebende ein Thema. Ich schweige und weine einfach mit ihr.

Die Weihnachtsgans hat nicht geschmeckt.

Vom Lügen

Nach der Starre hat sich ein neuer Alltag eingestellt. Den behalten wir bei, zumindest in Umrissen. Einkaufen. Kochen. Essen.

Bisweilen gibt es wichtige Dinge zu erledigen. Etwa weiterhin zu lügen. Ich wurde vor ja vor einigen Wochen Großvater und hatte mich so sehr auf mein Enkelkind gefreut. Meine Tochter Nina hat vor Jahren einen liebenswerten Freund gefunden. Die neue Wohnung ist bezogen. Die Gegend in Liesing ist eine Mischung aus Dorf, Bauernhöfen und U1-Anschluss.

Alles passt.

Nur die Leukämie nicht.

Noch bevor das Kind auf die Welt gekommen war, musste ich beginnen zu lügen. Ich wollte sie nicht aufregen. Dabei hasse ich Lügen. Genauer: Ich lüge nicht gern. Das hat viele Gründe. Einer davon ist die Unübersichtlichkeit des Lügens. Man muss ein sehr gutes Gedächtnis haben, um wahrhaft lügen zu können. Überall lauern Gefahren. Kleinigkeiten werden zu Bärenfallen, in die man tief fällt. Durch Seitensprünge etwa.

*

„Wo warst du am Nachmittag eigentlich? Ich konnte dich nicht erreichen. Deine Sekretärin wusste von nichts und dein Handy war aus."

Er hatte die Frage schon gestern erwartet, als sie nicht gekommen war, war er unruhig eingeschlafen.

Sie hatte das Frühstück abgewartet, um ihn in die Enge zu treiben. Gestern war er auf ihre Fragen gut vorbereitet gewesen, nun hatte sie ihn mit nüchternem Magen erwischt. Wie ging die Geschichte, die er sich ausgedacht hatte? Er schluckte den Bissen runter.

„Ich hatte noch eine Besprechung mit Stefan."

Stefan war sein Kompagnon, in jeder Hinsicht, ist immer für eine Notlüge gut und bereits informiert.

Seine Frau nickte freundlich.

„Na, da hast du aber Glück gehabt bei der Heimfahrt! Wie bist du denn dem Stau ausgewichen?"

Er hatte die Verkehrsnachrichten nicht gecheckt. Jetzt war guter Rat teuer. Er traute ihr nicht. Sie war geschickt im Vortäuschen falscher Tatsachen. Manchmal zweifelte er sogar an ihren Orgasmen. Hatte es tatsächlich einen Stau gegeben? Oder hatte sie den erfunden? Wie die Kriminalisten im Fernsehen, die Verdächtige mit falschen Behauptungen überführen wollen? Er hatte eine 50 zu 50 Chance.

„Es gab keinen Stau auf der Tangente. Wie kommst du darauf?"

Sie sah ihn scharf an.

„War nur ein Scherz."

Das war knapp. Wie misstrauisch sie doch war!

Jahre später sah ihn meine Tochter in einem Lokal.

‚Er saß mit einer blonden Frau im gleichen Lokal. Er hat mich nicht erkannt. Das war sicher seine Freundin.'

Unmöglich, meinte ich. Doch nicht Walter! Der Mann, der für jede Entscheidung seine Frau anrief und sich rührend um seine Kinder kümmerte. Das war wohl seine Schwester.

Das war ein Irrtum. Als Karin feststellen musste, dass ihr Mann seit Jahren eine Wohnung in der Stadt gemietet hatte, in der er mit unterschiedlichen Frauen Verhältnisse hatte, trennte sie sich von ihm. Unter Schmerzen, wie die Katholiken die Geburt eines Kindes oder der Wahrheit nennen. Es dauerte lange, bis sie sich von der Erkenntnis, dass ihr lieber Walter ein Doppelleben geführt hatte, erholte. Nun geht es ihr gut.

Die Wirklichkeit ist ein guter Lehrmeister.

Mich hätte Karin sofort ertappt. Darum habe ich in meinem Leben sehr selten gelogen. Ich frage mich, wie Walter das geschafft hatte. Zwei Kinder hatte er gezeugt, 30 Jahre war er mit Karin verheiratet gewesen. Sein Unternehmen florierte nicht, aber es lief immerhin mit etwas Gewinn. Jahre nach der Silbernen Hochzeit unterlief ihm ein Fehler.

*

Jedenfalls musste ich dieses Mal perfekt lügen. Meine Tochter Nina konnte ich frühestens nach der Geburt über meine Krankheit informieren. Es ist nämlich so, dass ich lange Zeit Alleinerzieher meiner Tochter war, wir stehen uns nahe, wie es so schön heißt. Manchmal in erbittertem Kampf, in späteren, erwachsenen Jahren in überwiegend liebevoller Zuneigung. Meine Freude über ihr Kind hat sie zu Tränen gerührt.

Nina und Dave überbrachten die Botschaft sehr kreativ. Sie schenkten uns eine Flasche Wein mit einem netten Etikett darauf: ‚Eriksdotterson JG 2019‘ stand darauf und war so echt gestaltet, dass wir uns nichts dabei dachten, sondern uns laut über den Zufall wunderten, dass es einen solchen Wein gab. Die beiden tauschten hilflose Blicke aus, Klaudia und ich ebenfalls.

„Und? Irgendwas unklar?"

„Nein. Alles klar. Ein Wein, der unsere Namen trägt. Witzig!"

Nina seufzte und holte ein anderes Etikett hervor. Ein Ultraschallbild war darauf, das neue Leben, ein winziger Embryo.

„Wir wollten es nicht verwenden, weil es zu eindeutig ist."

Das war im Sommer gewesen. Jetzt ist jedenfalls nicht die Zeit, schlechte Nachrichten zu verbreiten. Die Strategie ist einfach. Wichtig ist, die beiden nicht zu sehen. Am Telefon kann ich recht gut lügen, bei Blickkontakt habe ich Probleme. Also erfinde ich kleine Irritationen meines Körpers, die mich am Besuch hindern. Innsbruck und Wien liegen weit auseinander, da kann ein Besuch auch nicht mir nix, dir nix stattfinden. Ich berichte also von diversen Kieferentzündungen, die der Wahrheit ziemlich nahe kommen.

Ein wichtiger Hinweis für Lügende: Kombinieren Sie immer Wahrheiten mit Lügen. Dann können Sie sich an den Wahrheiten festhalten, die vergisst man weniger leicht als die Lügen. So erinnern Sie sich auch besser an Ihre Lügen und geraten nicht in Gefahr, Dinge miteinander zu verwechseln. Außerdem wird Ihre Erzählung durch den Wahrheitsgehalt innerhalb der Lüge immer etwas anders klingen, für die Wissenschaft ein Hinweis auf die Wahrheit. Lügner haben das Problem, dass sie ein Geschehen immer gleich erzählen, nahezu wortwörtlich gleich, was den Wahrheitsliebenden, etwa Staatsanwälten, ein Hinweis auf eine Lüge ist.

So telefoniere ich über mehrere Wochen mit meiner Tochter, befrage sie intensiv über ihr Leben und ihre Sorgen – auch ein wichtiger Tipp für einigermaßen funktionierendes Lügen: immer fragen! Nichts erfreut die Menschen mehr, als wenn man sich für sie interessiert.

Sie antwortet brav und irgendwie bringen wir die Zeit bis zur Geburt hin. Die erfolgt allerdings um acht Wochen zu früh, was zum nächsten Problem führt. Weihnachten!

Die ersten Weihnachten mit dem gemeinsamen Kind soll man nicht stören. Selbst wer, wie ich, weder an ein Christkind noch gar an einen lieben Gott glaubt, findet diese Tage irgendwie anheimelnd, zumindest abseits der Einkaufsstraßen. Dort finden sich Orte, die ein wenig von dem haben, was andernorts fehlt: Friede und Ruhe.

Wer will, widmet sich dem Backen von Vanillekipferln. Ihr Geruch erinnert mich an meine Kindheit. Weihnachten und Vanillekipferln, das harmoniert wie Sachertorte und Marmelade.

*

„Jetzt sind sie mir angebrannt!" Dieser Ruf gehört zu meinen kindlichen Weihnachtstagen. Meine Mutter war, wenn ich mich richtig erinnere, keine besonders gute Köchin. Manche Dinge schmeckten wunderbar, etwa meine Geburtstagstorte, die ich am liebsten jeden Sonntag verspeist hätte. Später bemerkte ich, dass es sich um eine Armentorte handelte, gebacken aus wenigen Zutaten, die ich leider nicht mehr kenne. Denn das Ergebnis war eine wahre Freude!

Die meisten Gerichte meiner Mutter allerdings schmeckten weniger gut und ich muss immer lachen, wenn ich bei Werbungen höre, dass alles ‚wie bei Muttern' schmeckt.

„Nur das nicht", denke ich dann immer. Seit einigen Jahren geistert auch die Idee herum, dass es wie bei Großmutter schmecken soll. Meine Großmutter konnte noch weniger kochen als meine Mutter. Das lag wohl daran, dass sie als Näherin arbeitete, jeden Tag eine Stunde in die Fabrik gehen musste und abends ihre Tochter, meine Mutter, am Freitag ins Gasthaus schickte, damit ihr Mann nicht das gesamte Einkommen vertrank.

Mein Großvater war übrigens ein netter Mensch, was alle bestätigten. Allerdings trank er mindestens so gerne wie er nett war. Und wenn ihn niemand hinderte, konnte das einen Monatsumsatz seines kleinen Geschäfts ausmachen. Meine Großeltern waren aus Böhmen zugewandert, er Schuster, sie Hilfsarbeiterin. Die Schuster waren traditionell der Sozialdemokratie zugewandt und so landeten die beiden nach dem ersten Weltkrieg in einem Wiener Gemeindebau, wo sie endlich ein eigenes Klosett hatten. Die Schuhwerkstatt war gleich ums Eck, man ging dort ein paar Stufen hinunter und landete vor der Budel. Dahinter war die eigentliche Werkstatt, mit Lederteilen, Holznägeln, seltsam geformten Hämmern, Schuhen und Leisten. Der Geruch der Schuhwerkstatt klebt auf Abruf in meiner Nase.

Manchmal durfte ich helfen und Holznägel in die Sohlen hämmern. Sohle und Brandsohle werden nicht vernäht, sondern mit vielen kleinen Holznägeln miteinander verbunden. Die Methode ist zeitintensiv und deshalb heute exklusiver Kundschaft vorbehalten. Das Ergebnis sieht allerdings wunderschön aus. Ich war als Kind begeistert von der Regelmäßigkeit der Nägel und dem Muster, das sie ergaben. Damals brachten Menschen Schuhe in die Werkstatt, um sie immer wieder reparieren zu lassen, nicht aus einem ökologischen Bewusstsein heraus, sondern weil Reparieren billiger war als Kaufen.

Unser Wirtschaftssystem hat erreicht, dass Arbeit hier teurer geworden ist als neue Produkte, die von Arbeitssklaven im fernen Osten erzeugt worden sind. Leder, das weitab von uns zu Hungerlöhnen produziert wird. Wir sehen die Arbeiter nicht, wir kennen sie nicht, ihr Leiden können wir problemlos verleugnen.

*

Ach ja, Weihnachten und andere Illusionen!

Ich erfinde also am Telefon weitere Ereignisse, die uns am Besuch hindern. Meine Tochter schickt mir Fotos von meinem Enkelkind und ist ganz verständnisvoll. Später wird sie mir sagen, dass ihr das Ganze seltsam vorgekommen sei, sie aber nicht nachfragen wollte.

Wie auch immer, wir schaffen es, uns erst nach den Weihnachtsfeiertagen zu sehen. Klaudia fragt mich, wie wir es den beiden sagen sollen. Ich sage, dass ich so etwas nicht planen kann. Ich werde es schon hinkriegen.

Luna ist noch so klein, dass ich sie gar nicht in den Arm nehmen will. So ein winziges Leben! Und kann schon so laut schreien. Wir reden über dies und das, wir trinken Café und essen eine Mehlspeise, eine Maronitorte, Ninas Lieblingsspeise. Die Pause ist günstig.

„Ich muss euch etwas mitteilen", sage ich. Mitteilen, das Wort klingt unangenehm. Ich verwende es üblicherweise nicht, aber ich finde kein passendes. Die Wörter werden steif wie mein Körper. Ich räuspere mich.

„Es ist nichts Angenehmes und ich wollte es euch nicht vor Weihnachten sagen. Ich habe im Oktober eine schlechte Diagnose bekommen. Aber es gibt auch gute Nachrichten." Nur keine Panik aufkommen lassen. Alles ruhig und sachlich erklären. So wenig Emotion wie möglich aufkommen lassen. Ich bin ganz rational.

Nina streichelt Luna, ihr Dave sieht mich an. Es wird sehr ruhig im Zimmer. Dabei habe ich noch gar nichts gesagt. Seltsam, wie sich Informationen auch ohne Worte verbreiten. Eine merkwürdige Schwere ist da. Ich will es schnell machen. Schmerzlos. Schmerzlos?

„Ich habe Leukämie. Das ist die schlechte Nachricht. Aber sie ist heilbar. Das ist die gute Nachricht." Ich stoße den letzten Satz heraus wie einen Rettungsring.

Ninas Augen sind weit geöffnet. Sie füllen sich mit Wasser. Nina streichelt Luna über den Kopf. Die Zeit erstarrt. Der Tod ist heute Gast. Er bringt alle zum Schweigen. Wie lange das dauert. Diese Stille. Wie eine Ewigkeit. Dave unterbricht sie, steht auf, kommt zu mir, umarmt mich, sagt nichts, geht zu Klaudia und umarmt sie ebenfalls. Nina rührt sich nicht.

Das ist der Moment, in dem wir alle zu weinen beginnen und Klaudia die vorbereiteten Taschentücher verteilt.

Nina übergibt Dave ihr Kind, kommt zu mir, umarmt mich. Sie sagt nichts. Was soll sie auch? Es ist Winter und der Frühling in unerreichbare Ferne gerückt.

Es ist seltsam, wenn das eigene Kind plötzlich eine erwachsene Frau geworden ist. Eben habe ich sie noch auf den Schultern getragen, Windeln gewechselt. Habe mich an ihrer Lebendigkeit erfreut, mich über ihre Sturheit geärgert.

„Was willst du denn?", hatte ich sie gefragt, als sie wieder einmal ein Angebot für den Nachmittag abgelehnt hatte. Sie hatte geschluchzt und nach einer Pause:

„Ich will, ich will", hatte sie geweint, „ich weiß nicht, was ich will."

Ich schon. Ich will nicht sterben. Das ist ein einfacher Wunsch in meiner Situation. Vielleicht unerfüllbar.

Ich weiß nicht mehr, wie wir den Rest des Tages verbracht haben. Die Maronitorte wurde nicht mehr angetastet. Wahrscheinlich berichteten wir darüber, wie die Krankheit entdeckt wurde, fluchten über den Hausarzt, der die Befunde verschlampt hatte, erklärten die weitere Therapie und versuchten die Chancen und großartigen Wahrscheinlichkeiten zu schildern, gesund zu werden.

Es tut gut, nicht mehr lügen zu müssen.

Zweite Meinung

Wenn es um den eigenen Tod geht, muss man vorsichtig sein. Zumindest dann, wenn man gerne lebt. Das mache ich. Zumindest überwiegend.

Ich rufe einen Freund an, der sich seit seiner Dissertation der Erforschung von Tumoren widmet. Wir haben uns lange nicht gesehen und gehört, aber zwischen uns gibt es dieses Band, das keine Zeit und keinen Raum benötigt, um zu halten. Wir sind miteinander verbunden. Wie das mit manchen Menschen so ist. Man trifft einander nach Jahren, setzt sich an einen Tisch und redet, als wäre man vor wenigen Minuten aufgestanden, um kurz aufs Klo zu gehen. Solche Menschen muss man sich bewahren und sie hüten. Sie sind ein Schatz. Und so viele sind es nicht, denen wir auf diese Weise begegnen.

Ich spüre Christians sachliche Betroffenheit durchs Telefon. Er ist ein angenehmer Gesprächspartner, selbst in dieser Situation.

„Das tut mir leid. Leukämie. – Da kann ich dir nicht wirklich helfen. Auf Leukämie bin ich nicht spezialisiert, das ist eine sehr eigene Krankheit. Mit Tumoren hat sie nichts zu tun, auch wenn sie Blutkrebs genannt wird."

Er überlegt kurz.

„Ein guter Freund arbeitet seit Jahrzehnten an dem Thema, er ist Experte auf dem Gebiet. Ruf ihn an und sag' ihm einen schönen Gruß von mir. Er wird dir helfen. Und melde dich danach wieder. Ich wünsche dir alles Gute. Ruf ihn gleich an."

Wir tauschen noch ein paar Höflichkeiten aus. Natürlich wollen wir uns gerne sehen, über frühere Zeiten reden und ein Glas Wein trinken. Natürlich wissen wir, dass derzeit dafür keine Zeit ist. Und später? Auch das ist unklar. Aber es ist schön, darauf zu hoffen.

Professor G. hat relativ bald einen Termin frei. Wir fahren also nach Wien. Klaudia zittert mitunter vor Nervosität neben mir, ich konzentriere mich auf das Fahren und lasse sie nicht ans Steuer. Die Vorstellung, statt an Leukämie durch einen Autounfall zu sterben, gefällt mir nicht. Für mich ist Autofahren immer wie Gehen gewesen. Wobei ich lieber mit dem Auto fahre als zu gehen. Ökologisch ein Vergehen, subjektiv ein Vergnügen.

Die Ordination liegt neben dem Augarten in einem Haus aus den 1960er Jahren. Wir kommen etwas zu früh, aber der Mann, der das Haustor soeben öffnet, kann nur Professor G. sein: Vollbart, gebeugte Haltung, ein teurer, etwa 20 Jahre alter Mantel, Brille, etwas hektisch wirkend, vielleicht, weil er den Haustorschlüssel nicht findet, den Blick in konkrete Ferne gerichtet. Wir vermuten richtig, er auch.

„Ja, natürlich, wir haben einen Termin, kommen Sie gleich mit."

Er ignoriert den Aufzug und steigt vor uns in den vierten Stock, öffnet die Tür zu einer Wohnung, geht voran.

„Mein Sohn hat sich wieder mal ein paar Stühle ausgeborgt, ich hole sie gleich", brummt er mürrisch.

Er verschwindet nach unten, wir sehen uns um. Im Zimmer, in dem wir warten sollen, stehen ein Wäschetrockner, eine Couch, ein Tisch und ein Stuhl. Unser Angebot, beim Transport weiterer Stühle zu helfen, hat der Professor abgelehnt. Er kommt mit zwei Stück zurück, die er aufatmend hinstellt.

„Kommen Sie gleich in die Ordination."

Die ist ein zweites Zimmer mit ähnlichem Komfort. Das Notebook steht im Kontrast zum Rest der Ausstattung. Auf dem Gebiet kennen Klaudia und ich uns aus, das Gerät ist eines der besten, das es derzeit gibt.

„Haben Sie die Befunde mit?"

Wir geben sie ihm, sie sind in der Zwischenzeit zu einem kleinen Paket angewachsen. Er stürzt sich begierig auf die vielen Daten. Er sieht uns nicht an, nickt hin und wieder und gibt unbestimmte Laute von sich. Uns ist klar, dass wir ihn keinesfalls unterbrechen dürfen. Wir sitzen einige Minuten, die sich wie Stunden anfühlten, vor ihm und warten. Hat er andere Neuigkeiten als unser Doktor M.?

Dann geschieht etwas Merkwürdiges.

Er wendet sich uns zu, sieht uns konzentriert an. Das haben wir bisher selten erlebt, meistens stand der PC-Bildschirm im Mittelpunkt der Gespräche. Da ist plötzlich dieses Gefühl, dieser Mensch nimmt uns tatsächlich wahr.

„Sie haben mehrere Möglichkeiten." Er korrigiert sich. „Jedenfalls zwei. Die eine, Sie nehmen weiter Vidaza. Diese Therapie kann man relativ lange durchführen. Damit werden die Blasten, also die missratenen Zellen, eine Zeitlang gestoppt. In extrem seltenen Fällen verschwinden sie sogar, aber auf diese Wahrscheinlichkeit sollten Sie sich nicht verlassen. Im Durchschnitt leben Patienten mit Vidaza etwa fünf Jahre. Manche kürzer, manche länger."

Er betrachtet mich genau.

„Das wird Ihnen zu wenig sein?"

Ich nicke. Wann kommen endlich gute Nachrichten?

„Das habe ich mir gedacht. In Ihrem Fall gibt es noch eine andere Möglichkeit."

Er beugt sich über die Befunde und beginnt zu erklären.

„Sie haben drei fehlerhafte Gene. Ich beschäftige mich seit 35 Jahren mit Leukämie und habe einen ziemlich guten Überblick, bei welchen Genen eine gewisse Heilungschance besteht. Bei Ihnen sieht es, den Umständen entsprechend, ganz gut aus. Es ist natürlich Ihre Entscheidung, aber ich an Ihrer Stelle würde eine Transplantation wagen."

Er kringelt auf einem Blatt die Gene ein und nickt uns aufmunternd zu. Dann erklärt er uns nüchtern und verständlich, was wir wissen wollen, wie viele unterschiedliche Arten dieser Krankheit es gibt und welche Erfolge man im Laufe seiner Forschungstätigkeit bisher schon erzielt hat. Nach einer Stunde sind wir überzeugt davon, dass der Tod nicht die einzige Alternative ist.

„Und die Nebenwirkungen?", werfe ich dennoch schüchtern ein. Er macht eine wegwerfende Handbewegung.

„Über die können Sie sich Sorgen machen, wenn es so weit ist. Natürlich gibt es welche, aber die haben Sie bei jeder Behandlung."

Klaudia drückt meine Hand, ich spüre eine leise Euphorie in mir hochsteigen.

„Können Sie die Behandlung übernehmen?"

Er schüttelt den Kopf.

„Auf meinem Institut machen wir keine Transplantationen. Wir arbeiten mit dem AKH zusammen, die können das. Die sind sehr gut, aber an Ihrer Stelle würde ich in Innsbruck bleiben. Ich kenne die Kollegen dort. Sie arbeiten exzellent. Und: Sie sind mutiger als hier. Vergessen Sie nicht, vor einigen Jahren wurden Menschen über 35 Jahren prinzipiell nicht transplantiert. Damals wären Sie innerhalb weniger Monate gestorben. Heute werden, bei guter Fitness, sogar 65jährige transplantiert. Sie sind zwar etwas darüber, aber fit! Es wäre gut, wenn die Transplantation spätestens im Sommer über die Bühne gehen könnte."

Er lächelt.

„Haben Sie noch Fragen?"

Wir verneinen.

„Wenn Sie noch welche haben, rufen Sie mich jederzeit an. – Und schicken Sie mir Ihre Befunde weiter zu."

Wir verabschieden uns und fassen die Ergebnisse bei einem Spaziergang im Augarten zusammen.

Dieser Park war in adeligen Zeiten ein Jagdgebiet, wie auch der nahe gelegene Prater. Beide wurden unter Joseph II. der Öffentlichkeit zugänglich gemacht. Seine Hoheit, der Kaiser, ließ das Volk in den Park.

Selbstverständlich waren viele Adelige dagegen, sie protestierten gegen den ‚Pöbel', den sie plötzlich in den Grünanlagen treffen sollten. Der Kaiser antwortete angeblich darauf, dass, wenn er sich nur mit Seinesgleichen treffen sollte, er sich beständig in der Kaisergruft aufhalten müsste.

Joseph II. war offenbar demokratischer gesinnt als der von der ‚neuen‘ ÖVP protegierte Vorsitzende der ÖBAG, einer Institution, die staatliche Beteiligungen mit einem Gesamtwert von 30 Milliarden Euro verwaltet. Der Mann heißt Thomas Schmid und wollte im Jahr 2021 nicht mit dem ‚Pöbel‘ in einem Flugzeug sitzen. Eine Ansicht, die er mit dem niederen Adel teilte, allerdings etwa 300 Jahre später.

Wir dürfen nun als Teil des Pöbels durch den Augarten spazieren, eine Anlage, in der sowohl die Wiener Sängerknaben als auch eine Porzellanmanufaktur ihren Sitz haben. Später kamen noch die Flaktürme der Nazis hinzu und noch später das österreichische Filmarchiv, mit anderen Worten: Wir wandern durch einen Teil der österreichischen Geschichte. Die uns allerdings im Moment nicht interessiert.

Wir sind ganz angetan von den Informationen des Herrn Professor. Vor kurzem war die Frage nach dem Ort meines Begräbnisses wichtig, nun öffnen sich Perspektiven für eine lebendige Zukunft.

Seltsam, bestätigen wir uns gegenseitig, wie unterschiedlich Aussagen getätigt werden können. Objektiv unterscheiden sich jene von Doktor M. und jene von Professor G. nur geringfügig. Und dennoch haben uns die einen beinahe den Todesstoß gegeben und die anderen Hoffnung.

Los geht's!

„9. März FLAG!" So steht es handgeschrieben auf dem Zettel, den mir die Frau an der Rezeption im zweiten Stock gibt, als ich wieder meine Portion Vidaza abhole.

„Was heißt FLAG bitte? Ich kenne nur einen Flag-Store. Soll ich am 9. März dorthin gehen?"

Die Frau schüttelt den Kopf und liest sich den handschriftlichen Vermerk nochmals durch.

„Sieht aus wie eine Einweisung in den Neunten Stock. In die KMT. Transplantationsabteilung."

Das kann ich mir nicht vorstellen. Auch die Frau mir gegenüber ist peinlich berührt.

„Das ist in einer Woche! Mit mir hat niemand darüber geredet. Ist das ein Irrtum?"

Sie seufzt und deutet auf den Zettel. Dort steht eine Telefonnummer.

„Rufen Sie Doktor M. an. Komisch. Wir müssten das doch wissen." Sie wundert sich so dezent sie kann. Doktor M. scheint im Spital für schlechte Nachrichten zuständig zu sein. Oder war das eine gute? Ich rufe ihn an.

„Herr Doktor M.! Ich habe einen Zettel bekommen, dort steht etwas wie, ich buchstabiere: F L A G. Und 9. März."

„Ja. Professor N. hat den Termin vorgeschlagen. Sie können am 9. März einrücken."

Ich habe diese militärischen Ausdrücke schon immer gehasst und bemühe mich, nicht mit ‚Jawohl, Herr Dr. Blockwart' zu antworten. Das Alter macht nämlich nicht unbedingt weise, zumindest aber etwas verzeihender.

Prinzipiell mag ich Doktor M. ja und seit ich seinen Terminkalender kenne, verstehe ich, warum er hin und wieder etwas vergisst. Auch das Gespräch am Tag vor Weihnachten habe ich ihm beinahe verziehen. Und dennoch: Muss das sein? Ich bin doch kein Paket, das man vom 2. Stock eben mal in den 9. Stock verschickt.

Oder doch?

*

Klaudia kontrolliert nochmals die Tasche. Unterhosen, Pantoffeln, Zahnbürsten, der Kulturbeutel.

„Hast du alles?"

Ich nicke. Mein letzter Spitalsaufenthalt ist lange her, außerdem neige ich zur Vergesslichkeit.

„Vermutlich. Und wenn etwas fehlt, kannst du es mir bringen. Wir sehen uns ja bald."

„Jeden Tag", lächelt sie mich an.

Der 9. Stock der Uniklinik Innsbruck bietet einen herrlichen Ausblick, den niemand gerne hat. Wir werden freundlich empfangen und in ein Zimmer geführt.

„Ihr Zimmerkollege kommt erst am Nachmittag." Die Schwester heißt Ida und über die Anredeweise brauche ich mir keine Sorgen zu machen. Hier sind alle, außer den Ärzten, per Du.

Ida zeigt uns den kleinen Aufenthaltsraum: ein paar Tische, ein Kühlschrank, ein Computer. Besuchszeiten sind von 11 bis 23 Uhr, eine Aussage, die schon ein paar Tage später widerrufen wird. Eine halbe Stunde pro Tag und nur ein Besucher, wird die Parole sein. Solche Probleme haben wir noch nicht, sie werden für mich auch später nicht existieren.

„Hier können Sie immer nehmen, was Sie wollen. Und im zweiten Kühlschrank ist der Patientenbereich. Dort können Sie Ihre Lebensmittel aufbewahren. Wir schreiben auch gerne Ihren Namen darauf, geben Sie uns einfach alles, was Sie kühlen möchten. Hier."

Sie bringt uns ein paar Räume weiter.

„Der Fitnessraum. Es ist wichtig, dass Sie möglichst fit bleiben. Die Therapie ist anstrengend, das Einzige, was Sie zur Unterstützung beitragen können, ist: Trainieren Sie Ihren Körper!"

Die Klinik macht den Rest.

Die Luft wird keimfrei gehalten, zwei Wochen später werde ich ihren Geruch nicht mehr mögen. Es ist, als atme ich gebrauchte Luft ein. Keine Frische, keine Düfte, nichts. Besucher müssen durch eine Schleuse gehen, die Hände desinfizieren und, wenn die Transplantation stattgefunden hat, sich eine Schürze umhängen.

Aber so weit ist es noch nicht. Jetzt zeigt mir Schwester Ida das Zimmer Nummer fünf. Ich darf mir das Bett aussuchen, ich nehme jenes am Fenster und denke an den Witz mit dem Tortenstück. Die meisten kennen ihn wahrscheinlich, hier ist er trotzdem.

Ein großes Tortenstück wird zwischen zwei Brüdern geteilt. Leider sind die beiden Teile unterschiedlich groß. Nach einer kurzen Diskussion darf Peter als Erster aussuchen, welches Stück er haben möchte. Er nimmt das größere Stück.

Sein Bruder ärgert sich.

„Typisch, dass du das größere Stück nimmst."

„Welches hättest du denn genommen?", fragt Peter.

„Das kleinere", antwortet sein Bruder.

„Na bitte! Das hast du ja bekommen."

Der Blick über Innsbruck ist phantastisch, aber ich zweifle, dass ich das nach einer Woche noch so empfinden werde.

Meine ALF hilft mir beim Einordnen meiner paar Sachen, die ich hier benötigen werde. Schwester Ida entschuldigt sich für die geringe Größe des Kastens, aber wir bringen schließlich alles unter: Pyjama, Leibchen, Patschen, Unterhosen, Morgenmantel.

Alles ist vorbereitet. Nur für mich. Auf einem Zettel stehen bereits die Untersuchungen der nächsten Tage. Zähne, HNO, Augen, Lufu, Sono, Herz-Echo. Eine merkwürdige Sicherheit strahlt von den Menschen und Terminen aus.

„Wenn was fehlt, kannst du mir das ja beim nächsten Besuch bringen."

Wir ahnen nicht, dass ein Virus namens Corona Besuchen im Spital in wenigen Tagen einen Riegel vorschieben wird. Noch ist meine Tochter in Innsbruck, damit sie mich in dieser Phase der Erkrankung besuchen und unterstützen kann. Noch freut sich Klaudia auf ihr Stief-Enkelkind, das Betreuung brauchen wird, wenn meine Tochter Nina mich besucht. Noch denken wir, die Welt außerhalb der Leukämie bleibt die gleiche.

Das ist ein Irrtum.

Wenige Tage nach meiner ‚Einberufung' in die Klinik stellt sich heraus, dass die Welt auch außerhalb des eigenen Bewusstseins aus den Fugen geraten ist. Von China aus hatte sich ein Virus verbreitet, das an Ebola erinnert.

Leicht übertragbar und tödlich. Mit dem Nachteil, dass es sich auch in der freien und wohlhabenden westlichen Welt ausbreitete. Solange der Tod in Afrika und Asien gewütet hatte, beobachtete man das im Westen mit wohligem Schaudern. Aber plötzlich ist der Tod hier angekommen.

So hatte man sich die Globalisierung nicht vorgestellt!

Ein Gespenst geht um in Europa. Es heißt nicht Karl Marx, sondern Corona, Krone. Das klingt nach Monarchie, aber wie damals, als die Monarchie am Virus der Forderung nach ‚Freiheit. Gleichheit. Brüderlichkeit.‘ zerbrach, bringt das Virus die Gesellschaft zum Wanken.

Demokratisch gewählte Regierungen verordnen dem Volk, sich seiner Herrschaft unterzuordnen. Von der Demokratie zur Virokratie ist es ein kurzer Weg. Erkrankungen werden gezählt, ebenso Todesfälle und die Anzahl vorhandener Beatmungsgeräte. Die westliche Welt, der Klimakatastrophe und Abholzung bis vor wenigen Monaten gleichgültig gewesen war, ist in höchster Erregung.

Ich beziehe mein neues Quartier in der Uni-Klinik Innsbruck wenige Tage, nachdem Island die Tiroler Behörden vor dem Virus gewarnt hat. Die sahen weg und ließen in Ischgl Touristen saufen bis zum Erbrechen. Noch scheint alles weit entfernt zu sein. Vor allem, wenn man die Augen fest geschlossen hält.

Ich betrachte die Termine, die bereits fixiert sind. Ich lege mich probehalber ins Bett, Klaudia fotografiert mich, damit wir später wissen werden, wie ich mit Haaren ausgesehen habe. Sie hat zur Sicherheit bereits fünf Hauben gestrickt, für alle Witterungsverhältnisse, von Hochsommer bis Winter.

„Machen Sie sich keine Hoffnungen. Hier ist noch niemand mit Haaren rausgegangen."

Alexandra, eine schlanke, hübsche Blondine, die immerhin bloß meine Tochter, nicht meine Enkelin sein könnte, wird mich in drei Monaten auf erfrischend direkte Art auf die Phase zwei einstellen. Noch ist alles ganz normal. Ich ziehe den neuen Morgenmantel an, Klaudia verabschiedet sich, denn es geht gleich los. Wir umarmen uns.

„Ich bin froh, dass es endlich losgeht."

„Ich auch", flüstere ich in ihr Ohr. „Wir schaffen das."

Sie stellt den winzigen Glückspilz, den sie mir geschenkt hatte, auf das Nachtkästchen.

„Damit alles gut wird." Ihre Kusine hat mir einen kleinen Engel geschickt, Ninas Schneekugel mit dem Pinguin steht auch da.

Aberglaube tut manchmal gut.

Kaum ist Klaudia gegangen, beginnt die Routine des Spitals. Ich werde gleich abgeholt, sagt eine weitere Schwester. Und tatsächlich kommt ein Pfleger mit fahrbarem Stuhl. Er bemerkt meine Verwunderung und erklärt, dass es besser sei, in die Abteilungen gefahren zu werden.

„Wir nehmen den Stuhl", sagt der Mann. „Dann kommen wir schneller dran. In den Ambulanzen ist immer die Hölle los. Manche kommen her, weil die Augen brennen. Einmal war einer da, weil er eine Chilischote geschnitten hatte und sich danach mit der Hand in die

Augen gefahren war. Und deshalb kommen Menschen in die Notfallambulanz! Es ist ein Jammer."

Er schiebt mich durch verwirrende Gänge, mit Fahrstühlen hinauf und wieder hinunter. Währenddessen plaudern wir über dies und jenes. Der Mann ist freundlich und interessiert.

Im Laufe der Zeit lerne ich die meisten Abteilungen der Uniklinik kennen. Von der Gastroenterologie über die Neurologie, von der Chirurgie über die Dermatologie, von der Zahnheilkunde über die Innere Medizin, von der Hals-Nasen-Ohrenheilkunde über die Nuklearmedizin, von der Urologie über die Orthopädie. Nur die Frauenheilkunde lasse ich trotz meiner feministischen Grundeinstellung aus.

Übrigens habe ich, trotz meiner Skepsis, in ‚meinem' Spital keine einzige schlechte Erfahrung gemacht, wenn man von jenem Arzt absieht, der meine Verdauungsstörungen missachtete. Dass ich manchmal stundenlang warten musste, habe ich mit Hilfe von Büchern und Hörsendungen akzeptiert. Die Pfleger und Ärztinnen waren durchgehend freundlich, geduldig und antworteten auf alle meine Fragen. Das war in der Vergangenheit nicht so, vieles ist besser geworden.

Erfreulicherweise gibt es auch immer mehr Ärztinnen und sie werden immer hübscher und jünger. Meine ALF entgegnete daraufhin einmal, dass eher ich immer älter würde, daher erschienen mir immer mehr Menschen jünger. Das war ein interessanter Ansatz. Gefallen hat er mir nicht.

Die Augenuntersuchung ist so gründlich, wie ich noch nie eine hatte. Klaudia wendet später ein, das sei kein Wunder, schließlich war ich in meinem Leben erst einmal bei einer Augenärztin. Manchmal ist sie recht kleinlich. Die Wartezeiten zwischen den einzelnen Tests überbrücke ich mit einem Buch, Erich Hackls ‚In enger Umarmung'.

Eine Schwester schaut interessiert das Buch an, möchte wissen, wer der Autor ist, sie kenne ihn nicht. Ich berichte von Erich Hackl, der in Steyr geboren ist und viele geschichtliche Texte geschrieben hat, die sich mit Faschismus und anderen Diktaturen beschäftigen. Mir gefällt seine Sprache, sage ich. Sie ist von erbarmungsloser Klarheit. Kein Kitsch. Kein Baden in Emotionen. Kein Beschreiben des Unbeschreiblichen. Seinen Geburtsort, Steyr, hat er in einem Hörspiel geschildert. Jene Stadt, die einst eine sozialistische Arbeiterstadt war, in der das erste Krematorium errichtet wurde, jene Stadt, in der es in den 1930er Jahren immer wieder zu Auseinandersetzungen zwischen der reaktionären Heimwehr, den Hahnenschwanzlern, und dem sozialistischen Schutzbund kam.

„Steyr", sagt die Schwester und ihr Blick geht in die Ferne, nach Oberösterreich. „Ich war noch nie dort, aber ich möchte gerne hinfahren."

Ich denke an das Mittagessen im Gasthaus neben der Kirche. Das Blunzngröstl war eines der besten, das ich je gegessen hatte. Und ich koste es überall, wo es diese Spezialität gibt, die einst ein Arme-Leute-Essen war. Ich saß unter einem riesigen Kastanienbaum, es war Nachmittag, die Küche trotzdem in Betrieb. Ich war mit dem Auto unterwegs gewesen, auf der vertrauten Strecke Wien – Innsbruck. Ich wollte eine Unterbrechung haben während der Monotonie der Autobahn. Das Wetter war sommerlich heiß, der Aufenthalt unter den Bäumen angenehm. Die Welt stand still.

„Ich muss mir den Namen aufschreiben", sagt die Schwester. „Erich Hackl. Danke."

Alles ist in Ordnung, was die Augen anlangt. Ich werde auf dem fahrbaren Stuhl zurück in mein Zimmer geschoben.

Dort wartet bereits das Essen auf mich. Noch kann ich die chemische Suppe ohne Probleme essen, ich verdränge den Gedanken an meine selbst gemachten Gemüse- und Fleischsuppen.

Mein Zimmerkollege ist in der Zwischenzeit auch eingetroffen. Er heißt Hans und will gleich auf das förmliche ‚Sie' verzichten. Er kommt aus Vorarlberg, dem westlichsten Bundesland Österreichs. Dort spricht man einen Dialekt, den selbst die Bewohner des nahe gelegenen Tirols kaum verstehen. Auch sonst ist es eine andere Welt. Ich habe sie vor vielen Jahren kennengelernt, damals, als wir mit einer pädagogischen Lesung durch das Land gezogen waren.

Wir, das war jene Gruppe engagierter Lehrerinnen und Lehrer, die ich schon erwähnt habe. Wir glaubten daran, dass Österreichs Regierende samt dem Volk nach Bildungsreformen dürsteten. Das war ein Irrtum, aber es war schön, daran zu glauben. Es gab viele, die das ebenfalls taten, aber irgendwie fehlte uns das Durchsetzungsvermögen.

Wie dem auch sei, auf unserer Reise landeten wir auch in Vorarlberg, hatten eine schöne Lesung mit Musik in einem alternativen Veranstaltungsraum und gingen danach essen. Zum Abschluss gönnten wir uns einen Café und bestellten verschiedene Zubereitungsarten: Melange, großer Brauner, Espresso. Die Kellnerin notierte alles und ging dann Richtung Küche.

„Vier Kaffees", rief sie hinein.

Es waren jene Jahre, in denen Cappuccino und Co außerhalb Italiens unbekannt waren, von Wiener Extravaganzen ganz abgesehen. Wien – Vorarlberg, das ist eine weitere, eigenartige Geschichte, die im Laufe der Jahre nahezu freundschaftlich wurde. Aber es bedurfte nur eines Funkens an Chauvinismus, schon konnte alles brennen.

Wir befinden uns gerade in den Zeiten beschwichtigender Toleranz. Mein Vorarlberger Nachbar äußert sich sogar positiv zu meiner Herkunft und lobt Wien. Ich weiß, dass Lob sich mitunter auf dünnem Eis befindet. Während meiner Berufstätigkeit in einer Innsbrucker Schule war man offiziell stets gegen ‚die aus Wien' und fragte mich unter vier Augen stets, warum ich denn nach Tirol gekommen sei. Wien sei doch viel aufregender und schöner als das Land der Berge. Einige unter den offiziellen Feinden der Hauptstadt hatten Wohnungen in Wien. Nicht nur, weil sie die Stadt mochten, sondern auch, weil Wohnungen dort viel billiger waren als in Tirol.

Widersprüche gehören zum Leben.

Hans hat offenbar keine Vorurteile und bemüht sich, seinen Dialekt im Zaum zu halten. Wir verstehen uns gut, unter anderem deshalb, weil er wenig spricht. Ich halte Menschen, die ununterbrochen reden, damit keine Stille entstehen kann, schwer aus.

Später erfahre ich, dass er Koch war und nun ein Gasthaus an der Grenze zu Deutschland hat. Es tröstet uns, bald gemeinsam über das Essen, besser: die Kalorienzufuhr zu fluchen. Tatsächlich haben wir beide in unserem Leben nie schlechter gegessen. Aber noch ist alles neu. Wir bekommen eine Karte, auf der wir unsere Essenswünsche für die nächste Woche eintragen sollen. Die Bezeichnungen klingen vielversprechend. Kürbiscremesuppe und Polenta, überbacken. Piccata milanese. Gebackene Kasnudeln. Fischragout. Kalbsgeschnetzeltes. Hühnerschnitzel.

Wir füllen die Zettel artig aus und hoffen, dass die Spaghetti mit Tomatensauce, die alle Neuankömmlinge bekommen, ein Ausrutscher der Küche sind.

Am nächsten Tag folgen weitere Untersuchungen, ich darf dazwischen sogar ins Freie, um mit Klaudia, Nina und Luna spazieren zu gehen. Corona ist zwar angekommen, aber das Virus ist ungefährlich, finden die hiesigen Politiker. Der Landessanitätsdirektor des Landes Tirol – ich ahnte bisher nichts von seiner Existenz – beruhigt die Menschen weiterhin mit dem denkwürdigen Satz, dass in einer Bar seines Wissens nach das Virus nicht weitergegeben werden kann.

Wenige Tage zuvor hatte bereits ein Fernsehbericht für internationale Erheiterung gesorgt. Ein Reporter des ORF stand mit ernster Miene vor dem Hotel Europa in Innsbruck und berichtete, dass es in der Unterkunft einen

Fall von Corona gebe und das Hotel daher von der Polizei hermetisch abgeriegelt worden sei.

Während seines Berichts ging, für alle Zuschauer sichtbar, ein Mann mit Scooter aus dem Hotel, stellte sich danach auf das Gefährt und weg war er. Die anwesenden Polizisten hatten ihn nicht bemerkt, weil sie freundlich in die Kamera lächelten und sich der Vorfall, besonders infam, hinter ihren Rücken abspielte.

Im Laufe der Zeit wurde allerdings manches sichtbar, das sich ebenfalls hinter dem Rücken der Polizei abspielt, etwa die Verflechtung zwischen Politik und Geld vulgo Tourismus.

Während ich also von Abteilung zu Abteilung gerollt werde, immer mein Buch von Erich Hackl mit dabei, geschehen wunderliche Dinge. Ich erfahre sie frühmorgens in den TV-Nachrichten, weil mir um sieben Uhr täglich Blut abgenommen wird. Corona ist das Thema, das die Medien beherrscht. Kriege und Hungersnöte sind beendet, zumindest, was die Medien in Europa betrifft.

Selbst meine Leukämie, vor wenigen Monaten noch eine schreckliche Diagnose, fühlt sich im Laufe der Zeit nahezu nebensächlich an. Wenn die Welt untergeht, wird einem sogar das eigene, individuelle Schicksal sonderbar fremd.

Endlich!

Nun soll es also losgehen. Irgendwie war ich froh über die Nachricht, auch wenn sie überraschend kam. Professor G. hatte gemeint, spätestens im Sommer sollte die Transplantation erfolgen. Nun war es ein paar Wochen vor Frühlingsbeginn. Das sollte sich ausgehen bis zum Sommer, wenn alles gut geht.

Manche überleben die Chemotherapie nicht, hatte unser pessimistischer Arzt uns mitgeteilt. Diese Nachricht löste sich allmählich auf wie die Morgennebel, die sich über das Land legten. Ich bin froh, dass ich so gut verdrängen kann. Zumindest manchmal.

Der Empfang im 9. Stock war beruhigend. Schwester Ida, kurzes, graues Haar, schlanke Figur, begrüßte uns so herzlich, als kennten wir uns seit Jahren. Sie führte uns in das Zimmer, das Erich die nächsten Wochen bewohnen wird. Es war groß, der Ausblick phantastisch, allerdings getrübt durch den Anlass.

Ida zeigte uns den Aufenthaltsraum, den Fitness-Raum, das Klosett für Besucher – ihre Routine war so mitfühlend, dass ich ihr am liebsten um den Hals gefallen wäre. Nach wenigen Minuten hatte ich das Gefühl, dass hier alles gut wird. Gut werden kann, muss ich heute hinzufügen, denn die Chancen standen nicht wirklich gut. Erich schien ein ähnliches Gefühl zu haben. Er übte, am Bett zu liegen und ordnete seine Kleidung in dem Kästchen, das ihm zur Verfügung stand.

„Small is beautiful", meinte er. „Hat schon Leopold Kohr, ein Salzburger, geschrieben. Den Begriff hat sein Freund, der Ökonom Schumacher, übernommen."

Manchmal muss er einfach gscheiteln, mein Mann. Ich lächle. ,Mein Mann' stimmt erst seit zwei Wochen. Da haben wir geheiratet. Vorher war uns das ziemlich gleichgültig gewesen. Es war wohl die seltsamste Hochzeit des Jahres. Wir waren zu dritt, wir beide und die Beamtin. Was sollten wir feiern? Edwin wäre als Trauzeuge sogar aus Wien angereist, wir haben ihm liebevoll erklärt, dass das nicht nötig sei. Wir könnten die Hochzeit ja nachholen, wenn es einen Grund dafür gebe. Das Überleben von Erich. Mehr erwarte ich nicht vom Leben.

Die Beamtin wunderte sich nicht, Hochzeiten ohne Gäste gebe es immer wieder. Aus anderen Gründen. Unsere verstand sie gut. Ihre kurze Ansprache gefiel uns.

Das Zimmer im 9. Stock der Universitätsklinik gefiel mir auch. Es war groß, der Ausblick auf die Stadt war eines besseren Anlasses würdig. Wobei: Wer hätte sich einen besseren verdient als jene, die den Tod vor Augen haben?

Ich musste noch ein Passwort hinterlassen, damit ich telefonisch Auskünfte erhalten würde, wenn ich nicht persönlich kommen könnte. Dann waren alle Formalitäten erledigt, es ging los. Als ich die Klinik verließ, hatte ich ein angenehmes Gefühl.

Endlich.

ZVK – Zentraler Venen Katheter

Nachdem ich nahezu alle Abteilungen des Spitals kennengelernt habe – es war mittlerweile eine Woche vergangen – geht es los mit der Chemotherapie. Zuvor sollte mir noch ein ZVK, ein Zentraler Venen Katheter, eingesetzt werden. Das erleichtere die weitere Vorgehensweise enorm, weil mir nicht ständig in die Adern gestochen werden müsse. Weil auch dieser Eingriff juristisch abgesichert werden muss, erklärt mir ein junger Praktikant ausführlich den Vorgang und die möglichen Nebenwirkungen.

Ich bitte darum, diesen Teil zu überspringen. Das ist für einen angehenden Arzt leider nicht möglich und so muss ich mir anhören, was alles passieren kann. Ich rezitiere innerlich einige Gedichte und unterschreibe danach. Mein Vertrauen in meine behandelnden Ärzte ist in der Zwischenzeit so gestiegen, dass sie mich kopfüber ins Wasser hängen können, wenn sie mir vorher erklären, das sei für den weiteren Verlauf günstig.

So schlimm kommt es nicht, ich werde dieses Mal mit meinem Bett durch die Gänge gerollt. Das Ziel ist die Intensivstation. Das beunruhigt mich kurz, aber man erklärt mir, dass dort gerade Platz und ich in den besten Hände sei. Befürchtet man etwa, dass ich ins Koma falle? Nein, nein, beruhigt mich der junge Arzt, der mir den ZVK setzen soll. Das sei noch nie vorgekommen, außerdem ist die erfahrene Oberärztin, Frau Doktor N., in Rufweite, falls es zu Problemen kommt.

Noch eine Spritze, damit ich keine Schmerzen verspüre, dann ist es soweit.

Ein Röntgengerät auf Rollen – der technische Fortschritt in der Medizin ist faszinierend! – ist auf mich gerichtet, damit der Arzt in meine Vene richtig einfädeln kann. Lokal bin ich betäubt, aber ansonsten sehr wach. Ich spüre, wie das Gerät, so etwas Ähnliches wie eine dünne Stricknadel, in meiner Vene landet. Nun soll die Nadel so weit wie möglich weitergeschoben werden, in die Nähe des Herzens, wenn ich das richtig verstanden habe. Mir scheint, als würde da etwas klemmen.

Da bin ich nicht der Einzige, auch der nette junge Arzt blickt nicht mehr so heiter wie zu Beginn des Eingriffs. Er wirkt etwas angespannt, was ich durch konzentrierte Entspannung meinerseits zu neutralisieren versuche.

Yin und Yang sozusagen. Ich spüre, wie Yang die Nadel hin und herschiebt, um durch irgendeine Verdickung oder um eine Kurve zu kommen. Ich antworte mit Yin und atme ruhig ein und aus. Ich will nicht an innerlicher Blutung sterben. Zumindest nicht jetzt. Über ein Später können wir diskutieren. Jetzt ist es zu früh.

*

Sterben wie mein Freund Robert, genannt Pizzi? Schon wieder ein Vorarlberger, fällt mir ein. Die sind überall. Er hatte am Vormittag eine Vorlesung an der Filmhochschule. Er war gerade 72 Jahre alt geworden, wir hatten uns zwei Jahre vorher nach langer Zeit wiedergesehen. Das Vorarlberger Landesmuseum zeigte eine Woche lang einige seiner Filme. Robert war ein begnadeter Schnittmeister und Dokumentarfilmer. Allerdings war er, was in dieser Branche besonders hinderlich ist, bescheiden und konsequent. Er arbeitete ruhig an seinen Filmen, der Schneidetisch war sein Werkzeug, das er perfekt beherrschte.

Said, ebenfalls Dokumentarfilmer, kann sich noch heute nicht zurückhalten, wenn er von Pizzis, des kleinen Mannes, Schnitten berichtet.

‚Schenial‘, sagt er immer wieder, vornehm wie ein Bewohner der Wiener Bürgerbezirke, die noch Wörter wie ‚Contenance‘ oder ‚Privatier‘ verwenden. Said selbst ist allerdings Perser, manchmal sagt er auch Iraner, aber das seltener, weil er den Begriff nicht mag.

„Iran, das Land der Arier? Den Ausdruck hat uns die Schah-Dynastie eingebrockt. Persien ist mir lieber.“ Said lebt seit Jahrzehnten in Österreich und hat seine eigenen Sprachregeln aufgestellt. Genial, mit einem tatsächlichen G vorne, kommt ihm nicht über die Lippen, ebenso wie geschlechtszugehörige Artikel. Die, der, das: Ihm ist es einerlei. Er ist grammatikalisch ein gendergeschlechtsneutraler Mann.

Aber eigentlich habe ich gerade an Pizzi gedacht. Der junge Arzt bemüht sich noch immer, durch die Vene weiterzufahren.

Robert war ein gewissenhafter Mensch, was Termine anlangt, ein Vorarlberger eben. Wie Gerhard. Als er zu seiner Vorlesung an der Filmhochschule nicht erschien, wunderte man sich und auch darüber, dass er telefonisch nicht erreichbar war. Seine Frau Astrid, deren Tagesrhythmus in krassem Gegensatz zu Roberts‘ stand, hatte eine eigene Wohnung und war ebenfalls nicht erreichbar, weil sie unterrichtete.

Am Nachmittag gelang es endlich und Astrid fuhr zu Roberts Wohnung. Sie öffnete die Tür und hörte einen Nachrichtensender. Im Wohnzimmer flimmerte der Fernseher, davor saß Robert in seinem bequemen Fauteuil und hörte nichts mehr von den Neuigkeiten in der Welt, weil er aufgehört hatte zu atmen. Eine geplatzte Schlagader, Aneurysma, diagnostizierte der Arzt. Robert war beim Ansehen eines Films von Federico Fellini verblutet, vielleicht ohne es zu bemerken. Die Kassette war aus dem Schlitz des Recorders geglitten, der Fernseher hatte auf Normalbetrieb umgeschaltet und niemand würde erfahren, ob Robert das Ende von ‚La dolce vita' noch gesehen hatte, jene Szene, in der ein junger und schöner Marcello Mastroianni am Strand kniet und das Branden der Wellen die Wörter des blonden Mädchens verschluckt, das mit ihm sprechen will. Oder ob er bereits am Anfang, als ein Hubschrauber eine riesige Papststatue über Rom transportiert, wie sagt man? entschlafen ist. Ein seltsames Wort übrigens.

Ent-schlafen.

Ent-lassen.

Ent-gelten.

Ent-krampfen.

Ent-mutigen.

Ich muss mal nachsehen, was ent bedeutet.

Für Astrid war das Entschlafen ihres Geliebten ein Schock, aber für Robert? Hoffen wir nicht alle, dass uns im Alter ein langes Siechtum erspart bleibt? Gesund, mobil und geistig beweglich bis etwa 90 Jahre und dann ein schneller Tod, das wär's doch! Robert war zwar erst 72 Jahre alt, aber trotzdem: Haben wir uns früher überhaupt vorstellen können, so alt zu werden?

Ich zum Beispiel hatte jede Menge Streit mit meiner Mutter, wenn ich als Jugendlicher behauptete, dass ein spannendes Leben und ein Tod mit 30 besser sei als ein langweiliges Altwerden. Die Helden meiner Zeit hießen James Dean, Janis Joplin und Jochen Rindt, nicht Heinz Conrads, Udo Jürgens und Peter Alexander. Irgendwann änderte sich diese Einstellung, weil man überraschenderweise älter als 30 geworden war. Man hörte sich Lieder von Janis Joplin an und dachte, dass sie viel zu früh gestorben war. So ändern sich die Zeiten.

Ob ein schneller und schmerzloser Tod angenehm ist? Für die Hinterbliebenen jedenfalls nicht, die hatten noch viele Pläne, die nicht mehr wirklich werden können. Und für den Betroffenen? Er sagt es uns nicht.

Wie will ich sterben? Ich weiß es nicht. Schmerzlos wäre mir angenehm. Aber schnell? So von heute auf morgen? Eher nicht. Ich habe noch so viel zu tun. Etwa dieses Buch fertigzuschreiben. Und die anderen Bücher, die beinahe fertigen und jene, die erst als Projekt vorhanden sind.

Aber Dahinsiechen ist auch keine Wunschvorstellung. So irgendwas dazwischen vielleicht. Alt werden und von mir aus kränkeln, kann auch Leukämie sein, wenn es nur recht lange dauert und die Therapien erträglich sind.

*

Aber so weit sind wir noch nicht. Wir sind erst am Anfang meiner Therapie. Derzeit versucht ein junger Arzt, in meiner Vene in Richtung Herz zu gelangen. Endlich ruft Yang die Oberärztin. Sie kommt aus dem Nebenzimmer. Sehen kann ich sie nicht, ich liege artig auf dem Rücken und rege mich nicht. So hat es der Arzt angeordnet. Aber ich hörte eine beruhigende Stimme.

„Atmen Sie tief ein und langsam wieder aus." Sie wendet sich offensichtlich an den jungen Arzt. „Das geht schon. Wir müssen noch etwas tiefer rein. – Spannen Sie bitte die Bauchmuskeln an! Ich werde jetzt ziehen."

Sie zieht an meinem Unterarm, als wollte sie mir den Arm ausreißen. Ich spüre wegen der Lokalanästhesie nur wenig. Ein paar Tage später werde ich mich über die blauen Flecke am Arm wundern, jetzt bin ich konzentriert.

„Sehr schön. Nochmals anspannen."

Die Nadel schiebt sich weiter, irgendetwas steckt in meinem Hals, der Arzt atmet erleichtert auf.

„Das war's", sagt die Oberärztin. Ich bin ihr sehr dankbar, auch wenn ich sie noch immer nicht sehe.

„Jetzt tackern wir das noch fest, dann haben Sie es geschafft."

Sie sagt tatsächlich tackern. Was meint sie damit? Später, beim Blick in den Spiegel, weiß ich, was sie meint. Das Blümchen, wie die Pflegerinnen die Ausgänge des Katheters lyrisch nennen, der auf meinem Hals sitzt, hat fünf Ausgänge und ist mit zwei Nähten festgezurrt. Schön sieht das nicht aus, aber es dient der Therapie. Ab nun bekomme ich alles, was mir gut tun soll, über eine der fünf Blüten verabreicht. Irgendwann verstopft sich eine, dann folgt die nächste. Und wenn ich Glück habe, reichen die fünf Blüten aus und der ZVK entzündet sich nicht während der ersten Chemo.

Hans starrt mich entgeistert an.

„Dafür werde ich nicht mehr gestochen", erkläre ich ihm. Er nickt. Mein Blümchen scheint ihm nicht besonders zu gefallen.

In zwei Tagen bekommt er auch eins.

Corona

„Corinna, Corona, we love you so, oho ho." Professor N. ist heute bester Stimmung. „Wie geht es den Herren heute?"

Hinter ihm eine Gruppe angehender Ärzte, neben ihm die bereits arrivierten. Interessanterweise sind in meinem Krankheitsbereich überwiegend Männer tätig, während auf den anderen Stationen die Frauen in der Überzahl sind. Leukämie muss eine männliche Domäne sein. Sie trifft uns auch überwiegend, überlege ich. Wie das frühe Sterben und das Gratisjahr bei Heer oder Hilfsorganisationen. Als ehemaliger Alleinerzieher komme ich nicht mal in den kurzen Genuss einer hohen Pension, weil ich so wenige Pensionsjahre habe. Ein männliches Frauenschicksal!

Und beim medizinischen Ärztenachwuchs finde ich hier keinen einzigen weiblichen Lichtblick. Auch das noch. Das kann meine Gesundung nicht fördern. Glücklicherweise ist wenigstens das Pflegepersonal noch überwiegend weiblich.

Hans hat dem Professor mittlerweile alle seine Beschwerden mitgeteilt und das sind nicht wenige. Unter anderem ist er am ganzen Körper rot mit wenigen weißen Punkten dazwischen.

Er sieht aus wie ein großer Fliegenpilz.

Professor N. nickt, das sei eine häufige Antwort des Körpers auf die Chemotherapie. In den nächsten Tagen wird Hans liebevoll mit einer Creme gesalbt werden.

Ich kann bloß über Beinschmerzen klagen. Die sind allerdings heftig.

„Schmerzen müssen Sie hier keine haben. Wir haben jede Menge Drogen lagernd. Klingeln Sie, sobald Sie welche haben wollen. Hübsches T-Shirt übrigens. Gefällt mir."

‚Agnostiker mit Religionshintergrund' habe ich dort drucken lassen. Ich werde ihm eines schenken.

„Und übrigens: Draußen droht eine Epidemie. Wir müssen die Besuchszeiten beschränken. Es darf nur mehr ein Besucher pro Tag für eine halbe Stunde kommen. In der Welt da draußen ist was Großes im Gange."

„Da haben wir aber Glück, dass wir drinnen sind", versuche ich einen albernen Scherz zu machen. Er lacht trotzdem.

Besuchsbeschränkungen machen mir derzeit nichts aus. Ich bin sowieso 24 Stunden schwer beschäftigt. Drei Stunden Chemozufuhr, danach eine Kochsalzlösung plus Entwässerung. Darauf folgen zwei Stunden lang Spaziergänge zum Klo im Viertelstundentakt. Dazwischen wird gegessen, Blutdruck und Leukozyten und sonstige Werte gemessen. Dazu ein Mittagsschläfchen und unruhige Nächte. Wann soll ich da besucht werden? Ich bin froh, irgendwie über die 24 Stunden zu kommen. Derzeit werden mir noch dazu alle sechs Stunden Tropfen in die Augen gespült, um Infektionen vorzubeugen.

Ich komme nicht einmal dazu, mich um mein mögliches Sterben zu kümmern.

Nur beim Essen erscheint mir der Tod als Erlösung. Hans ist ebenfalls entsetzt. Was immer aus der Küche kommt, man hätte auch ohne Chemo das Bedürfnis, auf der Stelle zu erbrechen.

In der Nacht nehme ich mir den Rat von Professor N. zu Herzen und klingle, wenn ich Schmerzen habe. Ich arbeite mich im Laufe der Nächte durch alle Medikamente durch, derer ich habhaft werden kann. Ibuprofen, Mexalen, Paracetamol, Diclobene und zur Krönung noch ein bisschen Morphium. Die Schmerzen lassen jeweils für ein, zwei Stunden nach, dann geht es wieder los. Von den Zehen bis zur Hüfte ein ständiger Schmerz. Ich versuche ihn zu ertragen. Es geht nicht. Also klingeln, um die nächste Dosis bitten.

Um Mitternacht kommt die Nachtschwester mit den Augentropfen. Das Licht geht an.

„Bitte die Augen öffnen."

Sie hat grüne Augen, die Pupillen umrandet von einem harten Schwarz. Ein angenehmes Erwachen.

„Sie duften gut", sage ich, denn ich vermisse den Geruch von Antiseptika an ihr. Sie riecht an sich.

„Das ist mein Deo."

„Wunderbar", flüstere ich, bevor ich in so etwas wie Schlaf versinke. Zwei Stunden später schmerzen die Beine und ich wache auf. Schon wieder läuten? Die armen Pflegerinnen da draußen. Ständig will jemand etwas von ihnen. Nach einer Stunde überwinde ich meine Scheu. Grünauge kommt herein, sie ist jung, hat aber schon diesen militärischen Schritt, der in einem Krankenhaus nötig ist. Widerrede wird nur in Ausnahmefällen geduldet.

Sie lächelt mich freundlich an. Ich entschuldige mich für die Störung, sie betont, dass sie dafür da sei. Mir tut alles weh, sage ich.

Ich sehe nach, was Doktor S. empfohlen hat, sagt sie. Ich sehe ihr zufrieden nach. Sie wiegt sich in den Hüften. Hübsch sieht das aus. Ich bin froh, so etwas wie Erotik in mir wahrzunehmen. Noch lebe ich also.

Sie kommt mit einer Ampulle zurück, schließt sie über meine Blume an. Ich fühle mich viel besser. Möglicherweise liegt das an ihren grünen Augen. Ich schlafe bis sechs Uhr, dann fallen die nächsten Tropfen in meine Augen. Bald wird wieder Blut abgenommen, Werte werden kontrolliert, Blutdruck gemessen. Ich döse vor mich hin. Grünauge hat Dienstschluss, Alexandra ist da. Ich muss sie etwas fragen. Aber was?

Freund Joe, der vor mir Leukämie bekam, behauptet ja, dass die Chemotherapie auch sein Gehirn zerstört. Zumindest teilweise. Ich bin mir nicht so sicher.

Ich hatte schon immer Probleme mit meinem Gedächtnis. Darum habe ich eine humane externe Festplatte. Sie heißt Wolfgang und wir sind seit Schulzeiten miteinander befreundet. Wenn ich mich an etwas nicht erinnern kann, frage ich ihn. Dann sagt er es mir und ich bin's zufrieden. Er erinnert mich sogar an Dinge, die es meiner Ansicht nicht gegeben hat. Etwa an den Schulvormittag nach dem Klassenball. Angeblich hatten wir die Nacht durchgefeiert und waren im Anzug zum Unterricht erschienen. Glücklicherweise hatte auch unser strenger Mathelehrer gefeiert und stand ratlos vor einer Formelab-

leitung, die er uns zeigen wollte. Die Tafel war vollge-
schrieben und er hatte den Faden verloren.

„Und wie lösen wir das jetzt?", fragte er und kratzte
sich am Kopf.

„Am besten mit Alkohol", rief Edi. Im Normalfall hätte das bei unserem Lehrer einen cholerischen Anfall aus-
gelöst, aber auch er war am Ende seiner Kräfte.

„Ja. Wir hören für heute am besten auf."

Eine geradezu sensationelle Aussage für ihn. Er war
nämlich so gefürchtet, dass sogar mein Freund Wolfgang
mir später gestand, dass er sich niemals getraut hätte,
aufzuzeigen, wenn er aufs Klo musste.

„Ich hätte mich eher angemacht", meinte er.

Trotzdem war er einer der besten Lehrer, die wir hatten. Er konnte Mathematik so erklären, dass alle, auch ich
sie verstanden. Das war damals eine Seltenheit. Außerdem trennte er Unterricht von Privatsphäre.

Auf den Schulschikursen durften wir mit ihm per Du
sein und am liebsten wären wohl alle in seiner Gruppe
gefahren. Er fuhr nicht schön, aber schnell. Er wollte uns
auch, im Gegensatz zu seinen Kollegen, nichts beibrin-
gen, außer möglichst rasch die Piste runterzukommen,
um mit dem Lift wieder hochzufahren. Während andere
sich mit Stemmbogen oder Parallelschwung plagten,
nahm seine Gruppe die schlichte Gerade, die kürzeste
Verbindung zwischen zwei Punkten, wie er seine Fahr-
weise mathematisch korrekt erklärte.

Verführung im Spital

Neben ihm wimmerte sein Klassenkamerad Willi, als hätte ihn eine Schneeraupe überfahren. Ihm selbst war ein Schifahrer auf das Schienbein geknallt, der Abdruck der Schispitze war deutlich auf seinem rechten Bein zu sehen. Der andere war weitergefahren, er selbst für einige Momente ohnmächtig auf der Piste liegengeblieben. Sein Klassenlehrer hatte sich besorgt über ihn gebeugt. Ein Trottel muss mich über den Haufen fahren, damit mein Lehrer sich um mich sorgt, hatte er gedacht. Eine seltsame Welt.

Der Landarzt hatte den komplizierten Bruch versorgt, seine Eltern hatten ihn danach nach Wien bringen lassen, zu einem Arzt, der für seine chirurgischen Fähigkeiten weltweit bekannt war. Sogar ein ganzes Spital wurde später nach ihm benannt.

Er befand nach einer Röntgenaufnahme, dass er nichts hätte besser machen können und verordnete dem Jungen eine Streckung des Beines und einen drei- bis vierwöchigen Aufenthalt im Spital.

Sein Vater hatte, er kannte als rational denkender Sozialdemokrat die bestehenden Verhältnisse, eine Privatversicherung für seine Familie abgeschlossen. So lag der Jugendliche in einem Ein-Bett-Zimmer des Spitals und wartete auf Betreuung. Er hatte sich in wilden Träumen darunter eine schöne Ärztin, mindestens aber eine Krankenschwester vorgestellt, die ihn freundlich begrüßte. Am ersten Tag kam ein netter Mann, der sein Bein aufmerksam betrachtete. Es lag auf einer Schiene, an dessen Ende ein Nagel durch seine Ferse gebohrt worden war. Dahinter war an einem Seil ein Gewicht befestigt, es sollte die Bruchstelle dehnen. An den beiden Enden des Nagels floss träge eine Flüssigkeit hinunter.

„Sieht gut aus", meinte der Arzt. Der junge Mann nickte, obwohl er nicht seiner Meinung war.

„Die Schwester sieht sich das gleich an", verkündete der Arzt.

Na bitte.

Jetzt geht's los, hoffte der Junge.

Die Schwester stand knapp vor der Pensionierung und lächelte ihm zu.

„Sieht gut aus", wiederholte sie die ärztliche Diagnose und lächelte. „Wenn du was brauchst, klingle einfach."

Das Kind, das auf dem Weg zum Mann war, nickte artig und stellte sich vor, dass die Schwester blond oder dunkel oder rothaarig war, jedenfalls mit langen Haaren und sich über ihn beugte.

„Wie fühlst du dich?", fragte sie mitfühlend. Sie hatte glänzend schwarze Haare und wenn sie sich vorbeugte, konnte er ein wenig von ihrer Brust sehen. „Fieber?"

Sie griff an seine Stirn. Ihre Hand kühlte ihn ein wenig. Sie sah ihm tief in die Augen.

„Wir müssen dir Augentropfen geben. Sie sind ein wenig rot."

Sie ging aus dem Zimmer, er sah ihren Po schwingen, sie drehte sich bei der Tür um und lächelte ihn an.

„Ich komme gleich."

Er nickte und betete, dass sie sich beeilen sollte.

Sie kam nach wenigen Minuten, setzte sich an die Bettkante und träufelte, während sie ihren Unterarm auf seinen Bauch legte, die Flüssigkeit in seine Augen. Sein Schwanz wuchs wieder und sein Atem ging schneller. Sie sah ihn lange an.

„In deinem Alter hat man wohl größere Probleme als rote Augen, wie? Kann ich dir dabei auch helfen?"

Sie griff unter die Decke. Eine wohlige Wärme ergriff ihn. Sie hatte wunderschöne Augen. Welche Farbe war das? Blau? Grün? Braun? Egal, ihre Hand war warm und zärtlich.

„Ja, bitte", flüsterte er und bemühte sich, seinen Orgasmus zurückzuhalten. Sie streichelte sein Glied mütterlich und strich mit ihrer anderen Hand über seine Haare.

„So ist es gut. Entspanne dich einfach. Na, das scheint dir an manchen Orten nicht leicht zu fallen."

Ihr Lachen war tief und er ließ sich fallen in diesen Ton, der die Tonleiter hinunterpurzelte, dorthin, wo die Wohltaten der Hölle auf ihn warteten. Irgendwo klingelte es. Ihre Hand fuhr zurück.

„Es hat jemand geklingelt. Ich komme gleich."

Sie war weg. Sein Samen wollte sich in die Decke ergießen, seine Hand schnellte zum Nachttisch, wo die Taschentücher waren. Mit Mühe schaffte er es, die zähe Flüssigkeit in die richtige Bahn zu lenken. Er roch daran. Noch immer wusste er nicht, ob er sich ekeln sollte oder sich freuen. Er steckte das Papier in die Schublade, wo andere bereits warteten.

So hatte er sich täglich die Verführungen durch Schwestern und Ärztinnen vorgestellt. Sie fanden zu seiner Enttäuschung nie statt.

Spitalsküche

Wir dürfen wieder aussuchen, was wir nächste Woche essen wollen. Hans und ich studieren die Speisekarte. Er liegt ‚Sonderklasse', wie das in Österreich heißt. Etwa ein Drittel der Österreicherinnen und Österreicher bezahlen Versicherungen dafür, dass sie besser behandelt werden.

Für meinen Zimmergenossen bedeutet das, täglich ein Exemplar der ‚Tiroler Tageszeitung' zu bekommen. Ein bescheidener Vorteil, wenn man überhaupt von einem solchen sprechen kann. Seine Speisekarte unterscheidet sich nicht von meiner.

„Das sind ja die gleichen Speisen wie beim ersten Mal", stellt Hans entsetzt fest. „Und das nach zwei Wochen. Wie soll das weitergehen?"

Wir hatten uns zum Frühstück Eier gewünscht. Es mussten harte sein, unser beider Immunsystem wird durch die Chemo nach unten gedrückt. Auf dem Teller liegen bleiche Eier, der Dotter unterscheidet sich nur unwesentlich vom Eiweiß. Interessant sind die Formen: Sie sehen wie Rollen aus. Hat man uns die Spitzen vorenthalten?

Hans klärt mich auf. Das sind keine originalen Eier von Hühnern, sondern industriell gefertigte.

„Wie? Eier ohne Hühner?"

Er lacht.

„So schlimm ist es nicht. Es werden schon richtige Eier verwendet. Sie werden zuerst in Dotter und Eiweiß aufgeteilt. Dann wird alles pasteurisiert, also keimfrei gemacht. Anschließend wird die Dottermasse wieder mit Eiweiß umhüllt, allerdings in Form einer langen Stange. Deshalb sehen unsere Eier so aus wie sie aussehen. Ein Eiröllchen sozusagen. Ideal für Hotelfrühstücke."

„Und Spitäler", ergänze ich.

Das war die Frühstücksüberraschung gewesen, nun starre ich auf das Essensangebot. Bevor wir unsere Entscheidungen für die nächsten Tage eintragen können, kommt bereits das Mittagessen, das wir vorige Woche bestellt hatten. Hans bekommt Spinatknödel, ich Lasagne. Alles duftet gleich, offenbar ist alles durch dieselbe Räucherkammer gezogen worden. Hans schneidet entschlossen durch einen Knödel. Es gelingt ihm einigermaßen. Nachdem er den ersten Bissen mit Wasser hinuntergespült hatte, meint er:

„Mit dem Knödel erschlägst du jeden Angreifer."

Meine Lasagne stinkt weiter vor sich hin.

„Ich schaffe das nicht", sage ich. Hans nickt verständnisvoll. Auch Alexandra, meine Lieblingspflegerin, versteht mich und nimmt das Essen mit.

„Ich gehe auch nicht in die Mensa. Das Essen ist eine Katastrophe. Eine Pizza draußen ist mir lieber als der ..." Sie spricht das Wort höflichkeitshalber nicht aus.

Wir haben uns sehr schnell sehr gut verstanden. Im Prinzip gilt das für alle hier Arbeitenden, aber sie hat eine ganz besondere Ausstrahlung, jene von ‚Alles ist gut'. Also nicht diese fadenscheinige und irgendwie trostlose

Mitteilung, dass die Welt wunderbar ist und alles gut wird. Nein, es ist alles gut, teilt sie mit. Auch wenn es schiefgeht. Wir schaffen das. Ich bin hier und unterstütze dich. Wie immer es ausgeht.

Das tröstet mich. Ihre Ruhe überträgt sich. Wenn sie ihre Hand auf meinen Unterarm legt, atme ich langsamer. Wenn wir über unsere Vergangenheiten sprechen, fühle ich mich wohl wie in einem Kinderwagen.

Sie ist das Kind sozialdemokratischer, dennoch traditioneller Tiroler Eltern. Anders kann man in den Bergen nicht überleben. Sie verhielten sich angepasst und so lächelte man nachsichtig über ihre politischen Ansichten. Als in den 1970er Jahren ausgerechnet ein sozialdemokratischer Kanzler Bauernkindern den Zugang zur Bildung öffnete, klopfte man ihnen sogar anerkennend auf die Schultern, wählte aber weiterhin die Partei des Pfarrers.

Ein paar solcher widerspenstiger Menschen, die aufbegehrten oder gar eine Änderung der Gesellschaft wollten, eine Welt ohne Herrscher, Fürsten und Könige, gab es immer. Gott ersetzen durch die menschliche Vernunft? Diese Idee war ungeheuerlich und ihre Vertreter galten als gottlose Aufrührer. Wenn sie seit Generationen hier lebten, ließ man sie in christlicher Güte leben, beäugte sie aber stets misstrauisch.

Alexandra, rotblond, groß, attraktiv, hatte alle äußerlichen Eigenschaften einer modernen Hexe. Das gefiel ihr wahrscheinlich. Sie schloss sich einer exklusiven Gruppe sozialistischer Jugendlicher an, die mit Hilfe eines Lehrers für spektakuläre Aktionen sorgte. Der Mann wurde, nachdem er Schriftsteller wie Peter Turrini und Franz

Xaver Kroetz zu Lesungen und Diskussionen eingeladen hatte, in ein abgelegenes Tal versetzt, dorthin, wo heute das Dorf Ischgl wegen anderer Attraktionen berühmt geworden ist.

Dort startete Oswald Perktold, so hieß der Mann, den bemerkenswerten Schulversuch ‚Liegendunterrichten'. Er war, da er der einzige Lehrer der Schule war, auch gleich sein eigener Vorgesetzter, also Direktor. Der wieder fand den Versuch pädagogisch wertvoll und genehmigte ihn. Er musste sich aber an die nächst höhere Instanz wenden, um eine allgemein gültige Erlaubnis zu bekommen.

Es dauerte einige Zeit, bis der Direktor sich an diese Instanz wendete, währenddessen unterrichtete er als sein untergebener Lehrer weiter im Liegen. Ab und zu besuchte ein Inspektor – im Bildungswesen gab es sie weiterhin, im Polizeidienst waren sie, wie jeder Seher der satirischen Krimiserie Kottan wusste, abgeschafft worden – den Pädagogen, um einen Grund für seine Entlassung zu finden. Die Inspektoren zogen unverrichteter Dinge wieder ab, denn der Mann war nicht nur hochgebildet, sondern auch juristisch sattelfest. Sein Briefverkehr mit dem Landesschulrat, wo ehemalige und meistens unfähige Lehrer zu Inspektoren, Fachoberinspektorinnen, Oberrätinnen oder Amtsräten ernannt wurden und als Entschädigung mehr verdienten als zuvor, ist ein Quell österreichischer bürokratischer Heiterkeit.

An diesen wahrhaft kakanischen Orten dachten sich die Damen und Herren, wenn ihnen die Cafépausen langweilig geworden waren, Verordnungen und Kundmachungen aus. Man sprach etwa Lehrerinnen und Lehrern

,anlässlich der Versetzung in den Ruhestand Dank und Anerkennung aus'. Oder es wurde ihnen gar vom Bundespräsidenten höchstpersönlich der Berufstitel ,Oberstudienrat' verliehen.

Monat für Monat wurden diese Verordnungsblätter, hübsch gestaltet, für jedes Bundesland von einem so genannten Landesschulrat individuell aufbereitet und an die wissbegierige Lehrerschaft versendet. Natürlich interessierte die Lehrerinnen und Lehrer, im Rahmen der Gleichberechtigung unpersönlich Lehrpersonen genannt, die Nachrichten über Ehrungen und Ableben nicht, abgesehen von den Geehrten. Selbst die immer häufiger auftretenden Änderungen diverser Lehrpläne und Unterrichtsprinzipien blieben weitgehend unbeachtet.

Als nicht mehr zu übersehen war, dass die Institution Landesschulrat überflüssig war, benannte man den Landesschulrat in Bildungsdirektion um, was die Kritiker auf Jahre hinaus zum Schweigen brachte.

Aber zurück ins Tiroler Oberland.

Oswald Perktold begründete seinen Schulversuch mit pädagogischer und wissenschaftlicher Genauigkeit. Eines seiner wesentlichen Argumente für das Unterrichten im Liegen war die dadurch verschwindende Hierarchie zwischen Lehrenden und Lernenden. Während die Schülerinnen und Schüler beim herkömmlichen Unterricht ständig von unten nach oben schauen mussten, des Lehrers Nasenlöcher zum bedeutendsten Objekt des Schulalltags wurden, könne beim Liegendunterrichten von einer Gleichberechtigung der beteiligten Menschen ausgegangen werden. Er werde den Schulversuch selbst evaluieren und gehe davon aus, dass sich jedenfalls positive Ergebnisse ableiten lassen würden.

Es folgten viele Eingaben. Die Beamten des damaligen Landesschulrats waren Ärger mit selbständig denkenden Menschen nicht gewohnt und lehnten die Ansuchen in monarchistischer Güte immer wieder ab. Auch dem kulturell hier aufgewachsenen Oswald war klar, dass niemand gegen die hiesige Bürokratie siegen konnte, er wusste aber auch, dass permanente und begründete Einsprüche die Behörden so sehr beschäftigten, dass sie zu keinem abschließenden Urteil kommen konnten. Ihm bereitete sein Briefverkehr jedenfalls viel Freude, was Argumentation und Fabulierlust erkennen ließen.

In dieser widersprüchlichen Welt, eingemauert in feudal-katholischer Umgebung, in der niemand mehr verbrannt, aber immerhin verbannt wurde, gab es diese aufrechten Widerstandskämpfer, die ein wenig Licht in die Talzellen brachten.

Oswald Perktold war nicht der Einzige.

Im Ötztal schrieb ein Angestellter namens Hans Haid, der nach der Externistenmatura an der Universität Wien dissertierte, gegen den Tourismusterror in seiner Heimat an. Sein Ansehen im Tal war nicht besonders groß und heute ist er im Internet kaum auffindbar. Das gilt nicht für den ebenfalls dort lebenden Journalisten Markus Wilhelm, der nach wie vor seinen Bauernhof bewirtschaftet. Seit Jahren deckt er immer wieder die Verflechtungen zwischen Wirtschaft und Politik, was in diesem Land immer ÖVP-Politik heißt, auf. Er ist so konsequent, dass sogar die schläfrige Medienlandschaft des Landes ihn nicht mehr ignorieren kann. So kommt es in großen Abständen immerhin vor, dass der investigative Journalist auch in überregionalen Zeitungen genannt wird.

Sturheit gilt als Markenzeichen der Tiroler und tatsächlich würden viele Zugereiste an den hiesigen Verhältnissen verzweifeln. Einigen hier Geborenen hilft diese Eigenschaft jedoch, die bestehende Wirklichkeit zu bekämpfen.

Alexandra hatte sich an ihnen ein Beispiel genommen. Ihre Eltern besaßen eine kleine Wohnung im Ort, die sie vermieteten. Nun war da eine Flüchtlingsfamilie, die ein Dach über den Kopf brauchte. Sie konnte das sogar bezahlen, aber es gab viele Bewerber. Alexandra stand knapp vor der Matura, sie war von dem Gedanken beseelt, dieser Familie zu helfen. Nächtelang versuchte sie, ihre Eltern zu überzeugen. Die wehrten sich mit großer Energie dagegen. Die Diskussionen wurden immer hitziger, die Argumente immer haarsträubender. Wie stünde man da, wenn man die Wohnung keinem Einheimischen gäbe? Wo bleibt euer angeblich christliches Gedankengut? So ging es über Wochen hin und her, bis Alexandra wusste, was sie tun musste.

„Ich werde nicht zur Matura antreten", verkündete sie ihren Eltern zum Weihnachtsfest. „Und außerdem werde ich auswandern."

Der Vater tobte. Die Mutter erstarrte. Alexandra ging in ihr Zimmer. Es dauerte, bis sich die Situation beruhigte. Dann konnte die Flüchtlingsfamilie endlich den Mietvertrag unterschreiben.

Alexandra lächelt.

Sie erzählt mir die Geschichte, nachdem ich von meinem Vater berichtet habe, der nach Arbeitsschluss als Vertrauensmann durch die Gemeindewohnungen des Bezirks gegangen war, um sich die Nöte der Arbeiter anzuhören und ihnen zu helfen.

Wir kennen einander.

Leider verführt auch Alexandra mich nicht, wahrscheinlich wäre das handwerklich nicht möglich gewesen. Chemo und Spitalsküche hatten Hans und mich in eine asexuelle Gefühlslage versetzt.

Alexandra trägt unsere vollen Teller aus dem Raum.

„Soll ich euch was von unten mitbringen?"

Wir starren uns ratlos an. So weit ist es mit mir gekommen! Ich habe nicht mal Lust auf Schokolade. Wir schütteln beide unsere Köpfe. Ich muss an Anton Bruckner denken und sage:

„Danke. Mir graust eh schon."

Alexandra lächelt mitfühlend.

Vielleicht sollte sich die Spitalsleitung an jener in Bad Belzig orientieren. Dort kocht ein Sternekoch in der Spitalsküche. Lachs auf Limettensauce mit Wildbrokkoli gibt es dort. Oder Risotto mit Bärlauchpesto. Oder Kartoffelbrei mit Speck und Birne. Alles frisch zubereitet und zur Auswahl.

Das werden Hans und ich nicht erleben. Immerhin ist die medizinische Betreuung erstklassig. Dass gutes Essen den Heilungsprozess verbessert, muss der Administration wohl erst klargemacht werden.

Isolation

Die Tage vergehen in seltsamer Eintönigkeit, an die ich mich gerne gewöhne.

Um sechs Uhr werde ich mit meinem Tablettenmenü geweckt. Ich schalte die Morgennachrichten im ZDF an. Eine schöne Moderatorin mit sagenhaft roten Haaren blickt mich freundlich an und berichtet von einem Virus, das sich schnell verbreitet. Das wird sich in den nächsten Wochen und Monaten nicht wesentlich verändern, es kommen bloß immer mehr Länder hinzu, ein Ort namens Ischgl spielt dabei eine wesentliche Rolle.

China, der Ausgangspunkt der Pandemie, riegelt bereits im Jänner die Millionenstadt Wuhan ab. Ein Bericht zeigt Beamte, die eine Wohnung kurzerhand mit Holzbalken von außen zunageln. Widerstand gibt es dagegen keinen, in einigen Monaten wird die Diktatur mit ihrer radikalen Art das Virus vorübergehend besiegt haben, während in manchen demokratischen Staaten die Erkrankungen zunehmen und von allen guten Geistern verlassene Menschen gegen diese, wie sie glauben, ‚diktatorischen Zustände' protestieren werden. Zum Unterschied von China werden die Demonstrierenden nicht eingesperrt, was ihnen leider nicht zu denken gibt.

Ich döse noch ein wenig vor mich hin, Hans erledigt bereits erste Anrufe. Seine Befürchtung, dass seine wichtigsten Absatzgebiete, die Bauernmärkte, demnächst geschlossen werden, ist nicht von der Hand zu weisen.

Der Morgen dämmert heran. Die Kohlmeisen kommen, finden in den Netzen vor den Fenstern des neunten

Stockes Nahrung. Ich beobachte sie gerne, ebenso wie die Tauben, die unbeholfen die Blechdächer gegenüber hinunterrutschen. Endlich finden sie Halt an einem Vorsprung. Ohne Flügel würden sie in den Tod stürzen. Der Falke schwingt sich aus dem Kirchturm hervor, umrundet das Spital, die Tauben bewahren die Ruhe. Offenbar wissen sie, dass sie nicht seine Hauptnahrungsquelle sind. Tatsächlich beachtet der Falke sie nicht, zieht weiter seine Kreise, verharrt mit schnellen Flügelschlägen. Wo ist das Essen? Wo sind die Mäuse? Viele Wochen kann ich ihn beobachten, kein einziges Mal sehe ich einen dieser Sturzflüge, die bei Dokumentationen so oft gezeigt werden. Aus mir wäre ein schlechter Tierdokumentarfilmer geworden.

Bald kommt die Tagpflege, meistens sind es Frauen und häufig sind sie hübsch, zumindest, so viel wir sehen können, sie tragen auf unserer Station Masken. Wir Patienten hier sind anfällig für jegliche Keime und Viren, lange bevor Corona auftritt.

Es gibt auch einige männliche Pfleger, die sich bemühen, ihre Sensibilität an jene der Frauen anzugleichen. Es gelingt ihnen recht gut, aber mir sind die zarten Frauenhände lieber. Unser Blutdruck wird gemessen, der Puls, die Sauerstoffverarbeitung und das Gewicht. Ich nehme zu, was nur bei mir Erstaunen hervorruft.

„Das ist das Wasser. Keine Sorge, du wirst noch genug abnehmen." Als die erste Chemophase sich dem Ende nähert, zeige ich Alexandra stolz meine Haare. Sie sind nicht ausgegangen. Sie lächelt.

„Warte einfach die zweite Etappe ab."

Sie sollte recht behalten. Immer hält man sich für etwas Besonderes – und dann ist man ein ganz normaler Mensch, den Gesetzen der Schwerkraft und der Chemie unterworfen.

Den Zugang zu meiner Vene finde ich in der Zwischenzeit sehr angenehm, denn ich werde Tag für Tag an irgendwelche Infusionen angeschlossen. Neben der dreistündigen Chemo sind es Kochsalzlösungen und anschließend Entwässerungslösungen. Also zuerst bekomme ich viel Wasser, dann Lasix, zum Entwässern. Wozu soll das gut sein? frage ich. Flüssigkeit zuführen, damit ich sie nachher wieder ausscheide und alle fünf Minuten aufs Klo muss? Zum Durchspülen, heißt es freundlich. Damit die Nieren nicht zu sehr belastet werden. Das leuchtet mir ein.

Ab und zu bekomme ich zusätzlich weitere Transfusionen mit gelber oder roter Flüssigkeit. Das Leben im Spital ist ein buntes. Ich lasse es mit selbst auferlegter Geduld über mich ergehen. Warum nicht? Ich habe mich entschlossen, diese Therapie in Anspruch zu nehmen. Sie ist keine Selbstverständlichkeit. In anderen Gegenden der Welt wäre man froh über sie. Hier komme ich gratis in ihren Genuss. Sie kostet übrigens ganz viel von dem, was in der Welt draußen wichtig ist: Geld.

Ich schaue im Internet nach, was alleine meine Vorbereitung auf diese Tortur gekostet hat: Vidaza. Dem Internet entnehme ich, dass eine Kur von sechs Teilen im Jahr 2009 35.000 Euro gekostet hat. In einem Zeitalter, in dem alles in Euro berechnet wird, auch Gesundheit und Krankheit, ist es nötig, meine Lebenskosten zu berücksichtigen. Wenn die Sozialversicherungsanstalt die Kosten von Vidaza – über die weiteren Kosten meines Spitalaufenthalts wollen wir schweigen – mit den Kosten eines Auftragsmordes vergleicht, der zwischen 242 Euro und 121.000 Euro beträgt, im Durchschnitt also 18.000 Euro, dann komme ich ins Grübeln.

Ein Profi wie der Italiener Orsini, der Qualitätsarbeit lieferte, verlangte zwischen 17.000 und 25.000 Euro für einen Mord, immerhin 10.000 Euro weniger als meine Vidaza-Behandlung! Ein Schuss ins Knie kam billiger, aber das würde der Versicherung weitere Kosten verursachen. Dabei agierte der Mann immer ordentlich und gewissenhaft, indem er die Opfer zuerst um ihren Namen bat und sie dann erschoss. Falls mich das nächste Mal jemand fragt, wie ich heiße, werde ich jedenfalls vorsichtshalber in Deckung gehen.

Noch werden aus den Kosten, die durch mich entstehen, von der Krankenkasse, die seit einer Reform in Österreich Gesundheitskasse heißt, keine betriebswirtschaftlichen Schlüsse gezogen. Nachts klingle ich daher weiter wegen meiner wieder heftiger werdenden Beinschmerzen.

Meistens kommt eine junge Frau, die meinen Klagen aufmerksam zuhört. Sie werde nachsehen, was der Arzt für diesen Fall zulässt und gleich wieder kommen. Tatsächlich ist sie wenige Minuten später da und ich erhalte Schmerzmittel über meinen Venenkatether. Nach wie vor helfen die nur wenige Stunden. Ich arbeite mich also weiterhin jede Nacht durch die Produkte der Pharmaindustrie und trage so zum Wohlbefinden ihrer Aktionäre bei. Irgendwann, so hoffe ich, werde auch ich von den Dividenden profitieren. Jedenfalls sollte ich mein Sparbuch in Aktien von Pfizer und Roche umwandeln.

Professor N. hat mir erklärt, dass mein Immunsystem zuerst kaputtgemacht werden müsse, auf null heruntergefahren – und es danach wieder aufwärtsgehen werde. Er hat das etwas hübscher formuliert, als ich es hier schreibe, aber den Sinn habe ich hoffentlich so dargestellt, dass außer mir auch andere Laien die Vorgangsweise verstehen.

Bezüglich meiner Beinschmerzen habe ich eine These entwickelt: Daheim hatte mir meiner Meinung nach Bewegung geholfen. Und so gehe ich eine Zeitlang täglich in den Fitnessraum unserer Abteilung, um meine Schmerzen zu vermindern. Fitnesskabinett würde eher passen. Es ist ein kleines Zimmer, in dem ein Ergometer und ein Bett für Massagen stehen und eine Stufenleiter an der Wand hängt. An der zweiten Wand befindet sich ein Computer, der für den Physiotherapeuten zur Verfügung steht.

Der gute Mann ist die meiste Zeit unterwegs bei Patienten, denen er die wichtigsten Übungen zur Regenerierung erklärte, ich kann also unbesorgt diverse Steigungen mit dem Rad erklimmen ohne beobachtet zu werden. Im Laufe der Zeit werden die Zeiten immer kürzer, aber noch stehe ich in der Blüte meiner schwindenden Gesundheit, während die Krankheit erst keimt. Ich radle also 20 Minuten vor mich hin, höre mir eine von meinen hunderten Ö1-Sendungen an, die ich archiviert habe, und hoffe auf bessere Zeiten. So sehr ich mich auch quäle, die Schmerzen verschwinden zwar für den Zeitraum des Radelns – wahrscheinlich, weil die Muskelanstrengungen die

Schmerzen übertönen – tauchen dann aber in aller Entschiedenheit wieder auf. Meine Pflegerinnen loben mich dennoch, ein guter körperlicher Zustand sei jetzt wichtig, damit ich das, was noch kommt, gut aushalten könne.

Abgesehen vom Lob beunruhigen mich die Aussagen. Was soll denn noch kommen? Meiner Meinung nach reicht das Bisherige für einige Jahre. Sei nicht so arrogant, sage ich mir sogleich, du kannst froh sein, dass du hier umsorgt wirst von lieben Menschen und mit womöglich heilenden Medikamenten vollgestopft. An anderen Orten der Welt würdest du einfach krepieren. Sofort werde ich bescheiden und schlurfe zurück in mein Zimmer.

Corona ist mittlerweile nicht mehr aufzuhalten. Meine Tochter, die unbedingt in meiner Nähe sein wollte, musste wieder abreisen. Sie verabschiedete sich von mir auf der Innbrücke, stand einsam dort mit ihrem Kinderwagen, darin Luna, mein Enkelkind. Ich winkte ihr vom 9. Stock der Klinik zu, Handy am Ohr. Sie winkte zurück, obwohl sie mich nicht sehen konnte. Macht nichts. Es tat gut, nicht allein zu sein.

Tirol, der Hort berechnender Einfältigkeit, wurde tags darauf von der Außenwelt getrennt. Von Ischgl aus hatte sich das Virus in das europäische Umfeld aufgemacht, bis hinauf in den Norden, um sich dort zu vermehren, fröhlich und tödlich, ohne auf Gegenwehr zu stoßen. Die Tiroler Behörden, an jahrelanges Nichtstun gewöhnt, schreckten auf. Sie sollten plötzlich etwas unternehmen, hieß es aus der Ferne. Aber was? Weil von oben keine genauen Anweisungen erfolgten oder nicht verstanden wurden, taten sie, was sie am besten konnten: Sie beschwichtigten.

Der Landessanitätsdirektor teilte mit, dass es unwahrscheinlich sei, dass Menschen sich in Tirol infiziert hätten. Selbst in einer Bar gebe es in Wirklichkeit keine Ansteckungsgefahr. Der Mann war immerhin Arzt. Die Bezeichnung verhieß Seriosität, die im Laufe der Ereignisse ebenso abnahm wie das Vertrauen in die Regierung. Noch aber zeigte sich das Volk vertrauensselig wie ein Hundebaby und bedankte sich für die virologisch bemerkenswerte Darstellung.

Während Island Ischgl zum Risikogebiet erklärte, beurteilte man das Problem in Tirol mit stoischer Gleichgültigkeit und ganz im Sinne des damaligen US-Präsidenten Trump: Es handle sich um eine harmlose Infektion. Man beharrte darauf, dass die Gefahr einer Ansteckung aus medizinischer Sicht gering sei. In Reykjavík wird Ischgl mittlerweile mit Wuhan gleichgesetzt, der erste offizielle Coronafall wurde hier am 7. März gemeldet. Die Tiroler Behörden behandelten das Problem weiterhin mit der uralten österreichischen Weisheit: Net amoi ignorieren.

Am 15. März wich man der ausländischen Gewalt und schloss die Lifte, eigentlich nur eine Stunde zu spät, wie der bekannteste Hotelier des Ortes in einem Interview bald darauf kokett meinen sollte.

Mich wundert dieses Verhalten nicht, ich bin in Österreich geboren. Außerdem war ich im Bereich Bildung tätig gewesen, wo man, nach einer kurzen Reformbewegung im ,Roten Wien', seit Jahrhunderten in einem Zustand der königlich-kaiserlichen Starre verharrte. Seit der

Einführung der Schulpflicht durch Maria Theresia hatte sich im Schulwesen wenig verändert. Obwohl sich der Familienstaat der Habsburger nach dem Ersten Weltkrieg auf einen Schrebergarten im Weltengetriebe reduziert hatte, bestand man weiterhin auf einer weltumspannenden Bürokratie. Der Zwergerlstaat wurde auf acht, später, nachdem Wien zu seinem Glück von Niederösterreich getrennt wurde auf neun noch kleinere Länder aufgeteilt, in denen es jeweils einen Landesschulrat gab, der das Bildungswesen des jeweiligen Bundeslandes verwaltete.

In acht Ländern diente man weiter den außer Landes gereisten Kaisern und Königen der Habsburger, in einem, dem Arbeiterbundesland Wien, glaubte man an neue Zeiten. Der international beispielgebende Wohnbau für sozial arme Schichten wurde aus einer Reichensteuer finanziert, Schwangere konnten ihren Säuglingen Windeln statt Zeitungspapier bieten und Alkohol war verpönt. Ein denkender Arbeiter trinkt nicht, ein trinkender Arbeiter denkt nicht, lautete ein viel propagiertes Ideal, das in krassem Gegensatz zur heutigen Partykultur steht. Bildung wurde zum Ziel der arbeitenden Bevölkerung, denn Bildung war Macht. Dieser Irrtum wurde emsig verbreitet, indem plötzlich Arbeiterkinder neben Akademikerkinder sitzen sollten.

Das ging so lange gut, bis ein gemütlicher Faschismus durch die sogenannte christlich-soziale Partei die Macht ergriff. Ein paar renitente Sozialisten wurden auf der Bahre zum Galgen gebracht, das Parlament ausgeschaltet und fortan durften Frauen mit christlichem Segen ihre Kinder wieder auf Zeitungspapier lagern. Das Sozialpaket des roten Wien wurde auf der Stelle abgeschafft, denn Leistung sollte sich wieder lohnen, wie es später auf einem Plakat hieß. Und sei es die Leistung per Geburt.

Schule wurde wieder Schule wie im Kaiserreich und daran hat sich bis heute wenig geändert. Matte Schüler, matte Lehrer. Und ich liege weiterhin matt im Bett, an diverse Flaschen angehängt, die mich nicht vom Schreiben abhalten sollten.

Theoretisch.

Praktisch hat mich eine lähmende Müdigkeit erfasst, der ich nicht entwischen kann. Zum Glück sind die Tage exakt getaktet. Morgens Blutabnahme. Dann Frühstück und Messung von Blutdruck, Gewicht und Sauerstoffsättigung. Am Vormittag drei Stunden Chemo, dann Mittagessen. Am Nachmittag Zufuhr von einem Liter Kochsalzlösung, dann Entwässerung, dann mehrfache Klogänge. Das Abendessen wird geliefert. Der Geschmack wird von Tag zu Tag grausiger.

Meine Tochter ist in Wien, die Besuchszeiten für meine Frau werden immer mehr reduziert, bis nur mehr eine halbe Stunde pro Tag übrigbleibt. Meine Erschöpfung ist dermaßen gewachsen, dass mich das nicht stört. Und das Coronavirus? Es geht Hans und mich nichts an. Wir sind isoliert. Wir tragen Masken, wenn wir das Zimmer verlassen. Unser Immunsystem ist durch die Chemotherapie gegen Null gesenkt, jeder Infekt kann unseren Tod bedeuten. Hans fallen die Haare aus, eine Pflegerin rasiert ihn, er blickt fröhlich in meine Kamera. Meine Haare hingegen bleiben fest am Kopf. Alexandra wird sich noch wundern.

Drei Tage Chemotherapie haben mein Immunsystem auf nahezu Null gesetzt. Ich fühle mich erstaunlich gut. Wenn das alles ist, denke ich und vergesse zeitweise auf die nächtlichen Schmerzen.

Es sollte noch lange nicht alles sein.

Die Tage fügen sich unterdessen aneinander wie die Perlen einer Gebetsschnur. Frühstück, Visite, Massage, Kochsalzlösung, Entwässerung, Chemo, Mittagessen, Physiotherapie – dazwischen schließe ich die Augen, telefoniere mit Klaudia oder Nina und döse dahin. Das Wochenende erkenne ich daran, dass weniger Menschen hinter den leitenden Ärzten kleben. Am Abend gibt es als Dessert einen Tatort, meine sportlichen Aktivitäten verringern sich immer mehr, die Bücher, die ich lesen wollte, liegen im Schrank und von Schreiben ist keine Rede mehr.

Die Schmerzen in den Beinen werden von Tag zu Tag schlimmer. Selbstverständlich will ich sie wie ein Indianer ertragen, der bekanntlich keinen Schmerz kennt. Ich schon. Aber ein echter Mann weint nicht. Wobei weinen auch nicht helfen würde. Schreien schon. Zumindest wimmern. Das ist mir peinlich. Ich drücke den roten Knopf, der mir freundlich entgegenleuchtet. Ich lächle Sandra an und sage, dass ich Schmerzen habe. Sie nickt. Eine typische Nebenwirkung der Chemo, meint sie. Und Schmerzen sind bei uns verboten. Sie kehrt mit einem kleinen Fläschchen zurück und hängt die Flüssigkeit an meine Venenzufuhr.

„Wenn das nicht hilft, klingle bitte. Keine Schmerzen. Verstanden? Hier wird genug gelitten. Schmerzen kriegen wir weg."

Was für ein Glück, denke ich, während ich ins dunkle Schlafeland hinübergleite. Als mein Vater im Krankenhaus starb, am Gang, weil kein Bett in einem Zimmer frei war, er aufschrie vor Schmerzen, herrschte ihn ein Arzt an, dass er sich gefälligst zusammenreißen soll. Es war sein vierter und letzter Infarkt gewesen.

Es haben sich wunderliche Dinge getan im medizinischen Bereich.

„Polyneurasthenie", diagnostiziert Professor N. am nächsten Morgen. „Eine häufige Nebenreaktion. Ich schicke Ihnen den Physiotherapeuten vorbei. Wenn Sie Schmerzen haben, sagen Sie es bitte gleich. Es hilft nicht, wenn Sie die Zähne zusammenbeißen. Darüber freut sich höchstens Ihr Zahnarzt."

Er hat meinen Humor. Direkt, hart und freundlich. Manche mögen ihn nicht. Ich habe jedenfalls ein neues Wort gelernt, verbunden mit der wunderbaren Nachricht, dass ich keine Schmerzen haben darf. Polyneurasthenie, murmle ich vor mich hin, um das Wort nicht zu vergessen. Es klingt sehr poetisch. Leider tut es höllisch weh. Aber die Mittel gegen Schmerzen helfen. Die traditionelle Medizin gefällt mir immer besser.

Dabei war ich einst ein Anhänger alternativer Methoden. Seit dem Verhalten meines TCM-Arztes bin ich ihnen gegenüber allerdings misstrauischer geworden. Schon vorher war mir die Homöopathie immer seltsamer erschienen. Ihr Prinzip der großen Wirkung durch große

Verdünnung erinnerte mich an den Satz, dass Spezialisten immer mehr von immer weniger wissen, bis sie schließlich alles über nichts wissen. Außerdem war die Frage des Schüttelns zu einem großen Problem geworden: Etwa wann und wie schüttelt der Homöopath seine Präparate? Ich konnte mir nicht vorstellen, dass, wie es heißt, durch Schütteln gute Eigenschaften des Homöopathen auf die Arznei übergehen, schlechte aber nicht. Wie unterscheidet die Arznei gute und schlechte Eigenschaften des Schüttlers? Und wie trennt sie diese voneinander? Ganz schön kompliziert, ebenso wie das Argument, dass ‚ein wissenschaftliches Mäntelchen die Homöopathie nicht kleidet‘.

Ehrlich gesagt bin ich zu so komplizierten Gedankengängen nur mehr beim Einschlafen fähig. Tagsüber steht die Frage der schlichten Ernährung immer häufiger im Vordergrund.

Nach vier Wochen heben Hans und ich nur noch die Deckel des gelieferten Essens, um sie entsetzt wieder auf die Teller zu legen. Schon der Geruch verursacht Übelkeit. Zum Glück ist die Küche der einzige Schwachpunkt, die Menschen um uns herum sind ein Glücksfall. Irgendetwas muss sich getan haben in der Ausbildung. Die Ärzte beantworten geduldig alle Fragen, das Pflegepersonal ist mitfühlend und weiß über alle Daten Bescheid.

Nach vier Wochen bin ich am Ende meiner Kräfte und fühle mich dennoch aufgehoben wie in Mutterns Schoß. Die Anzahl der Leukozyten entscheidet nun über meine Entlassung.

Endlich ist es soweit. Doktor S., ein großer, kräftiger Mann, der seine Patienten mit großer Geduld behandelt, entfernt meinen ZVK.

„Ist völlig schmerzlos, keine Sorge. Sie müssen bloß ruhig daliegen."

Er betastet vorsichtig meinen Hals und desinfiziert die Eingangsstelle. Dann durchschneidet er die Nähte, die den Katheter befestigen. Er zieht den Plastikschlauch vorsichtig heraus. Es tut tatsächlich nicht weh, es ist nur ein seltsames Gefühl, als dieser fremde, mir nahezu wortwörtlich ans Herz gewachsene Gegenstand entfernt wird.

„Kann ich ihn sehen?"

Er zeigt mir einen dünnen Schlauch von mindestens 20 Zentimetern Länge, in meinen Augen hatte er das Ausmaß mehrerer Meter.

„Unglaublich, was so in einen Hals passt."

Doktor S. lächelt nachsichtig. Soll ich ihn vielleicht umarmen? Nein. Lieber Martina. Die ist irgendwie anziehender. Also sexuell. Wenn man das in einem Spital überhaupt so nennen darf.

Ich bekomme noch ein paar wichtige Ratschläge mit auf den Weg. Ich soll die kommenden Wochen dafür nutzen, an Gewicht zuzulegen. Ich habe in den vier Wochen alle Diätziele, die ich früher hatte, dank Chemo und Spitalsküche spielend erreicht. Derzeit zeigt die Waage 70 Kilo, was einer Abnahme von etwa 19 Kilo entspricht. Nun soll ich mich also wieder hinaufessen statt hinunterhungern.

Unbedingt! Eine gute körperliche Verfassung sei wichtig, gerade in meinem Alter. Diesen Hinweis überhöre ich generös.

Nach der Pause würde eine weitere Chemotherapie folgen und danach die Transplantation neuer Stammzellen. Voraussetzung sei natürlich, dass der Spender gesund und willens sei, sich auf die Spende einzulassen. Man werde mich informieren.

Hans muss noch bleiben, ich verabschiede mich distanziert von ihm. Händeschütteln ist hier ohnehin nie erlaubt gewesen, seit Corona ist diese Verhaltensweise auch außerhalb zum Standard geworden. Es ist nett von den Menschen draußen, dass sie sich uns so angepasst haben! Wenn auch nicht freiwillig.

„Vielleicht sehen wir uns wieder, in der Reha!"

Hans nickt.

„Hoffentlich."

Die große Reinigung

Eva hat sich über den Ficus gefreut. Er hat in den Jahren die Wand im Wohnzimmer zugewuchert. Erich wird zufrieden sein. Am liebsten hat er es, wenn es außer den Menschen nichts Lebendes im Haus gibt.

„Keine Haustiere und möglichst keine Pflanzen", lautet seine Devise. „Die gehören hinaus, ins Freie. In die Natur. Dort finde ich sie wunderschön."

Die Teppiche, gefährliche Keimträger, habe ich bei Uschi und Didi untergebracht. Die beiden kümmern sich rührend um mich. Und sorgen sich um Erich. Ich habe die ganze Wohnung desinfiziert, Besucher müssen derzeit draußen bleiben. Das Bettzeug ist neu und frisch gewaschen, Staub gewischt, Vorhänge gewaschen. Es gab viel zu tun die letzten Tage. Morgen kann ich ihn abholen.

Ich freue mich!

Die letzten Nachrichten aus der Klinik klangen gut. Nur Erichs Stimme war schwach. Er müsse jetzt sehr viel essen, teilte er mir mit. Zunehmen statt abnehmen heißt die Devise. Ich habe sein Lieblingsessen vorbereitet. Es gibt gebackenen Kabeljau, dazu Erdäpfelsalat und Torten aus der Konditorei Aida. Das müsste ihm schmecken.

Jetzt kommt wieder diese blöde Zeit des Wartens. Zittern, ob der Spender gesund ist. Ob Corona uns nicht einen Strich durch die Rechnung macht. Oder sonst was passiert, das wir nicht kennen.

Nicht negativ werden, muntere ich mich auf. Das hilft weder ihm noch mir. Ich sollte mir seine Devise zueigen machen: Wir versuchen alles, das Ergebnis kennen wir nicht.

Naja.

Mein Vater ist jetzt im gleichen Heim wie meine Mutter, seine von ihm geschiedene Frau. Er hatte irgendwann beschlossen, doch ins Heim zu wollen. Anscheinend hatte er eingesehen, dass die 24-Stunden-Hilfe nicht mehr ausreichen würde. Und ich war am Ende meiner Kräfte, aufgerieben zwischen Beruf, Besuchen bei meinem Vater und dem Ordnen der vielen Angelegenheiten, die er mir ständig auftrug. Erich brauchte mich in dieser Zeit kaum, er schien sogar froh zu sein, wenn ihn niemand besuchte. Auch ich nicht.

„Ich muss mich darauf konzentrieren, gesund zu werden, einigermaßen", sagte er einmal. „Dabei kann mir niemand helfen. Ich weiß ja, dass du da bist. Das reicht derzeit."

Er hatte das so ruhig und bestimmt gesagt, dass ich ihm glauben konnte.

Da war nur noch mein Vater. Er war der Meinung, dass ich ihn bloß im Pflegeheim anmelden sollte und er dann übersiedeln würde. Von Wartezeiten wollte er nichts wissen, schließlich warteten alle auf seine Ankunft. Er hat bisweilen eine Sicht auf die Welt, die alles andere als realistisch ist.

Da kam mir Rosi zu Hilfe. Sie kannte meine Probleme und tatsächlich schaffte sie es, in wenigen Wochen ein Zimmer für meinen Vater zu organisieren. Für mich ein kleines Wunder, für meinen Vater eine Selbstverständlichkeit, die eigentlich viel früher eintreten hätte müssen. Dass alles nur dank Erichs Leukämie so geschah, ist ihm wohl bis heute noch nicht klar.

Jedenfalls ist mein Rucksack etwas leichter geworden. Meine Eltern im gleichen Heim, sie im ersten Stock, er im zweiten. Sie reden nicht miteinander, aber ich muss sie immerhin nur in einem Heim besuchen und weiß sie in den besten Händen.

Habe ich etwas vergessen?

Mir fällt nichts ein.

Heimkehr

Die Schwester bringt meinen Koffer, damit ich alle Sachen packen kann. Das dauert nicht sehr lange.

Goa, die nette Hilfskraft mit den gelbbraunen Augen und den langen Haaren, die sie stets zu einem Knoten, einem Dutt, zusammengefasst trägt, will mir das Mittagessen mitgeben. Ich lache.

„Nein, danke. Das brauche ich heute glücklicherweise nicht."

Mit einem Koffer und zwei Sackerln – keine Ahnung, warum meine Gegenstände sich immer vermehren, egal, wo ich mich aufhalte – verlasse ich das Spital. Eine Schwester bringt mir meinen Bademantel, den ich vergessen habe. Ist es mir je gelungen, einmal keinen Gegenstand zu vergessen? Mir fällt keine Gelegenheit ein.

Klaudia möchte, Optimistin, die sie ist, den Koffer in den Gepäckraum hieven. Das gelingt ihr nicht, weil zu viele elektronische Gegenstände drin sind, schließlich bin ich mit der Annahme ins Spital gegangen, weiter an meinem Romanprojekt zu arbeiten. Das war ein Irrtum. Gemeinsam hieven wir den Koffer ins Auto. Klaudia schaut mich an. Ihre Augen sind fröhlich.

Ich atme ein und aus, genieße die nicht von Keimen gereinigte Luft, die Fahrt nach Hause. In der Wohnung setze ich mich auf das Bett, schaue hinaus in den Garten.

Gänseblümchen blühen. Gras wächst. Amseln kämpfen. Ich weine endlich. Die Tränen rinnen die Wangen hinunter, landen auf der Hose, bilden Flecken. Mein Glück ist endlos.

Klaudia setzt sich neben mich, streichelt meine Hand.

„Alles in Ordnung?", sorgt sie sich.

„Ja. Das Glück hat auch Tränen. Nicht nur die Traurigkeit. Es ist schön, daheim zu sein."

Wir verbringen die Tage in trauter Zweisamkeit – es sind schöne Tage. Klaudia hat unsere Wohnung aseptisch gereinigt und alle möglichen Gefahrenquellen beseitigt. Die Topfpflanzen und Teppiche sind ausgelagert, alle Böden und Schränke desinfiziert. Unsere Nachbarn versorgen uns mit speziellen Lebensmitteln, ein Supermarkt mit den Alltagsprodukten. Wir müssen Kontakte mit Menschen vermeiden. Das passt gut in die allgemeine Situation.

Die Welt ist seit Corona eine andere geworden. Das Virus hat sich weltweit ausgebreitet, in wenigen Monaten alle Länder erreicht. Der berüchtigte Ort Ischgl hatte sich als touristisches Saufzentrum der Alpen profiliert, nun ist es auch zum Zentrum von Corona geworden. Die hiesigen Behörden wiederholen weiterhin mantraartig: Wir haben alles richtig gemacht. Der Satz verbreitet sich ähnlich schnell wie das Virus und ist zum Symbol der hiesigen Politik geworden.

Andere wiederum, wie der Bundeskanzler, national auch Schwurbelkönig genannt, befürchten Schlimmes. Bald werde, erklärte er mit bebender Stimme, jeder einen Menschen kennen, der an Corona gestorben ist.

Zwischen diesen Extremen hin- und hergerissen, hat sich die Mehrheit für pragmatische Vorsicht entschieden. Maskenpflicht und Ausgehverbot wurden eingeführt, Letzteres später für verfassungswidrig erklärt. Nahezu alle

Menschen verzichten nun auf Kontakte. Noch sind die angeordneten Vorsichtsmaßnahmen glaubwürdig, haben sich Politiker nicht mit ständig widersprechenden Aussagen lächerlich gemacht.

Die nächste Zeit vergeht mit regelmäßigen Spitalsbesuchen und Blutabnahmen. Nach zwei Wochen wird wieder auf mein Knochenmark zugegriffen. Vorher muss ich mir unweigerlich anhören, welche Gefahren ein solcher Eingriff mit sich bringe. Meine Frage, ob ich nicht eine Art Einwilligungsdauerbestätigung unterschreiben könne, beantwortet man mit Kopfschütteln. Ich muss aus rechtlichen Gründen immer wieder auf die Gefahren hingewiesen werden.

„Gibt es neue Gefahren?", frage ich keck. Da mich die gesamte Abteilung bereits kennt, lächelt der Arzt nur milde und geht mit mir den bekannten Fragebogen durch.

Gegen Bürokratie ist außer Revolutionen kein Kraut gewachsen, die wiederum neue Bürokratien hervorbringen. Also nicke ich ergeben und höre mir den Sermon an.

Es folgt die übliche Prozedur. Ich lege mich seitlings auf ein Bett, ziehe die Hose so weit runter, dass mein Rücken frei wird. Eine Schwester sticht in meinen Unterarm und ein Arzt lächelt mich an. Ich versuche nochmals, ihn davon zu überzeugen, dass er mir beim nächsten Mal die Nebenwirkungen während des Schlafes erklären kann, vergeblich.

Immer wieder erstaunt mich, wie klar ich im Kopf bin, dann versuche, mich gegen den dunklen Schlaf zu wehren und wie ich, ohne es je zu bemerken, in einen schwarzen Schacht falle.

Übrigens ein überraschend angenehmes Gefühl. Ob der eigene Tod ähnlich angenehm sein wird?

Das Ergebnis der Befunde ist erfreulich. Es sind keine Unheil bringenden Blasten mehr im Blut, jene unreifen Stammzellen, die sich der Erzeugung einer Krankheit wie Leukämie widmen statt im Dienste der Gesundheit zu braven Blutkörperchen zu werden.

Doktor F. freut sich bei einer weiteren Untersuchung außerdem darüber, dass ein weiterer Stammzellenspender dazugekommen ist, ein junger Mann aus Deutschland. Das sei gut, denn Männer sind nicht nur häufiger von Leukämie betroffen, ihre Stammzellen seien auch für eine Transplantation besser geeignet.

Meinen fragenden Blick beantwortet er mit einem Schulterzucken.

„Ist halt so", meint er naturwissenschaftlich erklärungsbedürftig, aber überzeugend. „Jedenfalls schaut das alles sehr gut aus. Das kriegen wir hin."

Ich freue mich über seinen Optimismus. Er wirkt nicht so, als ob er das bloß aus Freundlichkeit sagt.

Ich widme mich nun von früh bis spät dem Wiederaufbauprogramm meines Körpers. Der Auftrag zuzunehmen gefällt mir. Abgesehen von der Gewichtsabnahme war ich übrigens zuvor körperlich kaum eingeschränkt.

Am dritten Tag gibt es bereits Wiener Schnitzel mit meinem geliebten Erdäpfelsalat und einer Marinade aus Rindsuppe, Senf, Essig und Kernöl. Am nächsten Tag gebratene Hühnerkeulen mit Serviettenknödeln, eine übrigens relativ schnell herzustellende Beilage, die bloß eine kurze Rastpause benötigt.

Die selbst gemachten Tagliatelle mit einem Bärlauchpesto – das nach Knoblauch schmeckende Grünzeug wächst in unserem Garten als Bodendecker – dauern etwas länger, schmecken aber umso besser. Unsere Nachbarin bringt mir Blutwurst vulgo Blunzn vom Fleischhauer, die ich zu einem Gröstl verarbeite. Dazwischen gibt es persischen Eintopf mit Lamm und Safranreis.

Mit anderen Worten: Ich arbeite mich eifrig durch alle Rezepte meiner bescheidenen Kochkünste durch und nehme täglich zu. Auch der Schweinsbraten hilft dabei, den ich nach den Anweisungen des Physikers Gruber zubereite. Ganz wichtig dabei ist, dass er nicht mit dem eigenen Saft übergossen wird, wie es in ahnungslosen Kochbüchern noch immer geschrieben steht. Es darf ausschließlich Fett auf der Kruste sein, damit die sogar am nächsten Tag noch zwischen den Zähnen kracht.

Auch die Ente ist eine Verheißung! Ich spritze ihr mit der Injektionsnadel frisch gepressten Orangensaft ins Fleisch. Wichtig sind dabei viele kleine Einschüsse, heißt es im Kochbuch. Die Haut überziehe ich mit einer Mischung von Honig, Sojasauce und Balsamicoessig.

„Merkst du etwas von dem Orangensaft?", frage ich Klaudia. Sie schüttelt den Kopf. Auch mir ist kein Unterschied aufgefallen. Aber das Fleisch ist saftig und die Haut schmeckt bestens, Fernsehköche hätten dazu sicher lecker gesagt. Auch für die Erdäpfelknödel habe ich endlich das passende Rezept gefunden, sie sind flaumig geworden und duften herrlich.

Ich entdecke sogar meine Liebe zu Palatschinken wieder, die mir im Laufe des Alterns abhandengekommen ist. Nun fülle ich sie mit Orangenmarmelade oder Topfencreme mit in Rum gebadeten Rosinen. Zwei Redakteure einer Zeitung haben sich wissenschaftlich mit der Herstellung von Palatschinken gewidmet. Eine lohnenswerte Aufgabe, ich übernehme das Ergebnis ihrer Forschung. Wunderbar!

Der Titel eines Buches fällt mir ein: Essen ist meine Lieblingsspeise. Passt gut zu meiner Verfassung. Die Beinschmerzen habe ich einige Tage mit Ibuprofen zum Verschwinden gebracht, danach tauchen sie ohne Anlass nicht mehr auf.

Wir genießen den Frühling, den Gesang der Amseln, Rotkehlchen und Kohlmeisen, das Ergrünen der Wiesen, das gelb-weiße Farbenspiel von Gänseblümchen und Löwenzahn. Wir umarmen die Welt und die Welt umarmt uns.

Klaudia strahlt mich an, sie ist wieder zu jener lebensfrohen Frau geworden, als die ich sie kennengelernt hatte. Vielleicht haben die wunderbaren Tabletten, die ihr Doktor G. verschrieben hat, einen Teil dazu beigetragen, aber das ist uns beiden sehr egal.

Meine Tochter ruft mich häufig an, besuchen dürfen wir einander nicht. Luna wächst – und ich bekomme davon nichts mit. Darüber weine ich manchmal, wenn niemand da ist. Nicht, weil mir das peinlich ist, sondern weil ich befürchte, andernfalls nie mehr damit aufhören zu können. In mir hat sich ein Fass von Tränen angesammelt, das ich nicht anstechen will.

Ich widme mich anderen Problemen. Corona etwa. Das Virus lauert überall. Mal steigen die Inzidenzzahlen in diesem Bundesland, mal in jenem. Die meisten Menschen verhalten sich vernünftig, das wird sich in ein paar Monaten ändern. Jetzt aber werden familiäre und freundschaftliche Kontakte weitgehend gekappt, man telefoniert oder video-foniert, um etwas Nähe zu spüren.

Klaudia und Nina sind von einem Optimismus beseelt, der mich manchmal ängstigt. Ich mache aber fröhlich mit bei der Aussicht, irgendwann gesund zu werden. Insgeheim bin ich unsicher, obwohl ich meistens keine Angst habe. Das ist wohl eine Frage des Alters. Ich weiß nicht, wie ich mit 30 Jahren reagiert hätte. Mit Panik? Mit Wut? Mit 69 Jahren war es für mich keine Überraschung, dass eine tödliche Krankheit auftritt.

„Du hast schon immer gesagt, dass wir nichts aufschieben sollten, was uns wichtig ist. Es kann immer etwas passieren. Je älter wir werden, desto wahrscheinlicher wird das. Ich wollte das nicht hören."

Klaudia hatte das nach meiner Diagnose gesagt. Und mit einem Anflug von Demut hinzugefügt:

„Aber wir hatten immerhin schon 20 glückliche Jahre. Das ist schon was."

Ich hatte genickt. Ja, das war tatsächlich schon sehr viel. Es hatte mich getröstet, dass Klaudia das im Angesicht des Todes so empfand. Allerdings war das nur ein Mantra, das sie sich vorsagte wie andere den Rosenkranz zwischen den Fingern drehten. Tatsächlich war ihr das genauso zu wenig wie mir. In Wahrheit wünschen wir uns unsterbliche Ewigkeit.

Dabei ist es schon erfreulich, dass ich dieses Alter erreicht habe. Ich stamme nämlich aus einer kurzlebigen Familie, nur meine Mutter wurde immerhin 75 Jahre alt, obwohl man ihr ein Ende mit 50 prophezeit hatte. Mein Vater starb mit 50, sein Bruder mit 38, ihre Mutter mit 55. So gesehen bin ich bereits weit über das Durchschnittsalter meiner Vorfahren hinausgekommen.

Der Bärlauch blüht, die Zeit des Erntens ist vorbei. Ich fotografiere die zarten, weißen Blüten, entdecke einen grünen Kern in ihrer Mitte und ebenfalls weiße Blütenstände. Ab und zu fahren wir auf das Mieminger Plateau, wo es für mich ein paar einigermaßen ebene Wanderwege gibt. Das hat nicht nur mit meiner Krankheit zu tun, ich hasse seit meiner Kindheit steile Wege. Als steil empfinde ich bereits geringfügig sich von der Waagrechten abhebende Geländeformen.

Jedenfalls blüht der Löwenzahn, dämmern die Wiesen sanft ins Grün und werden meine Haare allmählich lichter. Auf den Weiden tummeln sich junge Schafe, weiß, braun oder gefleckt und schauen uns freundlich an. Ein Rotmilan gleitet über uns hinweg, ich erkenne ihn an der gespreizten Schwanzfeder. Am Wegrand eine Mohnblume, roter Fleck im Wiesengrün.

Zwischen all den Frühlingssonnenstrahlen fällt uns ein, dass ich vor einem halben Jahr eine ziemlich blöde Diagnose bekommen habe. Wir haben uns artig an meine Bitte gehalten, höchstens eine Viertelstunde darüber zu sprechen, damit das Leben stattfinden kann. Und das tut es tatsächlich. Wir genießen die Tage, ab und zu denke ich daran, dass dieser Frühling mein letzter sein kann. Und wenn dem so sein sollte, dann will ich ihn tief einatmen. Irgendwann wird ohnehin das Telefon klingeln und mir jemand mitteilen, dass es so weit ist, dass die frischen Zellen warten.

Hoffentlich.

Bernhard

Es hatte ein Jahr gedauert, bis sie endlich einen Spender gefunden hatten. Sein Zustand hatte sich allmählich verschlechtert, seine Wut war immer größer geworden.

Er fuhr mit seinem Elektrowagen das Tal hinunter, das Rosental. Sein Haus befand sich am Hang, dort, wo sein Sohn nach jahrelangem Leiden gestorben war. Trauer und Erleichterung hatten sich vermischt. Ruth und er hatten Pläne gemacht, wie sie den Schmerz beseitigen konnten. Vielleicht auf seinem Segelschiff, dem Ort, an dem er sich daheim fühlte. Stabil und immer unterwegs. Kurze Rast in einem Hafen. Dann wieder hinaus aufs Meer. Vielleicht würden sie dort vergessen können.

Mitten hinein in ihre Pläne die Diagnose. Leukämie. Bernhard, der Jude, ein moderner Hiob. Der Segeltörn rückte in eine weite Zukunft. Man zögerte die Krankheit hinaus. Anfangs fuhr er mit dem Fahrrad ins Spital, als er schwächer wurde, mit dem Auto. Er importierte gerade Elektroautos aus Dänemark, lange bevor sie eine Alternative zu Benzinmotoren wurden. Er galt nicht nur deshalb als kluger Spinner. Immer war er zu schnell gewesen. Auch beim Sterben? Ein Spender musste gefunden werden.

Ruths Tablettenkonsum nahm erschreckende Ausmaße an, Simon, der zweite, lebendige Sohn vertiefte sich in Mathematik und Sprachen. Hoffentlich wird er nicht allzu klug, hoffte Bernhard. Das erschwert das Leben. Obwohl. Seine Schwester Betina war auch klug gewesen. Und dennoch glücklich. Sogar damals, als sie in dem großen Bett lag, betreut von ihrem Mann, umgeben von zwei Töchtern.

Sie hatte ihn angelacht, konnte kaum sprechen, weil der Krebs ihre Stimmbänder angeknabbert hatte. Der Unterleib war schon gestorben, Darm und Blase nicht mehr kontrollierbar.

Er konnte es, konnte sie nicht ansehen. Er verabschiedete sich, so schnell er konnte. Sein Schwager stand an der Wohnungstür, hielt ihn zurück.

„Sie wird bald sterben. Weißt du das?"

„Ja." Er stürzte die Stufen hinunter, ließ den Mann zurück, der seine Schwester betreute, Tag und Nacht. Der seit Monaten mit drei, vier Stunden Schlaf auskam, vormittags unterrichtete, in ständiger Bereitschaft, nach Hause zu fahren, weil sie aufgewacht war aus ihrem Dämmerzustand. Dann war sie hellwach, plante Tagesabläufe, Wochen, Monate, als würden sie gemeinsam alt werden können.

„Möchten Sie die Wahrheit wissen?", hatte der Arzt gefragt, der Betinas ausbildender Arzt und ein väterlicher Freund geworden war. Ihr Mann hatte genickt.

„Sie wird Weihnachten nicht mehr erleben."

Die Straße führte hinunter ins Rosental. Die klaren Worte taten gut. Endlich, dachte der Mann. Adieu Hoffnung. Adieu Illusionen. Willkommen Gewissheit.

Das Rezidiv in der Lunge, die Bestrahlungen, der Knoten in der Achsel, das Versagen der Beine, die kaputten Stimmbänder und dazwischen, immer wieder, Hoffnungsschimmer; der schwache Glaube an ein Wunder, der japanische Wunderheiler, der aus Tokio eingeflogen worden war, nun gab es nur mehr das Warten auf den Tod, während Betina immer sicherer wurde zu überleben.

Bernhard durfte noch Hoffnung haben.

Und tatsächlich. Zu Hause angekommen, bekam er einen Anruf. Wir haben ihn. Den Sechser im Lotto. Den Spender.

„Du bist der erste Mann, den mein Bruder akzeptiert", hatte Betina zu ihrem Mann gesagt und zufrieden gelächelt.

Tatsächlich akzeptierte Bernhard wenige Menschen. Er war mit 15 Jahren in die Akademie für Bildende Kunst aufgenommen worden, dort, wo Schiele studiert hatte. Sein Talent muss beeindruckend gewesen sein, man bot ihm ein Atelier an. Bernhard aber befand die bildende Kunst für eine verlogene Angelegenheit und verbrannte alle seine Bilder. Als Bühnenbildner in einem Kindertheater zerstritt er sich mit dem Leiter und dessen Frau. Einen Bleistift nahm er nur mehr zur Hand, um den Aufbau von technischen Geräten zu erklären.

Das Fahrradkollektiv, das ihm als kleine Utopie erschien, scheiterte.

Der Job als Tierpfleger war anstrengend und schlecht bezahlt.

Er beschloss, endlich etwas Solides anzustreben und machte die Prüfung zum Automechaniker. Seine Werkstätte, die er später pachtete, war bald in ganz Wien berühmt, er hatte sich auf Citroën 2 CV ‚Enten' und Renault R4 spezialisiert.

Seiner Meinung nach gab es für seinen Geschäftsbereich allerdings kein geeignetes EDV-Programm, also brachte er sich eine Programmiersprache bei und schrieb sich das Programm selbst.

Zur Entspannung machte er den Segelschein und – weil er schon dabei war – das Kapitänspatent für die Binnenschifffahrt. Demnächst wollte er seine Werkstätte weitergeben, sein Körper war von Bernhards Maßlosigkeit überfordert und schmerzte überall. Die Prüfung zum Sachgutverständigen für Elektrofahrzeuge absolvierte er im Eiltempo, seine klobig gewordenen Arbeiterhände sehnten sich nach Ruhe. Er hätte wohl mindestens sieben Leben gebraucht, um seine Fähigkeiten darin unterzubringen.

Sein älterer Sohn war nach einer Maserninfektion seit Jahren an einer Gehirnhautentzündung erkrankt, konnte nicht mehr gehen und stehen, die Eltern pflegten ihn rund um die Uhr. Als er gestorben war, konnten die beiden mit ihrem zweiten Sohn Simon endlich in ein normales Leben starten.

Die Diagnose Leukämie setzte dem Anfang ein Ende.

Dann wieder Hoffnung!

Als alles vorbereitet war, sein Immunsystem runtergefahren, das Bett vorbereitet, der Plastikvorhang, hinter den er gesteckt werden sollte, bereits hing, kam die Nachricht: Der Spender ist krank. Wir müssen noch warten.

Das Warten dauerte zu lange.

Bernhard starb daheim. In jenem Bett, in dem bereits sein Sohn gestorben war. Oder war es im Bett neben seiner Frau? Ich weiß es nicht. Er hat auf meine Anrufe nicht mehr geantwortet. Hat sich zurückgezogen wie eine Katze, die nur mehr eines wollte: Ruhe. Nun liegt er im

Grab neben seiner Schwester. Eigentlich über ihr. Sarg auf Sarg wird ja begraben. Der Obere sticht den Unteren heißt es beim Kartenspielen. Ist das Leben ein Spiel?

Auf dem Grabstein steht ein Gedicht, ich habe es vor langer Zeit geschrieben, ohne an den Tod zu denken.

Nichts ist leicht.
Die Blüte nicht und nicht der Fels.
Schwer ist alles.
Und endlich.
Endlich alles
leicht.

Es geht los! - Klaudia

Endlich! Professor N. hat angerufen und uns mitgeteilt, dass die Transplantation vorbereitet werden kann.

Erich wird für ungefähr vier Wochen übersiedeln, vielleicht kürzer, vielleicht länger. Es macht mir nichts aus, Hauptsache, es geht los. Das Warten ist das Schlimmste. Auch wenn die Zeit sehr schön war, fast unbeschwert, irgendwo lauerte immer das Gespenst. Manchmal ist es über mich hergefallen. Hat mich starr gemacht. Mir den Atem geraubt. Den Hals zugeschnürt. Die Brust. Am liebsten wäre ich in diesen Momenten durch die geschlossene Glastür gerannt, hinaus in den Garten. Ich konnte es nicht geheim halten.

„Was hast du? Wieder Panik?" Seine Fragen beruhigten mich. Wenn ich ‚gar nichts' antwortete, lachte er.

„Du lügst ganz schlecht, du hast wieder eine dieser Attacken. Du strahlst dann etwas Beunruhigendes aus. Selbst wenn du ruhig neben mir liegst. Ich weiß nicht, wie du das machst."

Ich auch nicht. Ich will es vor allem gar nicht. Ich möchte Ruhe ausstrahlen. Zuversicht. Gewissheit. Der Einzige, der das ausstrahlt, ist er. Das beunruhigt mich. Ich habe ihn einmal gefragt, wie er das macht. Er hat lange nachgedacht und dann gesagt:

„Ich weiß es nicht. Vielleicht ist es das Gefühl, dass ich nichts machen kann. Also gegen die Krankheit. Ich habe mich abgefunden. Dass ich sterben werde, weiß ich ja. Jetzt passiert

es möglicherweise. Ich werde einfach alles annehmen, was da kommt. So wird es erträglich."

Für ihn vielleicht. Mir hilft der Gedanke nicht, aber ich muss brav sein. Wie hat Doktor G., der Psychiater, es so sensibel ausgedrückt?

„Sie wissen aber schon, dass ihr Mann todkrank ist. Und nicht Sie."

Wo ist da der Unterschied? Egal. Ich packe die Dinge ein, die er braucht. Er sitzt gemütlich in der Badewanne.

„Für lange Zeit das letzte Mal, das muss ich genießen", sagt er und will offensichtlich allein sein.

Die Wohnung wird langsam leer ohne ihn. Seine Geräusche werden mir fehlen. So wie andere singen, so spricht er mit sich, stöhnt, ächzt oder gibt andere, unverständliche Laute von sich. Am Anfang habe ich ihn immer gefragt, was denn los sei. Dann hat er mich verwundert angesehen und gefragt:

„Was soll los sein? Ich sage doch gar nichts."

Da hat er recht. Wörter sind das nicht, die er von sich gibt. Sie klingen nur so ähnlich. Überhaupt scheint ihm Stille nicht zu behagen. Im Gegensatz zu mir. Wenn er kocht, dreht er sofort eine Nachrichtensendung auf. Auf irgendeinem Sender läuft immer eine. Als ich ihn einmal bat, doch ab und zu das Radio abzustellen, nickte er. Ich wusste nicht, dass dich das so stört, meinte er und bestellte sich drahtlose Kopfhörer. Weil deren Reichweite nicht ins Badezimmer reicht, hat er zum Ausgleich die wichtigsten Sendungen von Ö1 gespeichert.

Es werden in der Zwischenzeit so um die 6.000 sein. Eine davon hört er sich gerade an. Er liegt entspannt in der Wanne, sein wieder beachtliches Bäuchlein lugt teilweise aus dem Wasser. Er hat ordentlich zugelegt in den Wochen daheim.

„Wir müssen los", sage ich zu ihm.

Chemo Teil 2

Die Waage zeigt 81 Kilo. Die Aufgabe der Gewichtszunahme habe ich perfekt erledigt. Ich mache ein Selfie von mir mit einer Flasche Corona Bier in der Hand.

Im Spital begrüßt man mich wie einen alten Stammgast in einer gemütlichen Frühstückspension. Beim nächsten Mal gibt es sicher ein Begrüßungsständchen. Eine seltsame Abteilung!

Vorgestern hatte ich erstmals eine dunkle Wolke gespürt, die sich nähert. Demnächst für mindestens vier Wochen in Quarantäne, mit der Aussicht ‚verloren zu gehen‘, wie die Ärzte das vornehm ausdrücken. Nämlich zu sterben. Oder auf Nebenwirkungen zu warten, kleine und große. Oder auf Heilung. Das war die unwahrscheinlichste Alternative.

Sicher war: Die nächste Chemotherapie folgt. Die muss ich aushalten. Beziehungsweise mein Körper. Und danach kommt die Transplantation von Stammzellen, die ich herzlich willkommen heißen werde. Schließlich der Versuch, sie zu integrieren. Nicht wie Flüchtlinge, sondern wie Heimgekehrte, wie die verlorenen Töchter und Söhne.

Haben Zellen ein Geschlecht? Was sagt eigentlich die Genderforschung zu diesem Thema?

Nicht viel, wenn ich das Internet als Quelle meines kargen medizinischen Wissens betrachte. Doktor F. hat mir ja mitgeteilt, dass männliche Stammzellen in der Therapie bevorzugt werden. Mit ihnen habe man etwas bessere Ergebnisse erreicht. Es freut mich daher, dass ich einen männlichen Spender habe. Ich hätte übrigens die weiblichen Zellen genau so freundlich empfangen.

Jedenfalls: Mein Spender ist gesund und weiterhin bereit, mich zu retten. Andernfalls würden die Ärzte nicht mit einer weiteren Chemotherapie beginnen. Ein gesunder Spender ist die Voraussetzung dafür. Der Gedanke an Bernhard gerät allmählich in den Hintergrund. Eine weitere große Hürde ist übersprungen, mein Spender gesund.

Ich betrete dieses Mal das Zimmer sechs, bekomme wieder den Fensterplatz. Das Zimmer ist noch größer als das alte, vielleicht kann ich ab und zu eine Runde laufen? Ich muss fit sein, empfiehlt man mir immer wieder. Schon bei Darwin heißt es in der Entstehung der Arten, allerdings erst ab der 5. Auflage: Survival of he fittest. Geprägt wurde der Ausdruck ursprünglich von Herbert Spencer, missbraucht von den Nazis, die interessanterweise zugrunde gegangen sind. Leider nicht ganz. Nach ihrem Sprachgebrauch nicht fit genug für die Welt. Egal. Ob Arten zugrunde gehen oder Fitte überleben: Ich bin im Spital und erwarte – nichts. Mehr zu wollen erscheint mir überheblich.

Warum sollte ich geheilt werden? Andererseits: warum auch nicht? Die Chancen fühlten sich nicht unentschieden, sondern gar nicht an. Die einen waren so da wie die anderen. Ich hatte nichts zu entscheiden. Es gibt eine Fülle von Faktoren, die darüber entscheiden werden, niemand kennt ihre Zahl, niemand ihre Gewichtung. Ich bin ihnen ausgeliefert. Warum soll ich mir den Kopf darüber zerbrechen, wie groß meine Chancen sind? Ich muss auf mich aufpassen. Gut gerüstet sein für den … Kampf?

Nein. Ich werde keinen Kampf führen. Ich wüsste nicht, wer mein Feind sein soll. Eine Krankheit, die aus Millionen Ursachen sich entwickelt hatte, wie soll ich die als Feind betrachten? Das wären zu viele Feinde.

Klaudia verabschiedet sich, auf einem Blatt neben dem Fenster stehen schon wieder einige Aufgaben.

Ich hasse Abschiede, Klaudia glücklicherweise auch und so bringen wir es schnell hinter uns.

„Ich rufe dich an, sobald es was Neues gibt. Am Abend auf jeden Fall!" Wir umarmen uns, dann verschwindet sie. Ich werde jetzt nicht weinen.

Der Organisationsplan hat sich verändert: Statt morgen Chemo und am Donnerstag Transplantation, wie einmal geplant, gehen die Ärzte nochmals alle möglichen Infektionsherde durch. Die Pause zwischen den Therapien war wohl zu groß.

Zuerst die Augen. Das ist eine Abteilung, die für ihre Wartezeiten besonders gefürchtet ist. Ein Pfleger mit Rollstuhl holt mich ab.

Ich nehme ein dickes Buch mit, die Erzählungen von Gabriel Garcia Marquez. Irgendwie erinnere ich mich daran, ihn gerne gelesen zu haben, zumindest die Geschichte ‚Der Oberst hat niemand, der ihm schreibt'. Nun also die ‚Unglaubliche und traurige Geschichte von der einfältigen Erèndira und ihrer herzlosen Großmutter' aus dem Jahr 1972, enthalten im Sammelband ‚Die Erzählungen'.

Ich lese die ersten Seiten, staune über die Großmutter, die ‚einem herrlichen weißen Wal' gleicht, deren ‚Selbstzucht die veraltete Größe' anzumerken ist, den ‚Wind des

Unglücks', der durch das ‚Herrnhaus aus Mondmörtelkalk' bläst und das Enkelkind, das die ‚unerbittliche Matrone' mit einem Federfächer kühlt.

Station eins: Die Dicke der Netzhaut wird gemessen. Kenne ich schon. Dann wieder warten.

Mein Staunen beim Lesen lässt im Laufe der Zeilen nach. Statt Begeisterung für die Wortkreationen erfüllt mich etwas, das an Langeweile erinnert. Die Geschichte erinnert immer mehr an ein Märchen – und Märchen finde ich historisch und psychologisch interessant, aber nicht als Gegenwartsbeschreibung. Mein Geschmack und meine Interessen haben sich offenbar gewandelt. Ich empfinde den Text, je länger ich lese, als schwülstig, auch wenn die Geschichte hinter den ausmalenden Wörtern spannend ist. Vielleicht ist das die Ursache meiner Langweile? Dass die Geschichte hinter den üppigen Sätzen verschwindet? Wie Jesus hinter den barocken Fassaden verschwand und die Spekulanten, die er gerade aus den Kirchen verjagt hatte, wiedergekehrt waren?

Ich werde Heinrich Böll wieder lesen. Mal sehen, wie mir seine Erzählungen gefallen. Manches ändert sich. Manches nicht. Etwa das Anziehen von Socken. Es fällt derzeit noch schwerer als früher. Ich hätte etwas weniger zunehmen sollen.

Augendruck, Sehfähigkeit und weitere, unverständliche Dinge werden gemessen. Alles in Ordnung, aber ich muss in den nächsten Jahren mit einer Weiterentwicklung meines schon vorhandenen grauen Stars rechnen.

„Naja", sage ich. „Danke für die schlechten Aussichten. Aber im Moment habe ich noch Wichtigeres zu tun."

Das findet der Augenarzt der Abteilung auch. Er wünscht mir alles Gute. Das tun hier nahezu alle, die mich begutachten. Anfangs hat mich das misstrauisch gestimmt, allmählich gewöhne ich mich daran. Sie haben wohl recht. Es ist auch ein Wunsch von mir, dass alles gut wird – und in jeder Abteilung finde ich Verbündete! Leukämie scheint eine Art Zauberwort für Freundlichkeit zu sein. Mir fällt gerade das Telefonat mit Moni ein. Auf die übliche Frage, wie's mir geht, antwortete ich mit: ‚Nicht so gut.'

Sie hat ein Lästermaul und antwortete: ‚Hast Männerschnupfen?'

Ich sagte: ‚Nein. Leukämie.'

Das Schweigen am anderen Ende war imponierend lange, vor allem für Monis Verhältnisse. In manchen Situationen ist Leukämie ein Zauberwort. Selbst mein Finanzbeamter akzeptierte, dass ich mit dieser Krankheit zwar Ausgaben, aber keine Einnahmen haben konnte.

Nach einer Woche sind alle Abteilungen zufrieden und ich habe einen neuen Zimmergenossen bekommen, Erwin. Wir verstehen uns auf Anhieb, was ich als gutes Zeichen interpretiere. Wer bald sterben kann, hält jede positive Erscheinung für einen Strohhalm.

Im Laufe der Zeit stellt sich heraus, dass ich seine Tochter einst unterrichtete, dass wir einen gemeinsamen Freund haben und außerdem denselben Humor. Seine Freundin lebt in Nürnberg, seine Tochter in München und er in Wattens. Außerdem hat er den Bahnhof Schwaz in ein Kulturzentrum verwandelt. Sein Projekt ‚schranken-los' belebte den Bahnhof über viele Jahre mit Kon-

zerten, Ausstellungen und Festen. Das alles erfuhr ich
erst später, Erwin ist viel zu bescheiden, um das einem
Fremden wie mir sogleich zu erzählen. Ich bin jedenfalls
froh, einen gleichschwingenden Menschen im Bett neben
mir zu haben.

Abends zeichnet die untergehende Sonne schwarze Linien an die Wände.

Eigentlich schön.

Pfingsten

Die Apostel wurden erleuchtet, ich beginne morgen mit der nächsten Chemotherapie.

Ich hole mein Handy hervor. Mein Freund Florian, einer der besten, jedenfalls der lustigste Saxophonist aller Zeiten, hat heute Geburtstag. Ich schicke ihm ein SMS aus dem 9. Stock. Neun sei eine Glückszahl, antwortet er und wünscht mir toi-toi-toi. Jeder persönliche Satz ist eine Hilfe.

Gedanken und Gebete eher nicht. Wenn sie helfen, dann müsste Lady Diana den Unfall überlebt haben, hatte Ingrid erklärt. So viele Menschen haben für sie gebetet und was hat es geholfen? Nichts.

A propos Glaube. Kurt Langbein hat in seinem Film ‚Kann Glaube heilen?' eine Untersuchung zitiert. Es gibt in Großbritannien etwa 14.000 (!) registrierte Geistheiler. Für die Untersuchung von Dr. Edzard Ernst wurden Schauspieler von professionellen Geistheilern geschult: Sie lehrten die Schauspieler etwa verschiedene Handbewegungen, die sie zur Heilung benutzten und dann wurden Patienten behandelt. Es gab vier Gruppen von Therapeuten, nämlich die zertifizierten Geistheiler, die angelernten Schauspieler – sie behandelten die Patienten direkt – und eine Gruppe von Geistheilern, die hinter einer Wand agierten, sodass die Patienten sie nicht sehen konnten und einen Kassettenrecorder, der sich ebenfalls hinter dieser Wand befand. Alle vier Gruppen behandelten die Patienten, die nicht wussten, dass es sich um

Schauspieler und echte Heiler handelte und sich hinter der Wand ein Mensch und ein Recorder befanden.

Tatsächlich war das Befinden aller nach einem Jahr Behandlung besser als zuvor. Ein Patient konnte, nachdem er fünf Jahre nicht aus dem Rollstuhl gekommen war, sogar wieder selbständig die Treppen runtergehen. Noch interessanter war die Tatsache, dass es keinen Unterschied zwischen den vier ‚Heilenden' gab. Die leere Kammer, jene mit dem Rekorder, schnitt sogar minimal besser ab als die ‚echten' Geistheiler.

Auf die Technik scheint Verlass zu sein.

Weil ich weiter warten muss, eruiere ich am Notebook den Sinn von Pfingsten, also das, was die katholische Kirche dem Fest zuschreibt. Der fünfzigste Tag lautet die Übersetzung aus dem Griechischen, also einen Tag nach den sieben mal sieben Tagen nach Jesus Auferstehung. Das erinnert nicht zufällig an das jüdische Schawuot, ein Erntedankfest, das wiederum sieben Wochen nach dem Pessachfest stattfindet, das an die Befreiung von den Ägyptern erinnert.

Die Weltreligionen sind ein Palast voller Wahnheiten, die sie für Wahrheiten halten. Den Juden wurde an diesem Tag angeblich die Tora offenbart, die Apostel überkam der Heilige Geist, der manchmal als Feuerzungen dargestellt wird, manchmal als eine Taube.

Als Pfingstwunder erzählt die Apostelgeschichte übrigens noch von einer Art Multi-Simultan-Übersetzung der Apostel, denn während sie vor der vielsprachigen Menschenmenge predigten, hörte jeder einzelne die Sätze in seiner eigenen Sprache. Die Welt war damals voller Wunder, zumindest im Rückblick. Ich stöbere weiter im Internet. Damit allen Menschen klar ist, worum es sich bei Pfingsten handelt, erklärt das Zweite Vatikanische Konzil alles in katholischer Präzision.

„Denn heute hast du das österliche Heilswerk vollendet, heute hast du den Heiligen Geist gesandt über alle, die du mit Christus auferweckt und zu deinen Kindern berufen hast. Am Pfingsttag erfüllst du deine Kirche mit Leben: Dein Geist schenkt allen Völkern die Erkenntnis des lebendigen Gottes und vereint die vielen Sprachen im Bekenntnis des einen Glaubens. Darum preisen dich alle Völker auf dem Erdenrund in österlicher Freude."

„Es ist so weit", jubelt Ernst mir zu. „Der Arzt wartet mit dem ZVK. Ich fahre dich runter."

„In die Intensivstation?"

„Nein, diesmal reicht die normale Abteilung. Du hast ja schon Übung."

Es ist schön, so muntere Pfleger zu haben.

*

Während ich auf meinen zweiten ZVK warte, erinnere ich mich – Pfingsten verpflichtet – an die Messbesuche zu Schulbeginn und Schulende. Wir trafen uns vor der Kirche und begutachteten die Mädels, die weit von uns entfernt sich sammelten. Die Jahre der Pubertät waren anstrengend, wir nahmen sogar den Besuch der so genannten Heiligen Messe auf uns, um das andere Geschlecht zu sehen. Während der Pfarrer las, wir uns ab und zu bekreuzigten, lachten wir möglichst lautlos über den Unsinn der barocken Worte. Nur Richard nahm alles ernst und verging vor lauter kommender Heiligkeit – er wollte damals Priester werden –, indem er ergeben die Augen schloss.

Mein Freund, der genauso hieß wie ich, war ein professioneller Kirchgänger – er hatte als Ministrant gearbeitet – und wenig gläubig.

„Aufi, aufi, bis der liebe Gott sie mir aus der Hand nimmt", flüsterte er mir zu, wenn der Pfarrer die Monstranz erhob.

„Jetzt sauft er sich wieder nieder", wenn er das Blut Jesu, einen roten Burgunder, wie der andere Erich wusste, in sich hineinleerte.

Er saß in der Kirche immer neben mir, sodass ich seine Lippenbewegungen nachahmen konnte, wenn gesungen wurde und aufstehen, wenn er aufstand. Dazwischen erzählte er mir die neuesten Begebenheiten aus der Pfarre. Ich lachte Tränen mit ihm, aber wenn es nach vorne ging, zum Leib-Jesu-Verzehren, dem katholischen Kannibalismus, blickte er unschuldig wie das Lamm Gottes. Ich verzichtete auf die Hostie, mir grauste davor, dass ein fremder Mensch etwas auf meine Zunge legen sollte. Außerdem ging ich nur ungern zur Beichte, ich wusste nicht, wessen ich mich schuldig gemacht hätte. Ich war nämlich von meinen gottlosen Eltern zu ständiger Ehrlichkeit erzogen worden, was übrigens eine große Hürde für das erwachsene Leben war.

Auch wenn meine Eltern an keinen Gott glaubten, so hatten sie mir doch beigebracht, Gebote zu befolgen, selbst jene, die in einem anderen Kulturkreis für wichtig erachtet wurden. Niemals wäre meine Mutter mit einem ärmellosen Kleid in eine italienische Kirche gegangen und hätte es damals eine Moschee in Österreich gegeben, sie hätte vor dem Betreten ihre Schuhe ausgezogen und ein Kopftuch über den Kopf gestülpt. So, wie meine Großmutter es übrigens immer machte. Ohne Kopftuch und Erdapfel in der Manteltasche verließ sie niemals die Wohnung. Der bringe nämlich Glück und der hundertjährige Bauernkalender sagt stets das Wetter richtig voraus, behauptete sie.

Meinen Vater brachte so viel Aberglaube auf die Palme, sein Kopf schwoll rot an, wenn sie ihr Kopftuch selbst beim sonntäglichen Ausflug nicht abnehmen wollte.

„Entweder du nimmst jetzt das blöde Tuch ab oder ich gehe nicht mit dir ins Gasthaus. Schämen muss man sich mit dir!"

Dann gehorchte sie widerwillig und stapfte missmutig mit ins Gasthaus.

*

Das ist ein freudiges Wiedersehen! Ich kenne den Mann, der mir einen ZVK setzen soll, bereits. Es ist der gleiche wie jener vor 14 Wochen. Und tatsächlich hat er die gleichen Probleme wie damals. Er fährt mit seiner Nadel hin- und her.

„Das war schon beim letzten Mal so", tröste ich ihn.

„Ach, genau. Sie sind das", ruft er erleichtert aus. Die Oberärztin kommt wieder. Hoffentlich habe ich ihn nicht allzu sehr frustriert. Nach einiger Zeit klappt es und ich werde in mein Zimmer gebracht. Jetzt geht es ziemlich schnell.

„Dann legen wir mal los", sagt Doktor S. und hängt einen großen Beutel Flüssigkeit an meinen Venenkatheter. Die nächsten Tage verbringe ich überwiegend an diesem Gerät, das man Ständer nennt. Seit ich Erwin gefragt habe, wo mein Ständer sei und er lauthals lachte, vermeide ich dieses Wort. Das hilft allerdings nicht gegen seine Existenz. Das Metallgestell klebt viele Stunden an mir und behindert mich. Ich musste einmal dringend aufs Klo und stieß mit dem Ding oben an den Türrahmen. Ich konnte nicht hinein, der Drang zur Muschel wurde größer. War das blöde Gestell über Nacht gewachsen? Ich musste. Und zwar dringend. Ich drückte den Notknopf, Pfleger Ernst kam.

„Ich komme nicht rein", rief ich in höchster Not.

„In wen willst du denn kommen?" Ernst blickte mich unschuldig an.

„Keine sexistischen Scherze jetzt. Hier ist Eile geboten."

„Ah. Da hat wer am Stiel gedreht", Ernst setzte die Stange runter. „Kleiner ist feiner." Er grinste und ich schob den Ständer und mich hinein. Ins WC.

Die Tage sind wieder durchgetaktet. Am Morgen Frühstück und einen Beutel Kochsalz, hier kurz NaCl genannt, das ein bis zwei Stunden durch meinen ZVK in mich hineintröpfelt. Danach eine Tablette zur Entwässerung. Schließlich wird mir ständig Gift zugeführt, damit alle mich töten wollenden Zellen getötet werden. Mord und Totschlag überall!

Draußen breitet sich Corona weiter flott aus, Klaudia darf mich maximal eine halbe Stunde pro Tag besuchen,

Nina muss in Wien bleiben. Ich bekomme besorgte und hilfreiche Anrufe meiner Freunde und bin froh, dass sie meinen Hinweis akzeptieren: Seid nicht böse, ich bin froh, dass niemand kommt und ich mit niemandem reden muss.

Das Essen schmeckt übrigens besser, seit Klaudia mir selbst Gekochtes bringt. Das machen die meisten Patienten hier so, erklärt mir Alexandra. Warum hat mir das niemand bei meinem ersten Aufenthalt gesagt? Dabei sind ohnehin alle sehr kommunikativ, aber darauf haben sie vergessen. Übrigens bin ich immer wieder erstaunt über die Gesprächskultur hier. Vor etwa 30 Jahren hatte ich nach einem Artikel im Standard Briefkontakt mit einem hiesigen Arzt. Er bot damals Kommunikationstraining für Ärzte an und konnte sich der Nachfrage nicht erwehren. Mediziner lernten auf der Uni darüber nichts.

Es hat sich offenbar viel geändert. Immer wieder erklären mir junge Ärztinnen, was es alles zu beachten gibt, dass ich jederzeit fragen kann und geben mir im übrigen Zettel, die ich unterschreiben soll, damit die Papierindustrie nicht unter dem papierlosen Büro leiden muss. Interessanterweise verschwinden sie bald in andere Abteilungen, hier bleiben überwiegend Ärzte. Schade, denke ich, aber ich habe ja meine Krankenpflegerinnen. Wenn ich etwas wissen will, antworten sie geduldig. In dringenden Fällen antwortet auch der Chef der Abteilung, Professor N. Wir haben uns sehr schnell sehr gut verstanden. Vielleicht lag es daran, dass ich Menschen mag, die schnörkellos reden und argumentieren. Jedenfalls fühle ich mich bei ihm und seinem Team gut aufgehoben.

In den ersten drei Tage Chemotherapie wurde mit schweren Geschützen geschossen. Nun wird auf ‚leicht' umgestellt. Allerdings machen mir die stinkenden Tabletten, die ich morgens und abends schlucken muss, zu schaffen. Nach wenigen Tagen wird mir bereits bei ihrem Anblick übel und bald darauf erbreche ich sie kurzerhand. Meinem Zimmergenossen Erwin ergeht es ähnlich. Er leidet unter ständiger Übelkeit. Wir werden auf andere Tabletten umgestellt. Schon ihre geringe Größe fasziniert uns, außerdem stinken sie nicht.

„Der Vergleich macht sicher", meint Erwin.

Die Chemo zerstört offenbar auch meine Gehirnzellen.

„Wie heißt die nette Schwester, die dieses verständliche Deutsch spricht? Die aus Salzburg?", frage ich ihn.

„Die Baronesse? Keine Ahnung."

Erwin war früher Journalist und wurde der marktbeherrschenden Provinzzeitung allmählich zu teuer. Billige Arbeitskräfte drängten nach, die Unternehmerfamilie litt unter den geringer werdenden Gewinnen. Man fertigte ihn großzügig ab, die Wirtschaft verlangte nach billigen Arbeitskräften und nicht nach Fähigkeiten. Nun arbeitet er freiberuflich als Fotograf, als Lichtbildner, wie er sich selbst nennt. Seine Menschenbeschreibungen sind sehr passend. Unsere Baronesse arbeitet zwar flott, aber immer mit Würde. Sie bleibt als eine der wenigen konsequent beim Sie.

„Ich weiß nur den Namen von Anastasia."

Auf meinen fragenden Blick ergänzt er:

„Die gestern das Essen gebracht hat. Die Blonde. Die immer so streng schaut. Ich trau mich bei ihr nicht, etwas zurückzuschicken. Sie wirkt ein bisserl wie eine Aufseherin im KZ."

Erwin ist ein stets freundlicher und höflicher Mann, er gleicht ein wenig einem großen, aber schlanken Teddybären. Die Augen immer fragend geweitet, den Kopf ein wenig eingezogen, ist er schüchtern bis zur Selbstaufgabe. Während ich mich auch nächtens an den Hinweis halte, dass hier niemand Schmerzen haben muss und manchmal vier bis fünf Mal um Medikamente gegen Schmerzen bitte, erträgt er sie rücksichtsvoll.

„Jetzt klingle doch endlich!", rufe ich ihm zu. „Den Damen ist derzeit ohnehin langweilig, weil kaum Patienten auf der Station sind."

Corona beansprucht die volle Aufmerksamkeit der Spitäler, man nimmt kaum noch sogenannte ‚normale' Patienten auf, wozu auch Krebspatienten gezählt werden. Unsere Station ist nur zur Hälfte gefüllt, Alexandra beklagt sich manchmal über zu wenig Arbeit.

Endlich klingelt Erwin und stammelt eine Reihe von Entschuldigungen, bevor er auf seine Schmerzen zu sprechen kommt. Die Pflegerin hört sich alles geduldig an und kehrt mit einer schmerzlindernden Flüssigkeit zurück, die sie ihm infiltriert.

„Wir sind umgeben von Engeln", murmelt er, bevor er in einen tiefen Schlaf versinkt. Ich danke den Forschern in der Pharmaindustrie und schlafe ebenfalls ein. Morgen werde ich wunderbar geweckt werden. Ich werde das Morgenmagazin einschalten und eine schöne Frau mit prächtig roten, langen Haaren wird mir die neuesten Schreckensmeldungen erzählen.

Derzeit handelt es sich bevorzugt um Horrormeldungen über Corona und die Todesopfer der Epidemie. Das alles selbstverständlich bezogen auf Europa und eventuell die USA. Die Kinder, die andernorts verhungern, die Menschen, die von Bomben zerfetzt werden: nebbich. Wir blicken starr auf unser Elend, das im Vergleich mit anderen Teilen der Welt ziemlich klein ist.

Andererseits: Worauf sollen wir sonst starren, als auf unser kleines Leben? Das wir für ein großes halten? Schon den Nächsten zu lieben, fällt uns schwer. Und dann erst den Übernächsten? Die im fernen Afrika?

Das kann kein Gott von uns verlangen.

Major Tom

Erwin und ich gehen selten nach draußen, worunter wir ohnehin nur den Gang verstehen. Noch weiter, etwa zur Trafik zu gehen, kommt uns nicht in den Sinn. Wir sind immunsupprimiert, ein Wort, das ich durch langes Üben nun ohne Stolpern aussprechen kann. Alles da draußen ist gefährlich. Wir befinden uns in einem Zustand, der den meisten Europäern vertraut ist: Draußen existieren ausschließlich Feinde, die uns Böses wollen. Unsere Feinde sind allerdings real. Wir sind Keimen, Bakterien, Viren und anderen Scheußlichkeiten der Natur schutzlos ausgeliefert.

Nur ab und zu wage ich mich hinaus und dort stoße ich mit an Sicherheit grenzender Wahrscheinlichkeit auf Major Tom. Wie er wirklich heißt, weiß ich nicht, er spricht nämlich ein grässliches Amerikanisch mit deutschen Einsprengseln, außerdem hat er kaum noch Zähne im Mund. Das hält ihn leider nicht davon ab, temperamentvoll auf jeden, also auch mich, einzusprechen. Offensichtlich vermutet er, dass ich Englisch kann, was nur sehr ansatzweise der Wirklichkeit entspricht. Eine schwarze Hilfskraft, die ihre Haare nach Art von Angela Davis trägt, versteht ihn offenbar besser als ich. Als er über die Nicht-Existenz von Gott philosophiert – so viel habe ich immerhin verstanden –, fragt sie ihn, ob er an Gott glaube. Als er verneint, schüttelte sie verwundert den Kopf und zieht mit ihrem Besen weiter. Major Tom beeindruckt das nicht, er erklärt daraufhin eben mir die Welt.

Allmählich begreife ich, dass er mit einer Tiroler Bäuerin verheiratet ist und weiter für die US-Armee arbeitet. Er ist EDV-Spezialist und entwickelt Programme, falls ich das richtig verstanden habe. Es kann aber auch ganz anders sein, denn wenn er nicht spricht, starrt er in sein Notebook und beobachtet Autorennen, was für mich schwer in Einklang zu bringen ist mit seiner agentenähnlichen Tätigkeit. Aber wer versteht schon die Amis!

Trotz seines weitgehend zahnlosen Mundes macht er einen durchtrainierten Eindruck. Wenn er nicht gerade auf seinem Notebook Programme entwirft oder Filme ansieht, keucht er im Fitnessraum und geht dazwischen einige Zigaretten rauchen. Seine Anwesenheit wird stets durch Wellen von Nikotinduft angekündigt, lange bevor er in Sichtweite ist. Da es um meine Geruchsorgane immer schlechter steht, stört mich das nicht.

Major Tom erklärt mir mit großem Engagement, dass der Mensch des Menschen Wolf sei. Diese Theorie kenne ich schon, wir haben sie in den politischen Jahren des vorigen Jahrhunderts emsig diskutiert. Leider ist sie kaum widerlegbar, außer man hält den Menschen für anders geartet als den Wolf, was ja durchaus möglich ist. Wer auf die Natur verweist und ihre Gesetze, dass nämlich der Stärkere recht hat und Fressen und Gefressen-Werden sie bestimmt, dem kann schwer widersprochen werden. Selbst einem Pazifisten gehen die Argumente aus, wenn eine Pistole auf seinen Kopf gerichtet ist.

Seltsam ist diese Aussage allerdings, wenn sie von Major Tom getätigt wird, der einen Atemzug später vom Mitgefühl der Menschen hier begeistert ist. Außerdem findet er die medizinische Versorgung hierzulande extrem gut. In seiner Heimat könnte er das alles nicht bezahlen.

Ist das nicht ein Widerspruch zu seinem Leitmotiv? Wenn der Mensch des Menschen Wolf ist, dann müsste er doch elend an seiner Krankheit sterben?

Nein, antwortet er. Das System hier sei gut für ihn. Aber auf Dauer werde das andere, das Gesetz der Natur, sich durchsetzen.

Manchmal fürchte ich, dass er recht hat.

Das letzte Mal, dass ich ihn getroffen habe, war in der Zahnabteilung. Er war schwarz gekleidet, hatte eine schwarze Kappe auf und Sonnenbrille, dazu schwarze Handschuhe. Ein wenig abseits sprach ein junger Mann, der mit ihm gekommen war, mit einer Assistentin. Er sah Major Tom ähnlich, hatte allerdings einen starken Tiroler Akzent. Das musste sein Sohn sein. Er hielt einen großen Abstand zu seinem Vater ein, regelte irgendwelche bürokratischen Dinge für ihn. Dann verabschiedete er sich mit einem kurzen Blick zu Major Tom. Der stand vor dem Arztzimmer wie ein Ninja, einer jener japanischen Kämpfer, die vor der Erfindung des Gewehrs als Meuchelmörder mit Säbel für Herrschende eingesetzt worden waren.

Er stand dort, beeindruckend selbstsicher und lächerlich klein und erinnerte in seiner Pose an seinen Präsidenten Donald Trump und andere Politiker der Gegenwart.

Seltsam, dachte ich, während ich auf eine weitere Untersuchung wartete. Dieser Stolz. Diese Würde. Diese Armseligkeit. Alles zusammengefasst in einer Person.

Ob er glücklich ist?

Wie sich seine Frau wohl fühlt?

Und sein Sohn?

Die Nächte dauern übrigens immer länger. Die Schmerzen in den Beinen wollen nicht aufhören, trotz Drogen. Ich bin froh, dass es hunderte Fernsehsender gibt, die 24 Stunden senden. Um Mitternacht gibt es Nachrichten aus aller Welt, um vier Uhr morgens sehe ich eine Dokumentation über das Gehirn, dazwischen jederzeit einen sinnlos lustigen Film. Die Schmerzen hören selbst mit Morphium nur ein, zwei Stunden auf. Erwin geht es genauso.

*

Keine weiteren Chemos, hatte Betina gesagt. Lieber sterben, als nochmals dieses Elend durchmachen, mit Kotzen und Schmerzen und schlaflosen Nächten. Sieben Jahre nach ihrer Heilung hatte ein Kollege von ihr ein Rezidiv in ihrer Lunge entdeckt.

Zu 90 Prozent ist das mein Todesurteil, hatte sie gesagt und war voller Wut. Er hätte es sehen müssen, bei einer früheren Untersuchung. Ich werde ihn verklagen.

Wir kamen nicht mehr dazu. Betina lehnte Chemos konsequent ab und wich auf eine Alternative aus: Sie ging zu Bestrahlungen ins alte AKH, vorbei an der Sargfabrik, die sie mit ironischen Sätzen kommentierte. Aber keine Chemo, nie wieder!

Ich verstehe sie jetzt. Bisher war alles beinahe ein Kinderspiel, die erste Chemo ging mir wie Öl durch den Körper. Jetzt schmerzen die Beine, das Aufstehen wird zur Qual, die Aussicht auf die Stadt ist trostlos. Die Gespräche mit Klaudia und Nina erwärmen mich. Sie sind so zuversichtlich! Da werde ich wieder mutig. Und nach einigen Minuten müde. Wenn wir aufgelegt haben, schließe ich die Augen und schlafe ein wenig. Danach ist alles wie vorher.

Die Schmerzen in den Beinen.

Das Gefühl der Schwäche.

Die Müdigkeit.

Heute gibt's Tomatensuppe

Die früheste Erinnerung, die ich habe, ist der Duft von Walnüssen. Da ist ein mit ihnen gefüllter, großer Korb und ich sitze darin. Mein Großvater hat mich hineingesetzt, ich quietsche vor Freude und wühle in dem holzigen Früchtehaufen.

Wann immer ich Nüsse rieche, denke ich an diese Szene im Schlafzimmer der Großeltern, in der kleinen Gemeindewohnung der Stadt Wien und mich ergreift ein Gefühl, das vielleicht Heimat genannt werden kann. Marcel Proust schrieb, dass ihn der Geruch eines Kekses an seine Kindheit erinnerte.

Bei mir sind es Nüsse und Leder. Wenn ich sie rieche, denke ich an den Schusterladen meines Großvaters. Benzin erinnert mich an die ersten Runden mit einem Go-Kart im Prater. Blue Grass an eine Frau, der ich einst verfallen war. Ich rieche gerne und gut. Das hat mindestens einen Vorteil: Ich habe ein geringeres Sterberisiko als Menschen mit schlechtem Geruchssinn.

Nach einer Studie der Michigan State University gibt es nämlich einen Zusammenhang zwischen abnehmendem Geruchssinn und Demenz. Außerdem stellte sich bei der über ein Jahrzehnt dauernden Untersuchung heraus, dass Menschen mit schlechtem Geruchssinn nach zehn Jahren ein 46 Prozent höheres Sterberisiko hatten als jene mit gutem Geruchssinn.

Gerüche rufen Erinnerungen hervor. Weil die Nase das einzige Organ ist, das direkt mit dem Emotionszentrum des Gehirns verbunden ist. Duftreize gelangen ungefiltert in die Amygdala, den Gefühlskern des Gehirns. Und dort bleiben sie.

Heimat als Geruch? Warum nicht. Diese Definition scheint mir weniger gefährlich als jene der Heimatsuchenden, die stets nach ihren Wurzeln suchen. Das Geschäftsmodell Ahnenforschung hat Konjunktur. Immer mehr Menschen wollen wissen, woher ihre Ahnen stammen und freuen sich wie Schneekönige, dass sie mit den Ureinwohnern der Anden verwandt sind, andere sind enttäuscht, dass alle Vorfahren aus Groß-Schweinsbarth sind. Am meisten freuen sich die Betreiber von Unternehmen, die den Suchenden gegen Geld helfen. Für € 69,00 pro Stunde recherchiert auch ein freiberuflicher Ahnenforscher, woher man stammt.

„Heute gibt es Tomatensuppe!" Ernst, der Mann mit der dröhnenden Heiterkeit, unterbricht mich. „Riechst du sie?"

Ich verstehe kein Wort.

„Die Zellen sind da! Sie duften nach Tomatensuppe. Wir kennen den Geruch. Jedenfalls sind sie gut angekommen. Doktor S. kommt gleich."

Wenig später steht mein Arzt neben mir. Wie immer strahlt er Ruhe aus, diesmal vermischt mit dezenter Freude.

„Wir werden die neuen Stammzellen nun langsam einsickern lassen. Der Spender hat Ihnen eine große Menge überlassen. Normal sind 500 Milliliter, er hat 1000 gespendet."

„Ist das gut?", frage ich unterwürfig.

„Das ist sehr gut. Je mehr, desto besser." Und schon hängt er einen Beutel an meinen Ständer, lässt die rote Flüssigkeit in mich laufen.

„In einer halben Stunde komme ich mit dem zweiten Beutel und in einer Stunde sind wir fertig."

Er geht hinaus, Schwester Sandra bleibt neben mir stehen. So lautet die Regel. Ich beobachte, wie das Rot in mich fließt, Tropfen um Tropfen. Seid willkommen, denke ich, ihr guten Zellen. Fühlt euch wie zu Hause. Ihr sollt es gut haben bei mir. Ihr braucht euch nicht zu fürchten. Alles wird gut. Alles soll gut werden.

Erwin beobachtet das Geschehen. Morgen kommt er an die Reihe, allerdings mit eigenen Zellen. Er hat eine andere Art dieser Krankheit und eine andere Therapie. Ihm wurden Zellen entnommen, die durch mehrere Waschmaschinen geschleudert wurden und gereinigt zu ihm zurückkehren. Der Vorgang nennt sich natürlich anders, aber Erwin hat es mir so erklärt, dass ich es auch verstehe.

„Und?", fragt er. „Wie geht's?"

„Wunderbar", antworte ich wahrheitsgemäß. „Ich muss sie nur gut integrieren."

„Hoffentlich besser als unsere Integrationsministerin", meint er.

Sandra lächelt und schweigt. Ihre Nähe tut mir gut. Auch ihr Schweigen. Ich lege meine gefalteten Hände auf den Bauch.

Atme ein.

Atme aus.

Langsam.

Ich konzentriere mich auf die fremden Zellen, die meine werden sollen.

Sandra ruft den Arzt, denn der erste Beutel ist leer. Nun tropft der Inhalt des zweiten in mich. Es ist still. Ich beobachte das Rot, wie es fließt und mich heilt. Vielleicht. Hoffentlich. Die heilige Messe. Das Blut Christi sickert in meinen Leib. Nach einer weiteren Viertelstunde ist alles vorbei.

„Alles ist gutgegangen", sagt Doktor S. „Ruhen Sie sich aus."

Ich nicke, rufe Klaudia und Nina an, um ihnen die frohe Botschaft zu übermitteln. Sie freuen sich. Ich bin müde und schlafe ein wenig.

Ein junger Arzt kommt mit einem Fragebogen zu mir. Ob ich ihm ein paar Fragen beantworten könne. Gerne. Den Bogen haben wir schnell abgearbeitet. Er ist sehr einfühlsam, stelle ich fest. Empathisch wird das neuerdings genannt. Ich bin neugierig und erfahre, dass er bereits ein Technikstudium in München abgeschlossen hat. Jetzt will er Menschen direkt helfen. Er habe selbst einmal Stammzellen gespendet, aber nie erfahren, ob die bei dem Menschen angekommen sind.

„Schade", meint er. „Ich hätte gerne gewusst, ob sie geholfen haben. – Wie geht es Ihnen mit den fremden Zellen? Haben Sie eigentlich Schuldgefühle?"

Die Frage überrascht mich. Ich denke nach.

„Nein", antworte ich. „Wie sollte ich? Das Einzige, was ich fühle, ist eine große Dankbarkeit."

Nun rinnen Tränen über meine Wangen.

„Und Glück", ergänze ich.

„Sind Sie eigentlich gläubig?" Er ist wirklich sehr neugierig. Das gefällt mir.

„Nein. Und Sie?" Er verneint.

„Auch nicht. Viele meiner Freunde sind gläubig. Für sie kommt das Beste nach dem Tod. Hoffen sie. Für mich findet das Leben jetzt statt."

Er ist ein attraktiver junger Mann. Nachdenklich auch. Ich weiß seinen Namen nicht mehr. Schade. Von manchen Menschen sollte man gleich Namen und Adresse aufschreiben, um sie später auf einen Café zu treffen und mit ihnen zu reden. So viele sind es nicht, die einem über den Weg laufen.

*

Ich gehe mit einem Mann zum Postamt. Es ist Samstag und jeder von uns hat einen gelben Abholschein. Eine Lieferung sei gekommen.

Das Postamt ist alt, der Schalter leer. Wir rufen in die Leere der Halle hinein. Endlich kommt ein Mann. Unwillig wendet er sich an uns:

„Ihr könnt gleich wieder gehen. Es ist geschlossen."

Meine alte, lieb gewonnene Wut steigt auf.

„Es ist 11 Uhr 30. Sie holen jetzt gleich die Pakete oder sie bekommen eine Menge Probleme", schreie ich den Mann an. Der sieht mich wortlos an und nimmt endlich die gelben Scheine. Nach wenigen Minuten kommt er zurück.

„Die Pakete sind noch nicht da. Kommen Sie am Montag wieder."

*

Nina hat gesagt, ich solle mir den ersten Traum nach der Transplantation merken. Ich schildere ihn ihr.

„Komischer Traum", murmle ich ins Telefon.

„Wieso? Ist doch ganz klar", antwortet sie sofort. „Du wartest auf deine Stammzellen, willst sie abholen. Aber sie kommen erst. Und jetzt sind sie da. Alles ist gut. Ich schick dir ein Video."

Die kleine Luna liegt auf ihrem Bettchen, Nina spricht in die Kamera.

„Wir hoffen, nein, wir wissen, dass alles gut geht und sind schon gespannt auf die Haarfarbe vom Opa."

Nina kitzelt Luna, damit sie in die Kamera lacht.

Aha. Alles in bester Ordnung. Meine Tochter erklärt jedem die Welt, bis sie ihm gefällt. Bei so viel Optimismus kannst du gar nicht sterben. Obwohl.

Am nächsten Tag gehe ich in unser Fitnessstudio und radle ein paar Kilometer. Erwin bekommt mittlerweile seine frisch geputzten Zellen. Er sieht zufrieden aus, als ich zurückkomme.

Ich zeige Alexandra stolz meine Haare. Sie sind dünn geworden, aber sie kleben noch immer an meinem Kopf. Sie lächelt nur. Ich vermute, sie glaubt nicht an meine Haare.

Außerhalb des Spitals herrscht in unserem Land gerade eine kuriose Koalition. Nachdem ein junger Student sich zum Parteiobmann der ehemals christlichen Volkspartei hochgeputscht hatte, zerstörte er zuerst die Koalition mit den ein bisserl linken Sozialdemokraten, ging danach eine Koalition mit der rechtsextremen Partei FPÖ ein, die dann an einem weltweit berühmt gewordenen Video an

Ibiza scheiterte. Nun arbeitet er mit den Grünen zusammen, denn er ist nach außen flexibel, nach innen ein strammer Rechter. Es gibt aus Kosmetikgründen in der Regierung auch eine konservative Integrationsministerin, die sich wohl eher als Intrigationsministerin sieht, was durchaus im Sinne des jungen Kanzlers ist.

Der wird übrigens immer beliebter, im Ausland feiert man ihn als konservativen Wunderwuzzi, der gegen Einwanderung und seltsamerweise gleichzeitig für christliche Werte eintritt und das Modell Ungarn und Polen als Fernziel seiner Politik definiert.

Wenn ich sein ständig grinsendes Gesicht sehe, wird mir übel. Ich schalte den Fernseher ab, sobald er erscheint. Das hilft.

In den nächsten Tagen wird mir auch aus anderen Gründen übel. Nicht einmal Lilys köstliche Marillenknödel, die mir Klaudia bringt, helfen darüber hinweg. Die Tage vergehen im Schneckentempo. Ich starre ständig auf den Fernseher, der nichts Neues sagt. Corona beschäftigt die wohlhabende Welt derart, dass es nichts anderes mehr gibt. Kriege, Hungersnöte, alles kein Problem. Die Besitzerin eines Innsbrucker Hotels grölt in ein soziales Netzwerk, dass sie wieder Party machen möchte. Das sei Freiheit.

Es ist ein erbärmliches Schauspiel.

Klaudia bringt mir eine Hühnersuppe. Ich halte den Geruch nicht aus.

Erwin ergeht es ähnlich.

Nach einer Visite berichten wir Professor N. von unseren Problemen. Vor allem die ständigen Schmerzen seien ein Thema. Und die Übelkeit. Er nickt.

„Sie bekommen gleich … ", und er sagte ein Wort, das wir uns beide nicht merken konnten. Alexandra hängt uns je einen Beutel an den Ständer, verbindet unsere ZVK mit dem Schnürchen und wir schlafen die ganze Nacht durch.

Am Morgen, es ist gerade halb sechs Uhr, werden wir gemeinsam wach.

„Seltsam", sagt Erwin. „Ich fühle mich frisch wie ein Fisch."

Tatsächlich. Auch meine Schmerzen sind verschwunden. Und die Müdigkeit.

„Was war das für ein Wundermittel?"

„Keine Ahnung", antwortet Erwin. „Aber das möchte ich morgen wieder haben."

Der Tag vergeht im Flug. Erwin erinnert sich an seine Zeit als Journalist bei unterschiedlichen Zeitungen und wie er, der Oberösterreicher, schließlich hier in Tirol landete. Ich berichte ihm von meinen skurrilen Erlebnissen mit Regisseuren, eitlen Schauspielern und seltsamen Dramaturgen. Wir erzählen uns viele kleine Geschichten und vergessen einen Tag lang unsere Krankheit.

Die Schmerzen verschwinden, aber die Übelkeit nimmt zu. Und Alexandra, diese Kassandra des 9. Stocks, behält recht: An meinem Geburtstag, dem Tag der Sonnenwende, fahre ich durch meine Haare. Und habe ein Büschel in der Hand. Ich versuche es ein zweites Mal. Das gleiche Ergebnis. Im Badezimmer wiederhole ich das Spiel mit einer Bürste. Und werfe das nächste Büschel Haare in den Kübel. Mit jedem Strich kann ich mehr von meiner Kopfhaut sehen.

Ich gebe mich geschlagen und rufe Alexandra.

„Es ist so weit. Ich ersuche um eine neue Frisur."

Sie kommt mit einem speziellen Rasierapparat ins Zimmer. Sie wollte früher Friseurin werden, nun verpasst sie Patienten den immer gleich Schnitt: eine tadellose Glatze. Vor einigen Monaten, vor der Diagnose, hatte ich Klaudia gegenüber scherzhaft die Idee geäußert, meinen Kopf zu rasieren, um zu wissen, wie er ohne Haare aussieht. Damals war ich sicher, dass ich das nie tun würde.

Alexandra lächelt mich freundlich an. Es gibt hier ausschließlich freundliche und bemühte Menschen, aber sie ist mir der liebste. Ihre ruhige Art strahlt auf die Patienten aus, bis auch die sich entspannen können. Leider hat sie ihre Arbeitszeit reduziert. Wahrscheinlich hat sie sich für den Tag meiner Radikalrasur extra in die Liste eingetragen. Es ist ein netter Triumph für sie, aber sie lässt ihn mich nicht spüren. Sie hat ja gewusst, wie der Kampf ausgehen wird.

Und jetzt sehe ich ihn zum ersten Mal: meinen Kopf ohne schmückende Haare, in voller Pracht – ein Ei mit etlichen Dellen.

Die Kopfhaut erinnert ein wenig an die Haut des Huhnes, das ich nach meiner Entlassung im Suppentopf kochen werde. Vielleicht sollte ich mit Rasierklinge und Schaum nochmals drübergehen? Zu viel Aufwand. Hooligans würden mich ohnehin nicht respektieren. Ich bin dünn geworden. Und alt. Die Falten im Gesicht erinnern an einen Shar Pei, diese Hunderasse mit den tausend Falten. Zu viel Haut für so wenig Körper. Erwin, der seit Jahren keine Haare mehr hat, lächelt mich an.

„Sieht nett aus."

Ich glaube ihm kein Wort.

Die Wirkung des Wundermittels hält übrigens nicht lange an. Erwin liegt am Nachmittag benommen im Bett, ich versuche einen Apfel in mich hineinzuwürgen. Kaum ist er in meinem Magen gelandet, schon befördert mein vegetatives Nervensystem ihn wieder heraus. Einfacher ausgedrückt: Ich kotze und erbreche alles, was mit Nahrung zu tun hatte. Man hat mir etliche Becher gebracht, die mir den Weg zum Klosett ersparen. Dorthin würde ich es nicht einmal im gesunden Zustand schaffen und von dem bin ich noch weiter entfernt als vom Badezimmer.

Die Becher sind wirklich praktisch. Wenn man sie griffbereit hält. Dann nehme ich einen von ihnen, presse den Mund darauf und lasse das vegetative Nervensystem tun, was ihm beliebt. Der unter dem Mundansatz befindliche Beutel ist groß genug, um ein fünfgängiges Menü darin zu entsorgen, aber ich bin schon froh, wenigstens einen Gang zu essen. Wobei essen der falsche Ausdruck dafür ist, richtig sollte es heißen: feste Nahrung zu mir zu nehmen, um wenigstens einigermaßen auf die Beine zu kommen.

Vor unendlicher Zeit wollte ich aus pragmatischen Gründen abnehmen. Meine Knie schmerzten damals, wenn ich aufstand und das Binden der Schuhe verursachte große Probleme, weil mein Bauch von unten schwer auf die Lunge drückte. Der Zeiger der Waage hatte sich bedrohlich der Zahl 90 genähert, was bei meiner Größe als mögliche Ursache für Knieschmerzen durchaus in Betracht zu ziehen war.

Als moderner Mann hatte ich eine Uhr gekauft, die meine kargen Aktivitäten notierte. Ich installierte zusätzlich eine App, die Schritte zählte und Kalorien, mich alle Augenblicke daran erinnerte, dass ich irgendetwas tun sollte, das nicht mit Sitzen in Einklang zu bringen war. Außerdem trug ich täglich mein aktuelles Gewicht ein und jenes, das ich erreichen wollte. In zwei aufreibenden Jahren hatte ich es tatsächlich von 89 auf 84 reduziert. Damit war allerdings das Ende der Fahnenstange, besser gesagt, die Goldgrube von 76 Kilo nicht erreicht und es schien so, als müsste ich dieses Ziel für den Rest meines Lebens abschreiben.

Und dann kam meine Leukämie.

Das klingt jetzt schon sehr besitzergreifend.

MEINE Leukämie!

Als hätten nicht andere Menschen ebenfalls diese Krankheit. Eigentlich meine ich: Scheiß-Krankheit. Aber soll ich das schreiben? Warum nicht.

Jedenfalls, die Leukämie ist zu MEINER Leukämie geworden. Eine Krankheit, die, um auf das Thema Gewicht zurückzukommen, diätmäßig durchaus hilfreich ist.

Mein Gewicht wird im Jahr meiner Krankheit grob geschätzt zwischen 84 und 66 Kilo schwanken. Nur das mit dem Status 76 Kilo, den ich früher erreichen wollte, ist nicht haltbar. Ich finde kein Gleichgewicht, also keine

‚weight balance', wie das neudeutsch heißt. Derzeit kotze ich einfach alles raus.

Nein, das ist keine Reaktion auf die österreichische Politik, wenngleich mein Kotzen durchaus dazu passen würde.

Meinen alten Geburtstag feiere ich im Spital. Feiern ist der falsche Ausdruck: Ich verschlafe ihn einfach. Warum auch nicht? In meinem Alter hat man keinen Grund, einen Geburtstag zu feiern. Früher mag das anders gewesen sein, wobei ich mich tatsächlich nur an wenige erinnern kann, die ich tatsächlich gefeiert habe. Bedeutsam wurden sie ohnehin nur dadurch, dass Menschen zusammenkamen, die man mochte. Warum sollte man auch das Altern feiern?

Ich bereite eine Rede an Professor N. vor. Von der Einleitung bis zur Schlussfolgerung, dass ich nämlich lieber daheim kotzen würde als hier, war es ein langer Weg. Also eine lange Redezeit.

Professor N. steht am Ende meines Bettes und hört sich meinen Monolog geduldig an. Dann nickt er.

„Ich wollte Sie sowieso heute entlassen."

Die Erleichterung ist größer als der Fluch, der mir auf der Zunge liegt. Warum lässt er mich so lange reden, wenn er ohnehin weiß, dass ich entlassen werde?

Sein Lächeln bedeutet wohl, dass ihm meine Rede gefallen hat.

Das nächste Mal werde ich weiter ausholen.

Er soll in Zukunft auch leiden.

Begräbnisse

Ich bin sehr anfällig für Tränen. Manchmal sind es Lieder vergangener Zeiten, die mich rühren, manchmal Szenen wie jene aus ‚Der Mann der Friseuse‘.

In dem Film findet ein älterer Mann, dem in seiner Kindheit von einer erotischen Frau die Haare geschnitten worden waren, worauf er beschloss, eine Friseuse zu heiraten, endlich die Frau seiner Träume.

Er findet sie in einem Frisörsalon und die junge Frau stimmt seinem Antrag zu. Nun sitzt der Mann, gespielt von Jean Rochefort, einfach dort und schaut seiner Frau, Anna Galiena, zu, wie sie anderen Menschen die Haare wäscht, sie schneidet, in Form bringt.

Das Glück der beiden ist so groß, dass die Frau, Mathilde, in einen Fluss springt, um kein Ende des Glücks erleben zu müssen.

Manche Kritiker, deren Leben wohl langweilig und fern jeder Gefühlsregung abläuft, fanden das kitschig. Ich verstehe den Freitod Mathildes, und wenn, gegen Ende des Films, Jean Rochefort im Friseursalon, gemeinsam mit einem arabischen Kunden, wieder tanzt, ist die Welt in Ordnung und für mich zum Heulen.

So ähnlich ist es mit Begräbnissen. Wenn Freunde aufgebahrt sind und die Musik erklingt, rinnen bei mir die Tränen, selbst wenn der tote Mensch mir nicht nahe war. Den Tod finde ich mindestens so zum Heulen wie den arabischen Tanz des Mannes der Friseuse.

Vielleicht sollte ich mich ein bisschen um mein Begräbnis kümmern? Klaudia wird einige Tage nur mit Hilfe von Medikamenten fähig sein, alles zu organisieren. Ich hoffe, dass meine Tochter ihr zur Seite steht. Mit Adressen schreiben und Texten für die Parte und so.

Oder sollte nicht ich das weitgehend vorbereiten?

Wo möchte ich gerne begraben werden?

Nirgends, ist die einfache Antwort, aber das geht nicht. Zum Glück habe ich das Grab in Simmering nicht aufgelöst. Ich war nahe dran. Weil es ein ziemlich kleines und lächerliches Familiengrab ist, auf dem bloß zwei Namen stehen, keine Vornamen, keine Daten, nichts. Das Grab repräsentiert sozusagen unser familiäres Verhältnis zum Tod: Wenn er zugeschlagen hat, ist der Rest unwichtig.

Wichtig ist das Leben davor.

Ich war mit Nina auf einer Bank gesessen, vor dem Grab mit dem grauen Granitstein. Ich wollte von ihr wissen, ob sie es behalten will. Sie hatte nicht geantwortet, sondern mich etwas gefragt:

„Stell dir vor, hier steht ein anderer Grabstein. Wie geht es dir dann?"

Ich habe auf der Stelle geweint und das Grab behalten.

Heute habe ich das Lied ‚Stand by me' gehört und wieder ein paar Tränen vergossen. Das wäre doch etwas für mein Begräbnis! Gesungen von dieser Formation ‚Playing for change'. Dass mich mein eigenes Begräbnis rührt, finde ich narzisstisch, aber man soll Gefühle bekanntlich nicht unterdrücken, solange sie nicht zu Mord und Totschlag führen.

Vielleicht spielt Florian das Stück?

Geht das überhaupt?

Nur auf einem Saxophon?

Oder brauchen wir, also ihr, mich gibt es ja nicht mehr, noch ein Schlagzeug und eine Gesangsstimme? Doris singt sehr schön. Erwin als männliche Ergänzung vielleicht. Und Bernd könnte mit seiner Gitarre das Lied erweitern.

Mal sehen. Soll ich mir auch einen Abschiedstext überlegen? Schaden würd's nicht. Aber das verschiebe ich auf später.

Klaudia

Heute haben wir es geschafft! Erich hat seine frischen Stamm-zellen bekommen, jetzt muss er sie nur noch behalten. Die Chancen stehen ganz gut, an den Rest mag ich nicht denken. Die Tabletten von Doktor G. wirken nach wie vor gut. Ich würde durchdrehen ohne sie.

Morgen kann ich ihn abholen. Er wirkte unendlich müde am Telefon. Redete kaum. Was soll ich dir schon erzählen? sagte er gestern. Dass ich die ganze Zeit kotze? Das klingt doch blöd.

Manchmal bewundere ich ihn. Er erträgt diese Tortur mit einer seltsamen Ruhe. Entspricht nicht seiner Natur. Er ist ungeduldig, manchmal sogar aufbrausend. Und nun ruht er nahezu in sich. Ich weiß nicht, wie ich mit dieser Krankheit umgehen würde.

„Wie soll ich sonst damit umgehen?", antwortete er auf eine Frage von mir. „Mich aufregen? Würde das nützen? Grübeln, warum es ausgerechnet mich erwischt? Aber es erwischt ja andere genauso! Wunderheiler aufsuchen, die mit durchdringendem Blick sofort die Ursachen erkennen? So viel Quatsch halte ich nicht mal in diesem Zustand aus."

Die Wohnung ist wieder weitgehend bakterienfrei. Erichs Immunsystem ist schwer beschädigt, es ist ein guter Angriffs-punkt für Keime. Einweghandschuhe sind genügend vorhanden, Covid kommt mir nicht ins Haus. Lebensmittel werden geliefert, ein Frisörbesuch wird erst erfolgen, wenn diese Pan-

demie vorbei ist. Meine Haare sind etwas grau geworden, ich vermeide alle Kontakte.

Professor N. hat mich informiert, dass Erich abholbereit ist. Klingt nach Paketdienst, aber seine herbe Sprache soll wohl über die Gefühle des Arztes hinwegtäuschen. Ohne Gefühlspanzer ist es schwer, diese Krankheit zu behandeln. Wie sagte er damals, als ich ihn auf den FDP-Politiker Westerwelle angesprochen habe?

„Der hatte einen schweren Verlauf." Er schüttelte bedauernd den Kopf, als wäre es sein Patient gewesen.

Knapp vor seinem Tod hatte der Politiker sein Buch präsentiert, ‚Zwischen zwei Leben'. Es war, so seine Worte, kein Krankheitsbuch, sondern ein Lebensbuch. Er sah bei der Präsentation nicht gesund aus, trotzdem wollte er Mut machen. Anderen helfen, gegen die Dämonen, wie er es nannte, zu kämpfen.

Das Wort Dämonen hätte Erich dumm empfunden, er mag keine Hinweise auf jenseitige Kräfte. Nur auf diesseitige. Das Wort Selbstheilungskräfte findet er sympathisch. Den Placebo-Effekt würde er gerne selbst erforschen. Diesseits ja, Jenseits nein, damit ist seine Lebenseinstellung wohl gut zu beschreiben.

Westerwelle half sein Optimismus nicht, er starb an Leukämie. Und Erich? Er lässt weder Optimismus zu noch Pessimismus.

„Ich tu, was ich kann. Aber ich habe, wie jeder Mensch, keine übernatürlichen Kräfte. Ich vertraue den Menschen hier, sie tun, was sie können. Gemeinsam schaffen wir es vielleicht. Garantie gibt es keine. Garantie gibt es nur bei Kühlschränken. Meistens auf maximal zwei Jahre beschränkt. Und ich werde bald 70."

Wir müssen wohl ohne Garantie weiterleben, heute ist es jedenfalls so weit. Ich hole das alte Ding jetzt ab, es ist ohnehin erst 69 Jahre alt.

Ich freue mich!

Endlich daheim

Dieses Mal kann ich Klaudia beim Tragen des Koffers nicht helfen. Sogar das Einsteigen in unser Auto fällt mir schwer, ich muss meine Beine mit beiden Händen hineinhieven. Ich atme tief ein und nehme meine rote Kappe ab. Es wird kühl auf meinem Kopf. Ich habe eine Glatze, beinahe hätte ich darauf vergessen. Eigentlich wollte ich eines der schön gehäkelten und gestrickten Hauberln tragen, die mir Klaudia gemacht hat. Das war ihre Therapie gegen Depressionen, sagte sie mir. ‚Wenn ich stricke, vergesse ich die Welt um mich herum.'

Ich muss allerdings das extern gekaufte, rote Kapperl aufsetzen, weil es gegen die Sonne schützt. Mit 50 Plus Sonnenschutzfaktor, wie es im Werbetext heißt. Darunter sollte ich es die nächste Zeit nicht machen, hatte Professor N. gesagt. Das war für Klaudia ein Befehl.

„Meine Frau ist sehr streng", sage ich später einmal bei einer Untersuchung.

„Fürsorglich", korrigiert mich Doktor S. Er hat recht.

Als ich unter großer Anstrengung aus dem Auto steige, kommt dieses Gefühl der Hilflosigkeit hoch. Die unbestimmte Angst wird zur konkreten Furcht.

Nicht wehrlos werden.

Nicht auf andere angewiesen sein und seien sie mir noch so lieb.

Nicht unbeweglich da sein als ein denkender Leichnam.

Ich stakse auf zwei Beinen, die mir kaum gehorchen wollen, in unsere Wohnung und lasse mich auf den Sessel im Wohnzimmer fallen. Ich keuche. Das Herz pocht am Hals. Aber ich bin daheim.

Klaudia packt den Koffer aus, ordnet die Kleidung. Wie hübsch sie ist! Trotz der Anstrengungen der letzten Monate. Ich sehe ihr zu und freue mich über ihre Bewegungen. Wir sollten miteinander schlafen. Ich schüttle den Kopf über mich. Du kannst kaum gehen, rufe ich mir zu. Hast du in den letzten Monaten irgendetwas verspürt da unten? Eben. Lass das. Sei jetzt froh, dass du angekommen bist.

Am Abend gehen wir spazieren. Genauer gesagt, ich arbeite mich etwa 15 Meter an unserer Hauswand entlang und wieder zurück. Klaudia stets hinter mir. Sie befürchtet, dass ich umfalle. Eine berechtigte Sorge. Ich halte mich aufrecht. Zurück in der Wohnung falle ich sofort in den Sessel.

„Das darf doch nicht wahr sein", keuche ich.

„Kannst du dir bitte Zeit lassen?", antwortet Klaudia. „Du kommst gerade nach vier Wochen, deiner dritten Chemotherapie und einer Transplantation aus dem Spital."

Stimmt. Es braucht Geduld. Wo bekommt man die? Ich würde gerne ein paar Kilo kaufen.

Am ersten Tag daheim fühle ich mich, als hätte ich einen Bergmarathon hinter mir. Als Draufgabe habe ich ständigen Schluckauf. Ich gehe alle Haustipps durch, manche helfen für eine halbe, höchstens eine Stunde, manche gar nicht.

Der Versuch, den Geschirrspüler auszuräumen, scheitert kläglich. Ich bücke mich, komme nicht in die Höhe, klammere mich an die Küchenplatte, stemme mich hoch. Das hört nie auf, fühle ich. Nein, denke ich. Das muss sich ändern.

Seit der Transplantation hat sich jedenfalls das eine geändert: Die Welt duftet anders! Es fällt mir erst im Laufe der Zeit auf. Einmal erwache ich und rieche etwas Fremdes. Klaudia schläft neben mir und weil sie eine begnadete Schläferin ist, kann ich hemmungslos an ihr schnüffeln. Ich atme wie ein Hund ihre Ausdünstungen ein, aber von ihr stammt der fremde Geruch nicht. Ich halte die Bettdecke an die Nase, den Polster – nichts. Sich selbst riecht man angeblich nicht, dennoch steigt ein seltsam fremder Geruch auf. Oder ist es nur die Gewohnheit, dass man sich selbst nicht riecht? Immerhin erkennen wir auf Anhieb unseren eigenen Geruch außerhalb unseres Körpers. Aber von mir kommt ein neuer Duft. Ich kann nicht orten, woher genau. Allmählich verschwindet er, ich drehe mich um und schlafe ein.

Am nächsten Morgen fällt mir auf, dass auch der Café anders riecht, ebenso die Kartoffel. Sie riecht nach Erde, ein Erd-Apfel eben, wie es in Österreich heißt. Ein leichtes Ekelgefühl kommt in mir hoch, ich erinnere mich an das Essen im Spital. Und die Kirschen, die mir Klaudia damals gebracht hatte.

Rot und verlockend lagen sie in der Schachtel. Ich hatte mich auf ihren Geschmack gefreut, ihren Saft und hatte hineingebissen. Ich hatte mit der Zunge den Kern entfernt, ihn in die Schachtel gelegt, auf das köstliche Fruchtfleisch gebissen.

Es war von ekelerregender Süße!

Am liebsten hätte ich es ausgespuckt, so sehr hatte mir gegraust. Ich hatte die Abscheu hinuntergeschluckt und die Schachtel außer Sichtweite gestellt. Das ist übrigens eine meiner liebsten Taktiken, Realitäten auszuweichen, ich kann sie nur empfehlen. Alles Störende muss weg! Selbstverständlich sollte sie nicht dauerhaft angewendet werden, das würde zu anderen Krankheiten führen, aber für eine Zeitlang hilft sie.

Ich habe von einer Yoga-Übung gelesen, die etwas Ähnliches wie Weglegen empfiehlt, nämlich ruhiges Atmen. Um eine innere Erregung zu besänftigen, legt man Daumen und Zeigefinger auf die beiden Nasenhälften und drückt sie, so dass man nicht mehr atmen kann. Nun öffnet man das rechte Nasenloch und atmet tief ein. Danach schließt man es und öffnet das linke, um durch dieses auszuatmen. Wenn das geschehen ist, atmet man durch das linke Nasenloch wieder ein, schließt es und öffnet das rechte, um daraus auszuatmen. Wenn man das etwa zwei Minuten wiederholt, stellt sich Entspannung ein.

Da ich diese Technik damals noch nicht kannte, wartete ich einfach. Eine Stunde später versuchte ich ein zweites, diesmal hellrotes Exemplar. Diese Kirsche musste säuerlich schmecken. Das war ein Irrtum. Ich merkte keinen Unterschied zu dem ersten Stück Zucker, das ich hinuntergeschluckt hatte. Das neue Exemplar spuckte ich sofort aus. Wenn das so weitergeht, dachte ich, werde ich bald noch mehr Probleme mit der Nahrungsaufnahme bekommen.

Ich hatte nicht geahnt, welche Dimension meine Geschmacksverirrung annehmen würde. Gesundpflegerin Martina, wie Krankenschwestern in Österreich heißen, hatte sich jedenfalls über die tollen Kirschen gefreut und sie in die Gemeinschaftsküche mitgenommen.

Meine Hoffnung, dass sich dieser Geruchsirrtum, daheim angekommen, legen würde, erfüllte sich nicht. Ein süßlicher Duft hat sich über alles gelegt. Sogar mein geliebter Cappuccino aus unserer tollen Isomac-Espresso-Maschine verträgt keinen Zucker mehr. Und ohne Zucker schmeckt er wie – es gibt kein Wort, das mein Entsetzen beim ersten Schluck ausdrücken könnte.

Ich erinnere mich an Doktor M., den Experten der Nebenwirkungen. Hatte er nicht mit dem Verlust des Geschmacks- und Geruchssinns gedroht? Abgesehen von diversen Tumoren, die sich nach der Transplantation mit Vorliebe auf Transplantierte, also mich, stürzen?

Der Vorteil ist, dass ich auch die Blüten des Currystrauchs im Garten nicht riechen kann, zumindest nicht in der Abscheulichkeit, die ich ihnen früher zugesprochen habe. Die zarte Schönheit der Blüten steht nämlich in krassem Gegensatz zu dem Gestank, den sie verströmen. Eigentlich wollte ich sie entfernen, das ist nun nicht mehr nötig.

Leider ist mein Geruchsverlust das geringere Problem, das andere heißt weiterhin: Kotzen. Was immer ich zu mir nehme, es kommt unvermittelt wieder hoch. So schnell kann ich gar nicht schlucken, dass es nicht sofort wieder hochkommt. Bert Brecht hätte seine Freude mit mir: Ich muss gar nichts essen und kann trotzdem jede Menge kotzen.

Und wieder im Spital

Zwei, drei Tage hoffe ich auf Besserung. Sie kommt nicht. Selbst ein Glas meines Lieblingsweines von Hans Moser – nein, nicht der, der so wunderbar nuschelte, sondern der Weinbauer aus dem Burgenland – betrachte ich mit Abneigung. Niemand hätte mich zu einem Schluck überreden können.

„Das geht so nicht weiter", sagt Klaudia. „Wir fahren ins Spital."

Ich bin mittlerweile so schwach geworden, dass ich keine Gegenmaßnahmen ergreife.

„Von mir aus. Mir ist alles recht", seufze ich ratlos.

Das übliche Gepäck ist bereits gepackt, mit Klaudias Hilfe gelange ich zum Auto und lasse mich in den Sitz fallen. Womöglich brauche ich demnächst einen Rollator? Angeblich gibt es sehr hübsche und praktische Modelle. Mir gefällt im Moment vor allem die Funktion des Sitzes, in den man sich jederzeit fallen lassen kann. Noch ist es nicht so weit, spreche ich mir Mut zu.

Im 9. Stock nimmt man mich nach knapp einer Woche so freundlich in Empfang, als hätte man ohnehin stündlich mit meiner Wiederkehr gerechnet. Ich bekomme das gleiche Zimmer, allerdings ohne die schöne Aussicht auf die Stadt, was mir ziemlich gleichgültig ist. Mein Zimmergenosse stellt sich mit Christoph vor und plappert sogleich auf mich ein. Schon wieder einer dieser Dialekte, den nur die Dorfnachbarn verstehen! Sein freundliches Gesicht lässt mich hoffen, dass er mich in Ruhe schlafen lassen wird.

Im Laufe der Tage verstehe ich ungefähr, dass er nach zehn Jahren zu einer neuerlichen Transplantation mit eigenen Stammzellen hier sei. Er erzählt das im selben Ton wie ein Autobesitzer, der sein Fahrzeug zum 100.000 Kilometer-Service bringt. Jedenfalls ist er guten Mutes, denn schon vor zehn Jahren sei alles toll verlaufen.

Das freut mich für ihn, ich habe für mich eher das Gefühl, dass meine Therapie nicht so toll abläuft.

Sandra, die durchtrainierte Pflegerin, die während der Transplantation neben mir gestanden war, fragt mich über ein Buch von mir aus: ‚Maria fährt‘. Sie sei schon gespannt auf das Ende der Geschichte, bisher gefalle ihr die Geschichte von der Frau, die spät, aber doch ihren Mann verlässt, sehr gut. Sie wird mir von ihrem abschließenden Urteil berichten. Das freut mich prinzipiell, nur bin ich nicht in der Lage, irgendetwas zu antworten. Ich habe nämlich ein kleines Stück Brot hinuntergewürgt, das sich schnurstracks wieder nach oben aufgemacht hat. Ich stürze ins Bad und wundere mich über meine Beweglichkeit. Offenbar verleiht der Ekel vor einem vollgekotzten Bett auch Flügel.

Sandra bringt mir einen großen Plastikteil mit den vertrauten Plastikbechern.

„Das sind so etwa 20 Becher, damit müsstest du eine Zeitlang auskommen. Wenn du noch weitere brauchst, klingle einfach.“

Ich fühle mich schon wieder rundum versorgt.

„Danke, ihr seid wirklich Engel“, sage ich und lege mich ins Bett. „Ich muss jetzt schlafen.“

Sandra deckt mich zu und ich falle in eine Art Schlaf, der einer Ohnmacht gleicht.

Draußen erreicht Corona einen weiteren Höhepunkt. Klaudia darf mich nicht mehr besuchen. Ich befinde mich in einem permanenten Wechsel zwischen dösen und schlafen, zwischendurch den Zugang zu meiner Vene beobachtend. Dort fließt Kochsalz in mich, dann ein Medikament zur Entwässerung, dann irgendetwas anderes. Damit ich nicht ständig auf die Toilette gehen muss, hängte man mir einen Katheter an.

„Was soll ich tun?", frage ich.

„Gar nichts. Beachten Sie ihn einfach nicht."

Das war keine gute Empfehlung.

„Hier!", rufe ich dem Arzt zu, den mir Sandra nach einer Stunde geschickt hat. „Es rinnt nicht in den Behälter, sondern daneben, auf mein Bett." Mein Entsetzen ist so groß, dass der Katheter sofort entfernt wird.

„Ich schaffe das schon", sage ich. „Der Weg zur Toilette ist ja nicht weit."

Allerdings zu weit für das Kotzen. Die Plastikbeutel erfüllen ihre Pflichten tadellos. Meine ökologischen Bedenken zum Thema Plastikverbrauch sind übrigens zumindest für den Spitalsbereich verflogen. Theoretisch ist Plastik eine Katastrophe, praktisch mein Retter gegen Keime, Viren und Bakterien. Und ideal für die Entsorgung meines Mageninhalts.

Morgens kontrolliert man mein Gewicht. Es hat einen beeindruckenden Stand erreicht. Mein früheres Idealgewicht ist bereits weit über meinem derzeitigen Gewicht angesiedelt. Alle bisherigen Diäten sind im Vergleich zu meiner Leukämie lächerlich. Innerhalb weniger Tage zeigt die Waage unter 70 Kilo. So leicht war ich das letzte Mal in den sportlichen Jahren meiner Jugend. Damals, als Bewegung gegen die Macht der sexuellen Triebe ankommen musste. Morgens mit Burli den Laaerberg hinaufgelaufen, dann in die Schule gegangen, damit der langweilige Unterricht wenigstens einigermaßen erträglich wurde. Müde und entkräftet konnten wir immerhin sitzend überlegen, wie wir die Zeit bis zum Unterrichtsende überstehen.

Später wurden wir satt, manche von uns erfolgreich, beinahe alle dick. Schon bei unserem zehnjährigen Maturatreffen staunte ich über die Körperfüllen, die sich da angesammelt hatten. Unser Turner, der auf dem Schulgang auf Händen ging, um den Mädels zu imponieren, hatte einen Körper, der viel zu groß für seinen Kopf geworden war. Er erinnerte an den Gegenspieler der Comicfigur Popeye, den etwas doofen Bluto. Was würde in den nächsten Jahrzehnten aus ihm werden? Meine Befürchtung, dass er platzen könnte, erfüllte sich glücklicherweise nicht. Bei unserem fünfzigsten Treffen war er sogar schlanker als zu unserem zehnten.

Ich werde ebenfalls schlanker und schlanker. Und ich schlafe und ich schlafe. Selbst die rothaarige Schöne, die morgens via TV die Welt mit schlechten und selten guten Nachrichten verwöhnt, interessiert mich nicht mehr. Klaudia ruft an. Ich brabble ein paar Sätze ins Handy und bin froh, wieder auflegen zu können. Meine Tochter meldet sich. Ich bitte sie, alle Informationen von Klaudia zu holen.

Und dann schlafe ich und schlafe ich.

Dazwischen schlucke ich Tabletten, versuche, etwas zu essen, erbreche es sofort wieder und nehme Nahrung ausschließlich durch meine Venen zu mir.

Die Nacht gleicht dem Tag und beide haben keine Neuigkeiten für mich. Ich gleite dem Leben davon. Da ist keine Angst. Da ist nur Leere. Morgens, mittags, abends, nachts. Keine Gedanken, keine Wünsche, keine Trauer. Ich will schlafen.

Nicht mehr aufwachen ist der einzige Gedanke, der mich tröstet. Genug. Ich will nicht mehr. Die Welt ist mir gleichgültig geworden. Ich brauche keine Hilfe. Nur noch den Tod. Im Schlafen entschwinden. Keine Schmerzen. Keine Hoffnung. Kein Erbrechen. Das Nichts möge kommen. Endlich. Unendlich.

Kurt Tucholsky hat einen kleinen Text über das Sterben geschrieben. Er hoffe, dass er sich nicht allzu ungeschickt anstellen würde, schrieb er. Wenn doch, möge man ihm das verzeihen, es sei schließlich das erste Mal.

Bei mir wird es das zweite Mal sein. Ich überlebe nämlich. Jetzt übe ich bloß, sagen meine Ärzte. Sie wollen mich nicht aufgeben.

Als meine Welt ein Brei aus Grau und Schwarz wird, Tag und Nacht nicht zu unterscheiden sind; als nichts mehr tönt, alles rauscht; als meine Augen nichts mehr sehen und meine Ohren nichts hören; bin ich bereit zu sterben.

Mich überrascht, wie leicht das fällt. Niemand ist da und trotzdem keine Angst. Jetzt hinüberschleichen ins

Nichts. Und meine Frau? Meine Tochter? Mein Enkelkind? Für sie muss ich weiterleben?

Nein. Ich bin niemandem mehr verpflichtet. Es ist ein merkwürdig leichtes Gefühl, das mich ergreift, bevor ich gestorben bin.

Beinahe.

Das lässt hoffen für den tatsächlichen Fall ins Bodenlose.

Professor N. stellt irgendwelche Medikamente um. Ich fühle mich tatsächlich etwas besser. Vielleicht doch nicht sterben? Klaudia lässt mir wieder etwas zu essen bringen, sie selbst darf die Abteilung nicht betreten. Ich nehme zaghaft ein paar Bissen. Warte. Kein Kotzreflex. Noch zwei Bissen. Dann ist es genug. Immerhin. Es geht aufwärts. Sagte auch Jesus 40 Tage nach Ostern.

Nach einer Woche wieder daheim. Am nächsten Morgen spüre ich eine kleine Beule unter der Achsel. Dort, wo die Lymphknoten sind. Einmal von Krebs betroffen, greift sich jede Unebenheit wie ein Tumor an. Hatte Doktor M. nicht von der größer werdenden Gefahr für Tumore gesprochen? Aber wieso so schnell? Im Spiegel sehe ich eine blutgefüllte kleine Blase. Eine Zecke! Borreliose oder Hirnhautentzündung sind die ersten Assoziationen. Sie hat sich von der Wiese in die Wohnung geschlichen. Ein hinterhältiges Geschöpf. Iris entfernt es mit einem kurzen Ruck.

„Schönes Exemplar", meint sie. Naja, Schönheit ist bekanntlich ein relativer Begriff.

Das regelmäßige Kotzen hat nun einem unregelmäßigen Platz gemacht. Ich führe meine Plastikbeutel ständig bei mir, um vor unangenehmen Überraschungen gefeit zu sein. Sie erfüllen ihre Funktion vorbildlich: Wenn das Würgen startet, greife ich zu einem neuen Beutel, stülpe ihn vor meinen Mund und nichts wie raus mit allem, was stört.

Die Waage zeigt 66 Kilogramm. Als ich meinen Kampf gegen Übergewicht startete, hatte ich beinahe 90 Kilo. Ich kann mir keine erfolgreichere Diät als Leukämie vorstellen: 24 Kilo weg! Und die Skala nach unten scheint offen.

Bei der nächsten Untersuchung – sie finden nun wöchentlich statt – erklärt mir Frau Doktor H., die einzige Frau in der Station, dass es am Natrium liegen könnte. Ich bekomme eine Kochsalzlösung infiltriert mit der zweischneidigen Empfehlung, dass ich nun entweder etwas mehr trinken soll oder ziemlich viel weniger. Eine der Methoden würde helfen, man könne im Voraus nicht sagen, welche.

Ich beginne mit der Methode eins, viel trinken. Ich kotze wie ein Reiher, um ein altes Sprichwort zu malträtieren. Allerdings ohne Sinn und Zweck, welche Nachkommen hätte ich damit füttern können?

Doktor K., ein junger Arzt, rät mir energisch zur Methode zwei. Durch das viele Trinken würde ich viel Natrium ausscheiden. Ein extremer Natriummangel kann sogar zum Tod führen. Er erzählt von einer Marathonläuferin, die brav jede Menge Flüssigkeit, die ihr Helfer während des Laufs reichten, zu sich genommen hatte. Es gibt Videoaufnahmen von ihr, die sie am Ziel zeigen. Sie geht wie in Trance, ihre Freunde führen sie zum Auto und danach ins Spital. Im Interview kann sie sich an nichts mehr erinnern.

„Sie hat Glück gehabt, Wasserzufuhr ohne Natrium ist bei einem Marathon unter Umständen tödlich", sagt Doktor K. „Aber Sie werden ja dauernd kontrolliert, da kann nichts passieren. Machen Sie Folgendes."

Ich darf nun nicht mehr als einen Liter Flüssigkeit am Tag zu mir nehmen, was erstaunlich anstrengend ist, auch wenn man, wie ich, Weintrinker und nicht Biertrinker ist. Der Erfolg ist allerdings sagenhaft. Ich kann allmählich wieder essen wie in alten Zeiten. Mein Magen hat sich mittlerweile an kleine Portionen gewöhnt, aber nach und nach kommen kleine Kräfte zurück – und der Hunger.

Der morgendliche Cappuccino benötigt bereits einen, ein paar Wochen später zwei kleine Löffel Zucker. Über die Kirschen traue ich mich noch nicht, aber Bitterschokolade schmeckt gut.

Die Spaziergänge werden allmählich länger, die Wachphasen ebenso. Aber ohne Mittagsschlaf geht gar nichts. Nach etwa fünf Stunden fallen mir die Augen zu, ich werde sehr müde. Mehr als einen Halbtag lang ist mit mir nichts anzufangen.

Der Sorgenfuchs

Er wird immer weniger. Und weigert sich beharrlich, ins Spital zu gehen. Vielleicht sollte ich ihn entmündigen lassen? Ein frommer Wunsch. Kein Mensch würde mir das gestatten. Dazu ist er zu klug. Noch immer. Trotz seiner seltsamen Ansichten. Neulich hat er mir erklärt, dass Sterben gar nicht so schlimm sei. Er habe schon geübt. Das habe er Tucholsky voraus. Ich weiß nicht, was ich von dieser Botschaft halten soll. Ob das für eine Entmündigung reicht? Wahrscheinlich nicht. Jedenfalls muss ich ihn irgendwie in die Klinik bringen. Vielleicht hilft abwarten?

Tatsächlich scheint ihn seine Gewichtsabnahme allmählich selbst zu beunruhigen. Ein erster Schritt zur Wahrnehmung der Realität? Er hält sich ja für einen Realisten. Meiner Meinung nach eine grobe Fehleinschätzung. Ich glaube eher, dass er alles so lange vor sich herschiebt, bis es zu spät ist. Oder fast zu spät. Bisher hat er alles knapp vor einer Katastrophe abgefangen. Leider fühlt er sich dadurch bestätigt.

Als die Waage immer weniger Kilo anzeigt und ihm der Wein – ich fürchte, das war der ausschlaggebende Grund – nicht mehr schmeckt, ist er bereit: Ich darf ihn ins Spital bringen. Professor N. ist nicht sehr überrascht. Das beruhigt mich. Offenbar ist Erichs Reaktion durchaus normal. Ich weiß nicht, wie ich den Menschen auf dieser Station danken soll. Wenn ich ihnen begegne, wird alles ruhig in mir. Und still.

Nach einer Woche darf er wieder nach Hause!

Ich bin gesund

Wenn ich morgens aufwache, bin ich gesund. Der Tag liegt vor mir wie ein weites Meer. Kein Ende in Sicht, irgendwo in der Ferne liegt neu zu entdeckendes Land. Die Reise über das Wasser: kein Problem.

Ich springe in Gedanken aus dem Bett. In Wirklichkeit setze ich mich langsam auf. Schwindel ergreift mich. Ich atme schneller. Der Kreislauf! Ich versuche aufzustehen, die Beine schmerzen. Ich dehne sie durch, damit ich gehen kann.

„Verdammte Scheiße, hört das nie auf?"

Klaudia sieht mich fragend an.

„Die Schmerzen im Bein, wenn ich aufstehe. Und mein Puls geht viel zu schnell. Früher war er um die 60, jetzt ist er um die 90."

Sie streicht über meinen Kopf, aus dem kleine Härchen hervorkriechen wie Gras aus frisch gesäter Erde.

„Was willst du denn? Weißt du, wie lange die Transplantation her ist? Nicht einmal drei Monate! Vor ein paar Wochen konntest du den Geschirrspüler nicht einräumen. Es geht jeden Tag voran!"

Die Erinnerung dämmert hervor. Es ist erst ein paar Wochen her, dass ich ein Werkzeug suchte, weil der Verschluss der Mineralwasserflasche klemmte. Klaudia nahm sie mir aus der Hand und öffnete sie einfach. Ich konnte es nicht glauben. Meine zarte Frau!

Wie schwach ich objektiv bin, denke ich und starre vor mich hin. Ich war der Überzeugung, ein gesunder, wenn auch ziemlich abgemagerter Mensch zu sein. Und dann zeigte mir eine Mineralwasserflasche, wie es um mich stand.

„Du hast recht", sage ich. „Wir gehen bereits alle zwei Tage eine Stunde spazieren, ich beschleunige das Tempo, ich kann sogar bergauf gehen! Wenn auch ungern. Aber das war früher auch so. Ich habe nie verstanden, warum Menschen auf einen Berg steigen, nur damit sie dann wieder hinuntergehen. Abgesehen davon vergesse ich, dass ich vor drei Monaten eine Transplantation hatte. Wie schnell das Vergessen doch ist."

Ich muss nochmals ,Das Buch des Vergessens' von Douwe Draaisma lesen. Er schreibt über die Kehrseite dessen, was viele Menschen wollen: das perfekte Gedächtnis, das nichts vergisst. Glücklicherweise existiert es nicht und die andere Seite, das Vergessen, wurde von der Forschung bisher sträflich vernachlässigt. In diesem Buch wird es aus seinem Schattendasein ins Licht gezerrt. Und wieder vergessen, wie sich das gehört für ein zufriedenes Leben. Wer möchte sich beständig an traurige Zeiten erinnern? Die Tode geliebter Menschen? Die Krankheiten? Die Spitalsaufenthalte? Oder auch nur an den Verlust der Jugend?

Der ist zwar banal und unaufhaltsam, aber in Zeiten propagierter ewiger Jugend erst recht schmerzlich. Wer kann auf Dauer den Parolen von ,Forever young', ,Anti-Aging-Wunderpillen' oder dem Spruch ,Man ist so jung wie man sich fühlt' entgehen? Ich hoffe, dass keine 40-jährige Frau so fühlt wie ein vierzehnjähriges Mädchen und kein 70-jähriger Mann wie ein pubertierender Knabe, obwohl: So kann man immerhin Präsident der USA werden.

In Würde altern, wie es einst hieß, ist ein Relikt, das – in diesem Falle leider – vergessen wurde. Heute springen alte Menschen umher, weil sie eine Zaubersalbe aufs Knie schmieren oder machen sich als Rapper lächerlich.

Eigentlich möchte ich mich erinnern. Weil das Buch des Vergessens mich daran erinnert hat, wer und wie ich als Kind war. Und jetzt habe ich bereits das letzte Jahr vergessen? Nicht wirklich. Manche Szenen erinnere ich, als passierten sie gerade. Es fehlen bloß die Gefühle, die sie einst begleiteten. Es ist, als hätte sie ein Mensch fern von mir erlebt, nicht ich. Vielleicht ist das gut so. Vielleicht erträgt der Mensch nur eine gewisse Menge an Leid und dann fällt eine Klappe, rums, und kappt alle Gefühle. Eine Guillotine der Emotionen, damit das Weiterleben möglich ist. Zurück bleiben nur die schönen Erinnerungen, bis eine sentimentale Vergangenheit sich auftut wie ein potemkinsches Dorf. Liebende Eltern, zarte Verliebtheiten, gute Freunde, sie erfreuen das Herz ohne je wahr gewesen zu sein. Zumindest nicht so rosa, wie sie im Rückblick scheinen.

Ich hatte tatsächlich liebende Eltern, ich wurde verwöhnt, niemals geschlagen, was damals wahrlich keine Selbstverständlichkeit war. Und trotzdem fallen mir Szenen voller Ungerechtigkeiten ein, in denen ich schwor, meine Kinder niemals so zu behandeln, wie ich behandelt worden war. Heute weiß ich, dass dieser Schwur nicht eingehalten werden konnte.

„Niemand hat euch versprochen, dass die Welt gerecht ist", sagte eine Mutter zu ihren Kindern. Eine Wahrheit, die man auch als Erwachsener nicht gerne akzeptiert. Wir hätten so gerne eine gerechte Welt und die Idee vom ewigen Leben gefällt uns auch, zumindest jenen, die in einer wohlhabenden Welt leben. Ungerechterweise, weil zufällig, muss ich ergänzen. Offenbar wird aus beidem nichts.

Und ich muss mich damit abfinden, auch mit meiner Schwäche. Immerhin schaffe ich es bereits bis zur Espressomaschine. Der Kaffee der kleinen Wiener Rösterei duftet, wenn er wie feiner Sand aus der Mühle rieselt. Meine Nase funktioniert wieder, juble ich. Die Gefahr, meinen Geruchssinn zu verlieren, war groß. Ich wiege die Menge sorgfältig ab, unsere Maschine benötigt schon 20 Gramm Pulver, um einen kräftigen Espresso zu produzieren. Ich wärme zwei Tassen vor, presse den Kaffee in den Siebträger, lasse ihn einrasten. Ein bisschen muss er sich erwärmen, dann starte ich. Schwarz und dick kommt er aus den Öffnungen, bildet zum Schluss eine hellbraune Creme. Ich atme tief ein. Die Welt duftet!

Klaudia freut sich über meine Morgengabe, sie lächelt mich an.

„Habe ich dir heute schon gesagt, wie sehr ich dich liebe?", fragt sie.

„Nein. Es ist noch zu früh."

Wir kuscheln uns aneinander.

Alles ist gut.

Jetzt.

Neue Ziele

Es wird Zeit, endlich einen Ortswechsel zu planen. Seit vielen Jahren kleben wir in den Bergen fest. Das hat berufliche Gründe – mir ist es hier einige Zeit sehr gut gegangen – und familiäre. Klaudias Eltern benötigen ihrer Meinung nach ständige Fürsorge. Das entspricht nicht der Realität, aber mir war es bisher recht, denn Wien war ohnehin nicht der Lieblingsort meines Lebens gewesen. Zumindest nicht, als ich dort arbeitete. Als Besucher finde ich die Stadt in den letzten Jahren immer anziehender. Sie hat sich zu ihrem Vorteil verändert, kein Vergleich mit der grauen Stadt, die in den 1980er Jahren noch dem Bratislava des Ostblocks ähnelte.

Gleich geblieben ist allerdings die Unzufriedenheit der Bewohnerinnen und Bewohner. In einer internationalen Umfrage fanden 43% die Wienerinnen und Wiener als allgemein unfreundlich, das ergab Platz 57 unter 57 Städten. Im Gegensatz dazu gab es Bestnoten für die Lebensqualität.

Wien, ein permanenter Widerspruch?

Jedenfalls ist Jammern die Lieblingsbeschäftigung der Wiener. Alles, was funktioniert ist Zufall, das andere Absicht der bösen Politik. Wien ist und bleibt eine kuriose Stadt. Jedenfalls ist sie schön und ich kann, wenn ich will, dem Gesudere aus dem Weg gehen. Früher, als ich dort arbeitete, war das nicht möglich.

Seit meiner Jugend informiere ich mich permanent über Wohnungen und Häuser. Mein Ziel war es einmal, ein Haus mit Garten zu haben. Mit 450 m² kann der

Mensch autark werden, also sich selbst versorgen. In den 1970er Jahren war es das Ziel von Anhängern einer ökologisch bewussten Welt. Das Buch ‚Selbstversorgung aus dem Garten' begeisterte mich. Ich fand darin alles, was ich brauchte: die Planung des Nutzgartens, den Anbau im Gewächshaus, Vorratswirtschaft, das Keltern von Wein. In seinem Buch ‚Das neue Buch vom Leben auf dem Lande' führte John Seymour die Leser in größere Dimensionen. Es wurden Schlachtmethoden, der Bau von Zäunen, Korbflechten, Ziegel herstellen und vieles mehr erklärt.

Soweit wollte ich gar nicht denken, ich wusste um meine bescheidenen handwerklichen Fähigkeiten Bescheid, aber ein Garten mit 450m² erschien mir erstrebenswert. Zumindest theoretisch. Im Laufe der Jahre verschwamm diese Idee, aber nun kann ich sie vielleicht umsetzen. Ich suche also nach Häusern mit ähnlich großem Garten und finde tatsächlich eines.

Es liegt in Ebreichsdorf.

Den Ort kenne ich nicht, aber er ist nicht allzu weit von Wien entfernt. Meine Tochter könnte ich mit dem Auto besuchen, allerdings wäre es für sie, ohne Auto, beträchtlich schwerer. Jedenfalls bestehe ich darauf, das günstige Haus so schnell wie möglich zu besichtigen.

Die Koffer sind gepackt, ich mühe mich zum Auto – normales Gehen fällt mir noch schwer – und starte. Autofahren ist für mich leichter als Gehen, also los!

Klaudia wundert sich, dass ich vom Steuer nicht zu trennen bin, aber ich will schnell ein Haus kaufen. Und tatsächlich! Das Haus ist genau das, was ich immer wollte.

Ausreichend Platz für Arbeitszimmer und Küche, ein Keller für die Aufbewahrung der Essenskonserven, ein wunderschöner Garten, in dem ich meine Autarkiepläne verwirklichen kann und ein nettes Paar, das mein Objekt der Begierde zu einem günstigen Preis verkaufen will. Er Komponist, sie Sängerin, was will ich mehr?

Alles ist durchdacht, der Raum für die Lebensmittel ohne Heizung, im Dachgeschoß sogar ein Beamer, denn der Komponist ist auch Filmemacher.

Alles passt!

Wir begutachten die Umgebung und finden einen Lebensmittelhandel in unmittelbarer Umgebung, einen Park, der durch einen Golfplatz – naja – geschmückt wird. Das Dorf ist nicht gerade hübsch, aber erträglich, finde ich. Klaudia scheint entsetzt.

Ebreichsdorf

Jetzt ist er von allen guten Geistern verlassen!

Ebreichsdorf ist eine Ansammlung seltsamer Einfamilien-
häuser, hat zwar einen Bahnhof, in dem Züge Richtung Wien
fahren, ist aber ansonsten ein Sammelsurium merkwürdiger
Gebäude.

Ein Milliardär hat um einen Teich schlossartige Kleinhäu-
ser bauen lassen, die geschmacklich an die schlimmsten Aus-
wüchse in den USA erinnern. Das Renaissanceschloss ist
hübsch, geht aber im Wildwuchs der Einfamilienheime unter.
Dagegen hilft nicht einmal das ,Rote Haus' etwas, das ir-
gendwie auf Bewohner mit ökologischem Bewusstsein deutet.

Erich ist begeistert.

Dabei hat er es kaum geschafft, ins Dachgeschoß zu steigen.
So nett die Verkäufer sind, aber das Haus ist funktionell für
einen von Krebs geschwächten Menschen eine Katastrophe. Wie
sollen wir, wenn wir hoffentlich alt werden, jemals vom Keller
ins Schlafzimmer kommen? Das befindet sich oben, also zwei
Stockwerke von Erichs geliebter Küche entfernt. Vom Keller,
wo er seine selbst gemachten Marmeladen und anderes Zeug
aufbewahren will, ganz zu schweigen!

Das Haus ist tatsächlich günstig und schön. Wäre es näher
bei Wien und mit öffentlichen Verkehrsmitteln erreichbar, ich
wäre vielleicht auch begeistert. Aber so?

Ich darf nichts sagen. Er befindet sich in einem euphorischen
Zustand, aus dem ich ihn nicht holen will. Wir spazieren
durch den benachbarten Golfplatz. Wie immer, wenn die Rei-

chen einen Platz für sich finden, ist er sehr schön. Ja, hier lässt es sich leben. Die dicken Autos stören etwas, wahrscheinlich auch die Besitzer, aber ich will jetzt nicht so kleinlich sein.

Was soll ich tun?

Endlich ist er der Alte, hat Pläne, freut sich. Ich kann ihn doch nicht stören in seiner Euphorie!

Meine kleinen Einwände, etwa dass die Straße vor dem Haus eine ständige, wenn auch leise Störkulisse ist, wischt er weg. Kein Problem, das betrifft nur die Arbeitszimmer und die Küche.

Objektiv stimmt das. Aber objektiv ist ein problematisches Wort. Objektiv ist die Welt ein Elend, subjektiv super. Wenn wir nur auf uns schauen. Hier passt alles, aber gilt das für den Rest der Welt? Objektiv gesehen nicht. Es hungern zu viele Menschen. Wer will das subjektiv schon hören? Kinkerlitzchen. Dieses Haus ist Erichs Traum. Dagegen helfen keine Argumente. Er tastet sich die Stufen hinauf, hält sich bisweilen an der Wand fest. Er keucht. Einzig Autofahren scheint kein Problem zu sein. Ich musste ihn nicht einmal ablösen auf der Fahrt hierher.

Erich müht sich die Stufen hinauf zu den Arbeitszimmern und dem Gästezimmer. Noch ein Stockwerk, dann landen wir im Schlafzimmer. Kann man hier einen Treppenlift einbauen, frage ich. Wahrscheinlich, das nette Paar wird sich erkundigen.

Auch das noch! Die sind wirklich bemüht. Wird schwer werden, Erich zur Vernunft zu bringen.

Erichs Traumhaus liegt an einer ziemlich befahrenen Straße, die meisten Zimmer gehen nach hinten, in einen tatsächlich sehr schönen Garten. Ein wenig japanisch. Am Zaun schauen ab und zu Rehe vorbei, sagt der sympathische Verkäufer. Seine Freundin steht still daneben. Sie lächelt. Meine Bitte, Masken aufzusetzen, haben sie gleich akzeptiert, sie halten permanent Abstand. Sie gefallen mir. Das Haus ist schön, aber was machen wir hier?

Wir fahren durch das Dorf. Die nächste Katastrophe.

Wir umkreisen das Dorfzentrum, die Umgebung. Es gibt nette Flecken, aber es sind wenige. Erich ist schon wieder begeistert. Er telefoniert mit seinem alten Freund Tuffi. Die Kusine seiner Frau wohnt hier.

Die Kusine ist begeistert, berichtet er. Seine Frau entsetzt. Seine Begeisterung irgendwo dazwischen. Urteil mag er keines abgeben. Das wird sich später ändern. Jetzt klingt alles zuversichtlich. Wenn man es von Erichs Perspektive aus sieht. Ich sehe das anders.

Zurück in Innsbruck organisiert er bereits die ersten Verhandlungen wegen eines Kredits. Diesbezüglich wird es kaum Probleme geben, wir gehören jener Klasse an, die gut verdienende Mittelschicht genannt wird. Außerdem bringe ich einen Großteil des Kaufpreises ein durch den Verkauf meiner Wohnung.

In den nächsten Wochen wird alles vorbereitet. Der Kredit ist gesichert, das Haus passt. Wir müssen nur mehr das Kaufangebot unterschreiben.

„Warum bist du eigentlich für den Kauf?", fragt Erich am Abend vor dem Abschluss. „Du warst doch immer so skeptisch?"

Schwierige Frage. So konkret möchte ich die nicht beantworten. Er liegt neben mir im Bett, die Nacht ist heute dunkel.

Was soll ich sagen?

„Aber dir gefällt das Haus doch!", rufe ich endlich aus.

Er sieht mich an. Zieht seine Augen zusammen. Wird misstrauisch.

„Machst du das mir zuliebe?"

Ertappt. Natürlich. Warum sonst. Ich kann nicht ausweichen.

„Ja. Du willst das Haus, es ist doch dein Traum."

Es ist, als erwache er aus diesem. Keine Wut. Keine Enttäuschung. Nur Erkenntnis.

„Das ist nicht gut", sagt er. „Du sollst nicht etwas tun, weil ich es will. Das rächt sich irgendwann. Du hättest es einfach sagen sollen. Das geht so nicht."

Er denkt nach.

„Ich schicke morgen ein Mail an die zwei. Wir sagen ab. Ich erfinde eine kleine Ausrede, damit sie nicht gekränkt sind."

Am nächsten Morgen schickt er das Mail weg. Sonderbar, wie entschlossen er manchmal ist. Ich atme tief auf. Tage und Wochen später werden ihm Freunde sagen, wie erleichtert sie sind, dass wir dieses Haus nicht gekauft haben.

„Was hättet ihr dort gemacht?", fragt unser Freund Said, der Perser, der für klare Worte bekannt ist. Und auch Tuffi ist froh, dass wir abgelehnt haben. Überhaupt freuen sich auch Erika und alle Freunde über unseren, eigentlich Erichs Entschluss.

Ich betrachte ihn von der Seite, ob er irgendeine Art von Traurigkeit hat? Keine Spur. Er wirkt entspannt und zufrieden.

Warum? Frage ich ihn.

„Mir tun Entscheidungen gut", sagt er. „Nichts ist unbefriedigender als das Schwanken zwischen Alternativen. Schilf im Wind. Das ist vielleicht in der Natur gut, für Menschen ist es katastrophal."

Offenbar unterschätze ich ihn manchmal.

Am Morgen schickt er ein Mail an die Verkäufer. Es klingt einleuchtend, auch wenn er den wahren Grund nicht angibt. Es tue ihm leid, steht darin. Das stimmt tatsächlich.

Über seine Zufriedenheit schreibt er nicht. Das würde die beiden vielleicht kränken.

Das vermeidet er meistens.

Auf der Suche

Schade. Das Haus war wirklich schön. Die Argumente gegen den Standort waren allerdings gewichtig. Naja. Und dann Klaudias Geständnis, das alles mir zuliebe zu tun.

Das war das Ende der Kaufgespräche.

Ich freute mich über ihre Opfergabe, aber ich weiß, das führt direkt in die Katastrophe. Irgendwann wird aus dem Geschenk ein Vorwurf. Man darf nichts jemandem zuliebe tun. Zumindest nicht in dieser Größenordnung. Man muss es selbst wollen. Als mir klar wurde, dass Klaudia das Haus kaufen wollte, weil ich das wollte, war klar: Das geht nicht.

Das tat übrigens gar nicht weh, im Gegenteil. Endlich war dieses Gefühl der Unwägbarkeit vorbei. Ich vermisste bei ihr die Zielstrebigkeit, die ein Markenzeichen von ihr war. Etwas stimmte von Beginn an nicht.

Und nun weiß ich: Das war mein Wunsch, aber nicht der meiner Frau.

Auf zu einem anderen Ziel.

Der Weg ist zwar nicht das Ziel, wie einer der vielen geistlosen Sprüche heißt, aber irgendwann erreicht man vielleicht das Ziel.

Weitersuchen, denke ich.

Und: Eigentlich habe ich andere Sorgen. Etwa meine Befunde. Die sind noch immer in Ordnung.

Ich freue mich und misstraue ihnen.

Der Flug der Zeit

Die Zeit verfliegt. Ich fliege mit. Und habe Angst, abzustürzen. Noch immer passen die Befunde, noch immer fühle ich mich kräftiger werden. Fürchte dich nicht. Doch. Ich fürchte mich. Nicht viel, nur ein bisschen.

Doktor S. freut sich.

„Sie haben das sehr gut gemacht", sagt er, „die Werte passen alle. Sie müssen sich keine Spritze mehr geben. Und die Folsäure können wir auch weglassen."

Mit der Spritze meint er die Förderung meiner Leukozythen. An denen mangelt es mir. Ich könne mir die Nadel selbst ansetzen, auf den Bauch, sagt Schwester Silke. Jeden Tag ein Mal. Oder ich könnte ins Spital kommen. Der erste Versuch klappt gut, ich verzichtet auf den Besuch bei den Pflegerinnen. Auch wenn ich sie mag, täglich muss ich sie nicht sehen.

Die sachliche und beruhigende Art von Doktor S. hat mir immer gutgetan. Aber draußen. Im Wartezimmer. Drei junge Pflegerinnen scharen sich um einen Menschen. Er hat ein paar Büschel Haare am Kopf. Sechs Hände stützen ihn, als er versucht zu stehen. Er keucht. Setzt sich wieder. Kann nicht stehen. Nicht alleine, nicht mit Hilfe der Pflegerinnen. Seine – oder ihre? – Beine gleichen Zahnstochern, obenauf ein Skelett, notdürftig umhüllt von einer schmalen Schicht Fleisch. Die Stimme hell. Eine Frau also. Sie stammelt, die drei Mädchen sprechen auf sie ein, machen ihr Mut.

Ich gehe vorbei, möchte kein Voyeur des Leidens sein. Das könnte ich sein, denke ich. Ein kümmerliches Geschöpf, das alleine nicht aufs Klo gehen kann, das künstlich ernährt werden muss, dem kein Nachthemd mehr passt.

Ich schwanke zwischen Flucht und schlechtem Gewissen. Dieses Wesen ist vielleicht halb so alt wie ich. Wie soll es überleben? So karg und abgemagert, als hätte man es aus einem KZ gerettet?

Vor einigen Wochen traf ich auf einen jungen Mann. Wir kennen uns nicht, ich habe ihn bloß immer wieder gesehen. Schlank war er. Vielleicht mager. Mal sah er kräftig aus. Mal schwach. Immer ging er. Dieses Mal nicht. Man rief den Transporter.

„Ich kann selbst gehen", sagte er mit leiser Stimme.

„Wir nehmen sicherheitshalber den Transport."

Er saß in einem Stuhl. Die Augen geweitet. So sehen sterbende Kälber aus, dachte ich. Was hat man ihm mitgeteilt? Die Wahrheit? Dass er sterben wird? Wie jeder Mensch? Nur viel zu früh? In seinem Fall?

Er wird in einem Stuhl hinausgefahren.

Ich bin nicht schuld, dass ich schnell das Spital verlassen kann und trotzdem. Ein wenig kann ich es verstehen, warum die Überlebenden der Naziopfer darunter leiden, dass sie leben.

Am Abend das Buch ‚Das Leben ist nur ein vorübergehender Zustand' von Gabriele von Arnim gelesen. Von ihren Tagebüchern, die sie drucken ließ, um sie endlich zu lesen. Meine liegen noch im Keller, dort, wo das Unbewusste zuhause ist. Vielleicht sollte ich sie auch lesen? Wie viel Zeit habe ich noch dafür? Um die Erinnerung an damals zu korrigieren?

Die Vergangenheit ist immer unvorhersehbar, zitiert von Arnim Richard Flanagan und ich erinnere mich an den Satz von Martin Toonder:

‚Was in der Jugend geschah, ist häufig die Folge von etwas, das sich im späteren Leben ereignete.‘

Douwe Draaisma erwähnt den niederländischen Schriftsteller und Zeichner in seinem Buch ‚Halbe Wahrheiten‘. Schon jetzt, kaum ein Jahr nach der Transplantation, fehlen Tage und Wochen.

Wie ist das mit den weiter zurückliegenden Tagen? Da gibt es vereinzelt tief eingeschlagene Pfähle, auf denen Erinnerungen fest stehen wie die Häuser und Palazzi in Venedig. Der Tod des Großvaters, des Vaters, der Frau, der Mutter – warum stechen diese Tage hervor? Ist Unglück die vorherrschende Erinnerung?

Nein. Da ist noch die Geburt meiner Tochter, die Telefonzelle, um die ich herumgeschlichen bin und überlegt habe, ob ich Klaudia zu einem ersten Treffen anrufen sollte. Da ist der Blick aufs Meer vor Vasilikos. Der Geruch von wildem Thymian. Der Bahnhof in Mariefred, wo ich in jener Konditorei saß, die Tucholsky beschrieben hatte. Oder war das in Marielund?

Ich muss meine Tagebücher lesen. Meine Vergangenheit in den Worten jener Zeit lesen und mich fragen, ob sie die Wahrheit sind. Oder je waren. Schon der Weg von den Gedanken und Gefühlen bis zum geschriebenen Wort verändern sie. Und beim Wiederlesen werden mir andere Seiten der Wirklichkeit klar. Ein ständiger Prozess des Klärens und Deutens. Geht dabei die Wahrheit verloren?

Als das Denken noch geholfen hat

Ich sehe Berichte von protestierenden Menschen. Sie gehen gegen Diktatoren auf die Straße und brüllen ihren Schmerz hinaus. Das Militär schießt mit scharfer Munition. Hunderte Tote sind zu betrauern. Die Demokratie wurde weggeschossen, dieses zarte Pflänzchen.

Das war in Myanmar.

‚Wir sind das Volk.‘

‚Merkel muss weg.‘

‚Nieder mit der Corona-Diktatur.‘

Auch in Mitteleuropa protestieren Menschen gegen das, was sie als Diktatur bezeichnen. Es wird hier nicht geschossen. Es gibt keine Toten zu beklagen. Einige der Demonstranten erhalten Verwaltungsstrafen.

Was ist mit dem Denken bloß passiert? Hat die Menschheit darauf vergessen? Zumindest Teile von ihr? Ein knappes Viertel der Schulabgänger kann nicht sinnerfassend lesen, fällt mir ein. Wie ist das mit dem Denken?

‚Als das Wünschen noch geholfen hat‘, so beginnt das erste Märchen der Gebrüder Grimm, der Froschkönig. Es ist die Geschichte eines Wesens, das verkannt wird. Ich könnte es als ‚die Demokratie‘ interpretieren. Der Frosch, der so glitschig ist, so hässlich – widerlich. Vor allem anstrengend! Zum An-die-Wand-Werfen!

Die Demokratie.

Der eitlen Prinzessin hatte der Frosch die goldene Kugel aus dem Brunnen geholt, sie dankte es ihm nicht. Der Vater musste sie zur Einhaltung ihres Versprechens zwingen, Tisch, Teller und Bett mit ihm zu teilen. Nur widerwillig gehorchte sie, aber beim Bett war für das keusche Mädchen endgültig Schluss. Als sie ihn an die Wand geworfen hatte, entpuppte er sich als schöner Prinz. Nun heiratete sie ihn. Ich fand das Ende unsympathisch. Dieses verwöhnte Ding hatte ihn geheiratet, weil er schön – und ein Prinz war. Was hätte sie gemacht, wenn er ein armer Taglöhner mit Buckel gewesen wäre? Nochmals an die Wand geworfen?

Wahrscheinlich ist die Demokratie ein Frosch und ein Taglöhner. Sie holt für uns goldene Kugeln aus dem Brunnen und wir werfen sie an die Wand. Allerdings verwandelt sie sich bisweilen in keinen Prinzen, sondern in die Fratze der Diktatur.

Der Schlaf der Vernunft gebiert Ungeheuer. Goyas Bild aus dem Jahr 1799 passt gut in unsere Zeit.

Als ich jung war, glaubte ich an den Sieg der Vernunft. Sie würde kommen, wie es Sigmund Freud gehofft hatte. Die Stimme der Vernunft ist zwar leise, aber sie ruht nicht. Oder hat er geschrieben ‚die Stimme des Intellekts ist leise‘, wie es auf dem Park vor der Votivkirche unauffällig heißt? Es ist mir gleich, ob er Vernunft oder Intellekt schrieb, wichtig ist doch: Der Mensch kann denken.

Aber nicht immer.

Erfrischender Anruf

Gestern hat Esther angerufen. Wir kennen uns seit beinahe 40 Jahren. Damals, im Schwangerschaftsturnen für engagierte Eltern, haben wir uns kennengelernt. Esther war pünktlich, wie alle beteiligten Paare, die gemeinsam der Geburt entgegenfieberten. Ihr Mann Michael kam immer zu spät, hatte aber stets berufliche Begründungen dafür. Tatsächlich war er in seinem Job als Jurist in einer Interessenvereinigung ziemlich gefordert. Er war ein seriöser, durch und durch bürgerlicher Mann, der für eine liberale Ordnung eintrat und daher FDP wählte. Jahre später, durch die Praxis im Gericht gereift – er hatte den Richterberuf ergriffen und war gegen heftigen familiären Widerstand mit Frau und Kindern an die ehemalige DDR-Grenze übersiedelt –, wurde er immer radikaler.

Die Linke passte in sein korrigiertes Weltbild und er verbiss sich mehr und mehr in die Ungerechtigkeiten jenes Systems, das er einst verteidigt hatte. Seine Recherchen im Wirtschaftsbereich führten ihn bei diversen Prozessen immer tiefer in immer höhere Kreise, dorthin, wo Schmiergelder zu Zuwendungen, Inseraten und Spenden wurden. Immer öfter standen in den Adressbüchern diverser Geschäftsführer die Namen bekannter Politiker.

Sein Eifer wurde mit Angriffen der mächtigen Gegenseite belohnt. Man trieb ihn immer mehr in die Enge, interpretierte seine Suche nach Gerechtigkeit als Querulantentum, schließlich als kranken Geisteszustand. Man versuchte, den körperlich und geistig imposanten Michael in den Wahnsinn zu treiben. Beinahe wäre der Versuch gelungen, aber seine Frau stärkte ihm den Rücken, selbst als sie an einem als unheilbar geltenden Gehirntumor erkrankt war.

Nicht operabel hatte die Auskunft gelautet. Man könne den Tumor nicht entfernen, ohne lebenswichtige Teile zu vernichten. Es gab keine Chance.

Esthers Schwester lebte auf Mallorca und setzte alle ihre Kontakte ein, um sie zu retten. Sie arrangierte einen Termin bei jenem Arzt, der für seine chirurgischen Fähigkeiten berühmt war. Er ist ein Künstler am Skalpell, hieß es von ihm.

„Was möchten Sie noch erleben?", fragte er Esther unverblümt.

„Ich möchte sehen, wie meine Kinder erwachsen werden."

„Wie alt sind die?"

„Till, der Jüngste, ist acht geworden."

„Das kriegen wir hin", antwortete der Arzt.

Die Operation dauerte viele Stunden, abgesehen von einem winzigen Abgleiten des Skalpells ins Sprachzentrum war alles gut gegangen.

Esther rief mich am Tag nach der Operation an. Ich verstand sie anfangs kaum, im Laufe des Gesprächs gewöhnte ich mich an ihr Suchen nach Wörtern, ergänzte sie erst, als sie ungeduldig wurde, weil ihr ein Wort fehlte für ihren Satz.

Ihre Kinder sind erwachsen geworden, manchmal ist Esther glücklich mit ihnen, manchmal ist sie wütend. Ein ganz normales Elternleben. Der wunderbare Arzt, der ihr das Leben ermöglichte, ist an Alzheimer erkrankt. Er wusste nicht mehr, wer er ist. Bald darauf starb er.

Gestern rief Esther wieder an, um sich zu erkundigen, wie es mir gehe. Das macht sie in Abständen regelmäßig, obwohl die geographische Distanz zwischen uns ziemlich groß ist.

„Wie geht es dir? Alles in Ordnung?"

Ich berichte von meinen Fortschritten, dass ich bereits einstündige Spaziergänge unternehmen kann, diverse Speisen zubereite und manchmal sogar den Mittagsschlaf auslasse.

„Das ist schön!", jubelt ihre Stimme. „Aber ich habe es nicht anders erwartet. Ich hatte nie Zweifel, dass du das schaffst. Der Erich hat Leukämie, dachte ich, als du mir vor einem Jahr davon berichtet hast. Aber der schafft das schon. Ich freu mich so, dass es dir gutgeht."

Manchmal genügen solche Sätze, um in den Himmel des Lebens zu fallen. Esthers Sätze sind wie eine frische Dusche am Morgen. Kein Zweifel zwischen den Wörtertropfen, die auf mich prasseln.

„Wir müssen uns endlich wiedersehen. Wenn dieses blöde Corona endlich vorbei ist. Wann kannst du denn, na, jetzt fällt mir das Wort nicht ein. Fahren mit dem. Na."

Esther hat noch immer Probleme mit Wörtern. Sie, die so gerne spricht und laut nachdenkt, muss manchmal ihre Rede unterbrechen und zögern. Das gefällt ihr nicht, aber wenn man wartet, kommt sie meistens von selbst auf das Wort. Diesmal nicht.

„Auto?"

„Genau. Wann kannst du?"

„Autofahren ist nicht mein Problem. Ich bin schon von Innsbruck nach Wien gefahren. Ohne Pause. Autofahren ist für mich wie gehen. Das kann ich mittlerweile auch. Das Problem ist Corona."

Sie seufzt.

„Wir haben unser Enkelkind, also das von Sören, noch nicht mal gesehen. Du siehst Luna wohl auch nicht?"

„Nur per Video. Immerhin. Vor ein paar Jahren wäre das noch unmöglich gewesen. Selbst der digitale Schwachsinn hat seine guten Seiten. Und die paar Monate müssen wir halt Geduld haben. Anderswo haben sie weder Videotelefonie noch Medikamente. Und wir beide wären längst tot."

Esther lacht.

„Es tut gut, mit dir zu lachen."

„Ohne Lachen ist schwer sterben, findest du nicht?"

*

Mehr als ein Jahr ist seit der Diagnose vergangen. Ich habe neben den Kalender 2020 den von 2019 gehängt. Dort stehen jene Daten und Ereignisse, die ich ohne ihn längst vergessen hätte. Wie die Autofahrten als Kind auf dem Perserteppich und dem Staubsauger, auf dem ich gesessen und Rennen gefahren bin. Zwischendurch fallen sie in mein Gedächtnis, die Erinnerungsfetzen meines Lebens.

Bald werde ich ein Jahr sein. Am achten Juni. Und zwölf Tage danach siebzig. Ein Jahr und ein paar Monate erst sind vergangen, seit ich mich entscheiden musste zwischen einigermaßen sicheren fünf Jahren ohne nen-

nenswerten Nebenwirkungen und der Aussicht auf mehr Jahre, vielleicht sogar eine Heilung, mit dem Risiko, an der Transplantation zu sterben.

Ein Fünftel der durchschnittlichen Lebenserwartung mit Vidaza habe ich bereits gelebt. Es war ein langes Jahr, nicht nur wegen Corona. Die Pandemie hat mich kaum gestört und mein Verständnis für das ständige Gejammere über den Mangel an Partys und Auslandsreisen per Reisebüro finde ich so unerträglich wie damals, in meiner Jugend.

Erinnern Sie sich?

Wir protestierten gegen den Konsumwahn einer außer Rand und Band geratenen Wirtschaft, gegen die Versklavung der Menschheit, gegen Kriege und sonstige Verbrechen – nichts hat geholfen. Ein Virus war es, das einigen nachdenklichen Menschen in Erinnerung rief, dass es die Vernunft gibt, die wichtigste Entdeckung des vorigen Jahrtausends. Ob sie sich durchsetzen kann? Ich weiß es nicht.

Ich starre aus dem Fenster, der Nussbaum ist kahl, die Krähen ziehen durch den dunkelnden Himmel. Krah, rufen sie, krah und ihrer ist das Himmelreich.

Ein Jahr wie eine Ewigkeit.

Wie viele werden es am Ende sein?

Hochzeitstag

Vor zwei Jahren haben wir mit dem Mut der Verzweiflung geheiratet. Heute knallt ein Frühlingsblau vom Himmel, die Sonne wärmt mein Gesicht. Ich soll vorsichtig sein mit ihr, Hauttumore liegen nach der Chemo auf der Lauer. Ein klein bisschen Sonne aber wäre schon gut.

So sitze ich zehn Minuten im Garten, erinnere mich daran, dass ich an unserem Hochzeitstag nicht sicher war, noch einen Frühling zu erleben. Nun ist es bereits der zweite.

Nein, es ist nicht so, dass ich nach meiner Erkrankung jeden Tag als einen besonderen erlebe. So nach dem Motto: Jetzt sehe ich das Leben mit anderen Augen.

Es ist eher so, dass ich dankbar bin, ein, zwei, vielleicht zehn – oder noch mehr Jahre vor mir zu haben. Zwei Jahrzehnte wären in Ordnung. Bescheidenheit war nie meine Zier. Obwohl ich damals, als ich nichts mehr essen und trinken konnte, ohne Bedauern hätte sterben können. Ich hatte damals genug. Und ich hatte nichts zu bedauern. Mir war alles egal gewesen, auch meine Frau und meine Tochter.

Ich gestehe es.

Es sollte Schluss sein mit diesem Elend des Kotzens und Schlafens und Liegens und doch wieder Aufwachens. Ich hätte damals einschlafen können und nicht wieder aufwachen. Klaudias Mutter wog zuletzt nur mehr 30 Kilo. Wenige Tage vor ihrem Tod sagte sie nach dem Erwachen:

„Ich bin ja noch immer da. Das dauert mir jetzt schon zu lange."

Sie wirkte nicht traurig, nur ungeduldig.

Irgendwann muss Schluss sein!

Obwohl: Das Leben ist schöner, ich gebe es zu.

Der Löwenzahn öffnet sich gerade. Der Flieder blüht weiß. Wir haben unseren Alterssitz gekauft, eine Wohnung in Wien, in der Nähe von Nina und Dave. Wir planen die Küche, das Wohnzimmer und mein Arbeitszimmer im Obergeschoß. Klaudia hat sich erkundigt, ob man einen Treppenlift einbauen kann. Die Antwort fiel positiv aus. Außerdem könnten wir auf der unteren Eben leben und in der oberen wäre Platz für eine 24-Stunden-Hilfe. Die Dusche ist barrierefrei, das war meiner ALF wichtig.

Ich denke ungern an solche Dinge. Ich genieße die Aussicht auf die Felder und die kurze Fahrt ins Stadtzentrum. Ebreichsdorf wäre tatsächlich eine Katastrophe gewesen. Andererseits war das Haus dort die Voraussetzung für die Wohnung hier. Mein beständiges Drängen auf Veränderung hat, mit seltsamen Zwischenergebnissen, zu einem guten Ende geführt. Der Balkon ist groß genug für meine Kräuter, die Küche ein Versprechen auf köstliches Essen und frisch gebackenes Brot. Ich bin am Ziel meiner Träume angelangt.

Das wird meine erste letzte Wohnung sein, die ich besitze.

Ein bisschen spät?

Kann schon sein.

Aber anfangen tut einfach gut.

Attacke!

Die Befunde sind mehr als ein Jahr nach meiner Transplantation in Ordnung. Und trotzdem. Ich fühle mich seit einiger Zeit nicht gut, schlafe 12 bis 14 Stunden am Tag, ich bin eine Halbtagskraft. Und nicht einmal das.

Man wird vorsichtig, nachdem eine tödliche Krankheit zu Besuch war. Ist sie noch hier? Die Waage zeigt wieder immer weniger Kilo. Bei der Überprüfung der Kalorienmenge wird klar, warum. Ich esse zu wenig. Jeder Bissen wird zu einem riesigen Pappen Brei, den ich kaum hinunterwürgen kann. Mir schmeckt nichts, der Wein ist sauer, brennt im Mund wie vermutlich Schnaps, den ich nie trinke. Auch Bier brennt wie Feuer und meine Augen sind gerötet. Der Mund ist trocken.

Nichts freut mich mehr, selbst das Schreiben fällt schwer. Mein Alltag besteht aus Schlafen, Fernsehen und wieder Schlafen. Irgendetwas stimmt nicht.

Bei den Visiten versuche ich, einen normalen Eindruck zu hinterlassen. Tatsächlich sind zumindest meine Befunde normal. Mein Gewichtsverlust wird zur Kenntnis genommen, mit einem grunzenden ‚Mhm' zwar, aber das beunruhigt mich nicht. Noch nicht.

Zu Weihnachten habe ich eine Ente gekauft, eine Gans schien mir für zwei Menschen zu viel. Auch die Ente war es. Sie duftete zwar, aber sie schmeckte wie Trockenfutter. Überhaupt schmeckte in den letzten Wochen alles wie Heu.

Wie kriegen Rindviecher diese Nahrung bloß hinunter?

Nach ein paar Monaten habe ich wieder ein Gewicht erreicht, das ich schon einmal hatte: etwas über 66 Kilo.

Dann kam noch ein Ausschlag am ganzen Körper dazu, möglicherweise eine Allergie gegen das Antibiotikum, das ich gegen eine Harnleiterentzündung nahm. Die Punkte erinnerten mich an schwere Masern und an meinen Kollegen damals, der die Chemo nicht vertrug. Klaudia fotografierte meinen Rücken. Der sah noch schlimmer aus als meine Beine. Kleine rote Flecken, dicht aneinander gekuschelt, noch ein paar Tage und ich würde eine durchgehende Rothaut sein.

Also wieder in die Klinik, eine Woche früher als geplant. Was ist, wenn der Arzt meint, ich soll bleiben? Dann würde ich, dank der entsetzlichen Spitalskost, noch mehr abnehmen! Das werde ich verweigern.

Es kommt nicht so weit.

Doktor S. untersuchte meine Rothaut und nickt. Dann durchsucht er die bisherigen Untersuchungsergebnisse.

„Ich finde keinen Hinweis auf eine Allergie gegen das Antibiotikum. Das sieht nach einer Graft-versus-Host-Disease (Gvhd) aus, einer Abwehrreaktion."

„Jetzt? Nach mehr als einem Jahr?"

„Kommt auch nach Jahren noch vor. Ist übrigens nicht schlimm. Fünfzig Prozent unserer Patienten bekommen das. Und wir haben gar nichts dagegen, weil das zeigt, dass die Abwehr funktioniert."

Na super, denke ich. Ich bin fix und fertig und das soll ein gutes Zeichen sein?

„Machen Sie sich keine Sorgen, das kriegen wir hin. Sie bekommen Cortison, in Tablettenform und als Salbe.

Silke gibt ihnen gleich eine Tablette und den Rest holen Sie aus der Apotheke. Zwei Mal täglich sollen Sie auch mit Cortison spülen. Das Medikament ist als Klistier gedacht, aber Sie sollen damit den Mund spülen. Die Apothekerin wird wahrscheinlich entsetzt sein, aber wir machen das so."

Er füllt die wohlbekannten gelben Scheine aus und begleitet mich hinaus. Von Silke erhalte ich die Tablette und die bisherigen Informationen lassen mich schon stärker werden. Das kann doch nicht die gerade geschluckte Tablette sein! Ein Placebo? Oder schlicht und einfach die Anteilnahme des Arztes?

Abends, nach einer weiteren Tablette Cortison, überlege ich bereits, was ich morgen kochen könnte. Eine Kartoffelsuppe scheint mir ein guter Anfang. Am Tag danach eine Pilzsuppe, ich hatte eine Menge Gemüsesuppe eingefroren. Und am Tag danach. Ich höre auf nachzudenken und schlafe ein.

Am nächsten Tag beginne ich mit meiner Cortisonzufuhr. Wenn die mir kein Kokain dazu gemischt haben, dann ist Cortison eine wunderbare Droge. Die Kartoffelsuppe schmeckt mir bereits und mein Dasein als Halbtagskraft des Lebens ändert sich in Windeseile. Allerdings nehme ich weiterhin ab, nach meinem Kalorienrechner kein Wunder, denn ich komme einfach nicht auf die Menge eines normalen Menschen.

Eine Woche später in der Klinik: Eine Frau fragt in die Runde, ob ein Herr Ledersberger da sei.

„Ja", sage ich, „warum?"

„Ich bin Diätologin und wir haben bemerkt, dass sie immer mehr an Gewicht verlieren."

Wo bin ich hier? Im Gesundheitswunderland? Das Zusammenspiel zwischen den Stationen und innerhalb derselben verblüfft mich noch immer. Ich brauche nichts zu sagen, schon wird mir geholfen. Hier bleibe ich, bis ich gesund bin.

Wir gehen hinunter in ihr Zimmer und sie fragt mich, ob ich koche, Veganer oder Vegetarier bin.

„Sie essen wahrscheinlich wenig Fleisch?"

Die Frage kann ich überzeugend verneinen. Mein Fleischkonsum ist zurückgegangen, aber als Vegetarier gehe ich nicht durch. Sie freut sich.

„Sie kommen nämlich ohne Fleisch oder Fisch nur schwer auf die Proteine, die Sie jetzt brauchen. So viele Linsen können Sie gar nicht essen, um auf Ihren Tagesbedarf zu kommen."

Dann erklärt sie mir, wie viel ich davon brauche. Ich erkläre ihr, warum es kein Wunder ist, dass ich ständig abnehme. Ich nehme einfach zu wenige Kalorien zu mir. Sie nickt.

„Sie kennen diese Astronautennahrung?"

Ich nicke ergeben.

Sie versteht.

Ich sage: „Ich probiere das. Wie ein Medikament. Einfach runter mit dem Zeug."

Sie freut sich und gibt mir noch ein paar Ratschläge für fettes Essen mit viel Eiweiß und Kalorien. Schon wieder eine nette Bekanntschaft!

Oben, im 9. Stock, bespreche ich mit Doktor K. die Befunde. Er ist etwas redseliger als mein Doktor S. und ich erfahre noch ein paar Neuigkeiten. Etwa dass nicht mein Körper die neuen Zellen abwehrt, sondern meine neuen Zellen sich gegen den unbekannten Körper wehren. Was da genau im Köper vor sich geht, wisse man – noch – nicht, aber es sei das Gegenteil von der Abwehr gegen etwa eine neue Niere. Da wehre sich der Körper gegen den Neuankömmling. In meinem Fall wehren sich die neuen Stammzellen gegen meinen alten Körper.

Schon wieder so eine spannende Geschichte! Die Wissenschaft ist ein toller Ort. Vielleicht hätte ich dort wohnen sollen? Ich fahre nach Hause, nehme noch Torten von der Konditorei mit und falle Klaudia um den Hals.

„Alles ist gut. Noch immer! Wenn das so weitergeht, macht Leukämie fast schon Freude."

„Manchmal übertreibst du wirklich", Klaudia schüttelt den Kopf. „Ich hätte gut ohne Leukämie leben können."

Wir drücken uns aneinander. Noch immer dieses Gefühl von Vertrautheit und Nähe. Es ist ein großes Glück, dass ich damals angerufen habe. Ich möchte dorthin fahren, um zu sehen, ob es die Telefonzelle von damals noch gibt.

Am nächsten Tag erhalte ich einen Brief mit handgeschriebener Adresse. Schon das finde ich rührend, dazu noch der Inhalt, dass ich demnächst meine Astronautennahrung von der Versicherung bekommen werde.

Allerdings kommt am gleichen Tag ein Brief der Versicherung. Man möchte gerne meinen Body-Mass-Index, den BMI wissen, bevor man die Astronautennahrung genehmige. Die Wirtschaft schlägt zu, es muss gespart werden, schließlich kosten die Parteigünstlinge viel Geld und die Reichen wollen unbehelligt bleiben. Die reichsten Milliardäre haben ihr Vermögen im letzten Jahr verdoppelt, fällt mir ein, als ich dem Referenten antworte.

Mein BMI ist zwar im Bereich ‚gesund' angesiedelt, nicht beachtet wird dabei die Unsinnigkeit dieser Definition und dass ich in kurzer Zeit zehn Kilo abgenommen habe. Mein Brief fällt nicht sehr freundlich aus.

Abgesehen davon fiele es mir leicht, dieses Problem zu übergehen. Ich kann mir den Betrag leisten, aber was machen Menschen, für die diese Kosten eine kleine Katastrophe sind? Und die sich meistens gegen solche Anwürfe nicht wehren können? Ich bin Schriftsteller, ich kenne mich mit Worten aus.

Was machen die Wortlosen?

Da ist sie wieder, diese Wut – oder ist es Zorn? – auf die herrschenden Bedingungen, die kalt und rücksichtslos die ‚Unteren' von den ‚Oberen' spalten, den ‚Pöbel', wie es ein ÖVP-Günstling nannte, von der sogenannten ‚Elite'. Wobei dieser Begriff nicht geistig gemeint ist, sondern ökonomisch. Wo habe ich das gelesen?

‚Der Mensch ist gut. Die Geschäfte machen ihn schlecht.'

Angeblich ein altes chinesisches Sprichwort. Einfach und richtig. Nützt aber nichts für die Welt, in der Geschäftemachen erstrebenswert ist. Die Irren der Welt möchten gerne Urlaub im Weltall vermitteln und den Mars als künftigen Zweitwohnsitz etablieren. Und tatsächlich verkaufen sich solche Ideen, viele sind begeistert und investieren.

Nebenbei geben Staaten laut dem Stockholmer Friedensforschungsinstitut Sipri zwei Billionen Dollar für das Militär aus. Sieben Milliarden Dollar sind nötig, um die Hungerprobleme zu lösen. Ein Prozent der Rüstungsausgaben würden den Hunger in der Welt besiegen, das wären zehn Milliarden Dollar.

Krank?

Aber sicher! Bloß könnten dann möglicherweise Firmengründer von Facebook, Tesla und Co nicht mehr ins Weltall fliegen. Und sich um den Längsten, schließlich sind es Männer, also die längste Yacht duellieren!

Verrückt? Ja.

Nur hilft das nicht gegen den Untergang.

Revolution?

Meistens schief gegangen.

Reformen? Naja.

Hoffen auf ein gutes Ende?

Mehr bleibt derzeit wohl nicht, in diesen Zeiten, in denen Mächtige ablenken durch Verschwörungstheorien, digitale Spiele und andere aufgeplusterte Ereignisse. Jeder Quiz, jedes Suchen nach einem Superstar, jedes Medium ist ihnen recht, um die Probleme der Welt zu vernebeln.

Und darin sind sie wirklich gut.

Der gute Tod

Morgen werde ich zwei Jahre alt. So rechnen zumindest die Menschen im 9. Stock der Innsbrucker Klinik, die Abteilung KMT, Knochen-Mark-Transplantation. Vor zwei Jahren bekam ich meine neuen Stammzellen. Ich werde wie vor einem Jahr wieder eine Torte in diese wunderbare Station bringen und hoffe, dass ich überhaupt rein darf. Corona ist noch nicht vorbei, das Virus hat nur immer neue Namen: Delta, Omikron, Alpha, Beta, Gamma, Delta und Mu. Mu gefällt mir am besten, vor allem, weil es so weit weg ist: in Kolumbien.

Meine Waage zeigt bereits 75 Kilo. Cortison hat meine Gesichtsform verändert, was mir ziemlich gleichgültig ist. Das Essen schmeckt, ich laufe – oder das, was ich dafür halte – am Inn entlang oder am Liesingbach, je nachdem, wo wir gerade sind. Jetzt liege ich im Tiroler Bett, habe die Tür zum Garten geöffnet. Es hat die Nacht durchgeregnet, die Luft duftet nach Gras und Curry.

Der stinkt zwar, aber ich rieche ihn wieder! Die Amseln singen Lieder, eine Bachstelze eilt durch die Wiese, Rotkehlchen sammeln Insekten, Kohlmeisen ebenso, kopfüber an Zweigen hängend und unbekannte Vögel mit schwarzen Köpfen und roten Körpern flirren durch die Luft. Gimpel oder Dompfaff, hier im Garten? Und sollte der gelbliche Spatz tatsächlich ein Girlitz sein? Noch nie gab es eine derartige Menge an Vögeln in unserem Garten, aber klar: Das ist das Geburtstagskomitee für mich, das zwei Jahre alte Baby.

Bald werde ich 71 Jahre alt. Nie habe ich erwartet, dieses biblische Alter zu erreichen. Nun möchte ich gar nicht mehr aufhören mit dem Leben. Das ist keine gute Einstellung, flüstere ich mir zu. Du wirst allmählich größenwahnsinnig und möchtest 80, 90 Jahre alt werden. Meine Tochter rechnet gar mit über 100!

Das ist unwahrscheinlich.

Der Tod ist mein Begleiter, wie der jedes Menschen. Die meisten verdrängen ihn, das tut der Wirtschaft gut. Verdrängung ist ein Geschäftsmodell. Verkaufe ihnen ewiges Leben, einen Urlaub im All, tausende Digitalspiele und das Wort Freiheit: Hauptsache, sie denken nicht an den Tod.

Und dennoch ist er da. Schon bald ahnen wir ihn. Meine Tochter war etwa drei Jahre alt, da gingen wir an einer toten Taube vorbei.

„Warum ist die so still?", fragte sie. Ich wurde steif. Da war sie also, die Frage, die ich immer gefürchtet hatte. Mein Großvater starb, als ich in ihrem Alter war. Meine Eltern verschwiegen mir seinen Tod, erklärten mir, er sei im Spital und komme bald. Sie hofften wohl, ich, das kleine Kind, würde ihn vergessen. Das tat ich nicht. Und als er nicht kam, wurde das Spital für mich das Ende. Als ich mit dreieinhalb Jahren mit einer Blinddarmentzündung ins Spital sollte, wehrte ich mich aus Leibeskräften. Dort helfen sie dir, sagten meine Eltern und der Arzt.

„Nein", antwortete ich. „Niemand kommt aus dem Spital. Alle bleiben dort."

Die Menschen dort haben mich damals gerettet und dieses Mal wieder.

Aber die Taube! Was sollte ich sagen? Vielleicht half eine einfache Antwort.

„Die Taube ist tot. Alle Tiere sterben. Auch die Menschen. Dann sind sie einfach weg."

„Aha." Nina nickte und dachte nach.

„Wo sind sie dann?"

„Wir begraben sie. Oder verbrennen sie. Wir stellen vielleicht einen Stein auf, damit wir an sie denken können."

„Aha", sagte Nina nochmals und war zufrieden.

Das also war es? Mehr war nicht zu sagen? Ich betrachtete das kleine Wesen neben mir. Es schien nicht erschüttert, sondern ging mit mir weiter zum Lebensmittelhändler, ohne Fragen zu stellen. Und Nina fragte normalerweise immer. War es nicht genauso einfach? Lebewesen sterben. Und vorher leben sie. Wenn sie Glück haben, lange und in einer friedlichen Welt.

Der Tod ist da, er begleitet uns Zeit unseres Lebens. Wir drängen ihn gerne weg von uns, das scheint auf den ersten Blick angenehmer. Seit der Diagnose Leukämie ist er mein vertrauter Begleiter und ich muss gestehen: Er ist ein guter Begleiter. Er will mir nichts Böses, er ist einfach da. Irgendwann wird er mich umarmen, das ist sein Beruf. Wir gehen gemeinsam durch die Welt, ich kann ihn nicht wegschieben. Im Laufe der Zeit habe ich mich an ihn gewöhnt.

Wenn ich sage, es gibt dich nicht, lacht er. Allmählich ist er zu einem Freund geworden. Als Feind taugt er nicht. Etwas Wirkliches lässt sich nicht bekämpfen. Ich habe versucht, mit ihm ins Gespräch zu kommen. Nein, ich wollte nicht mein Todesdatum von ihm erfahren. Das wäre mir als Sakrileg vorgekommen. Ich möchte meinen Todeszeitpunkt nicht wissen, das würde die Spannung im Leben nehmen. Ich wollte bloß ein bisschen mit ihm plaudern. Wie es ihm so geht als Tod. Ob es ihm manchmal leid tut, wenn er seine Hand ausstrecken muss.

Er hat gelächelt.

Ich verstand, dass ich ihn nicht verstehen konnte.

Im Laufe der Therapie ist er mir nahe geworden. Nein, erotische Gefühle verbinde ich nicht mit ihm. Der Todestrieb, den Freud einmal vermutete, ist nicht der meine. Ich spüre nur meinen Lebenstrieb. Abgesehen von den Zeiten, in denen ich nicht mehr essen, trinken und lieben konnte.

Sterben ist nicht mein Lebensziel. Aber es wird dort enden. Ich finde mich allmählich damit ab.

Nun geht er also neben mir. Dort war er immer schon, nun spüre ich ihn. Ein seltsam beruhigendes Gefühl. Ich habe weder Angst, noch fürchte ich mich. Er war immer da, nun ist er konkret. Das tut gut.

Neben mir geht auch Klaudia. Wir halten unsere Hände, lächeln uns an. Sollte uns jemand betrachten, würden sie oder er sich freuen. Ein glückliches Paar. Nicht mehr ganz jung, aber sie scheinen glücklich.

Sie sind es auch.

Die beiden Tode an ihren Seiten haben sie akzeptiert. Nein, willkommen sind sie ihnen nicht. Aber verleugnen nützt nichts. Sie sind da. Einer für sie, einer für ihn.

Sie haben gelernt, dass es keinen Sinn hat, über den Sinn ihrer Tode nachzudenken. Besser über den Sinn ihres Lebens. Haben sie den erkannt?

*

Klaudia meint, das sei eine schwierige Frage.

Erich findet, er habe sich bemüht. Mehr hätte er nicht geschafft.

Klaudia sieht ihn an.

„Reicht das nicht?"

„Vielleicht", antwortet er. „Aber ich hätte gerne die Welt verändert. Damit die Menschen streiten, aber einander nicht hassen."

Klaudia sieht ihn zärtlich an.

„Du mit deinen Idealen. Schön sind die. Aber sie sind so weit entfernt von der Realität."

Weil er nur selten den letzten Satz anderen überlassen kann, antwortet er:

„Können sie nicht trotzdem wirklich werden?"

Klaudia nickt.

„Ja. Möglich ist vieles. Wir werden es vermutlich nicht erleben. Vielleicht die nächste Generation? Oder die übernächste? Oder?"

„Gar keine?"

Sie nickt.

„Kann sein. Wir werden es nicht erfahren."

Danke

In chronologischer Reihenfolge haben mich gerettet:
meine ALF (= AllerLiebsteFrau) Klaudia, die mich streng
zu diversen Untersuchungen schickte und mich begleitete
und immer an meiner Seite war, ab tatsächlich oder, als
Corona Besuche verbat, per digitalen Medien;

Dr. Iris Emshoff, die den schlimmen, beinahe tödlich
gewordenen Fehler ihres Vorgängers mit Bravour korri-
gierte;

die Ärzte im 2. Stock der Uni-Klinik Innsbruck, Dr.
Schmidt, Dr. Feistritzer und die netten Pflegerinnnen
dort;

meine Tochter Nina, die mir leibhaftig beistehen wollte,
was Corona und der Lockdown verhinderten;

die Ärzte im 9. Stock, bei denen ich schließlich landete,
Prof. Nachbaur, immer präsent und mit Humor ausgestattet, Dr. Steiner, Dr. Köck und Dr. Hetzenauer samt
allen Pflegerinnen und Pflegern dort, die immer freundlich waren und sich Zeit für mich nahmen, ich fühlte
mich aufgehoben wie in meinem Zuhause;

und alle Freunde, die mir, Besuche waren verboten, per
Telefon beistanden und mir verzeihen müssen, dass ich
gar nicht redselig war, sondern froh, nicht viel reden zu
müssen.

Danke euch allen!

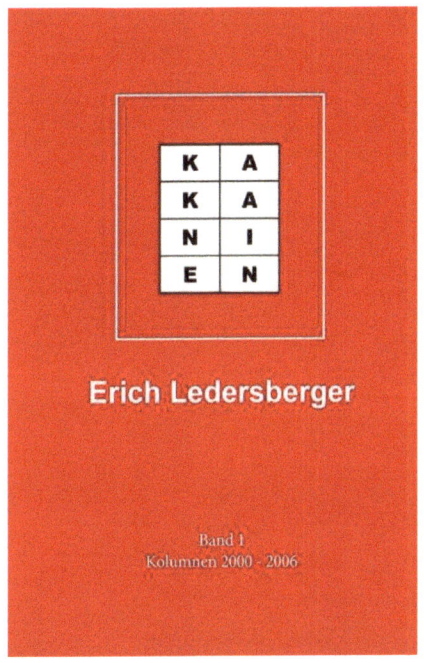

Die Kolumnen von Erich Ledersberger, teilweise in verschie-
denen Zeitschriften erschienen, beschreiben die real existie-
rende Wirklichkeit Österreichs und Europas.
Band 1 beinhaltet die Jahre 2000 - 2006.
Lesen Sie und spielen Sie: Was geschah im Dezember 2003?
Was geschah im Februar 2005? Sie werden überrascht sein, wie
viel Sie vergessen haben. Und wie bekannt Ihnen das alles in
der Gegenwart vorkommt.

Taschenbuch, 258 Seiten, 30 Fotos
ISBN-13: 9783744809887
erschienen 2023 bei BoD
€ 15,50

Erich Ledersberger

Als mein Ich
verschwand

Kurzgeschichten

12 Kurzgeschichten, Rezension in der Wiener Zeitung:
Schonungslos ehrlich
Zwölf Kurzgeschichten über die meist unausgesprochene Seite
des Ichs. Wenn Frau Schuster nach Jahren der lähmenden
Müdigkeit den Tod ihres Mannes als Befreiungsakt einer neuen
Jugend empfindet. Wenn Karin sich insgeheim ärgert, die glän-
zend schwarze Pistole des Vaters versteckt und dessen Mord-
pläne durchkreuzt zu haben. Dann …

Hardcover, 116 Seiten
ISBN-13: 9783744809887
erschienen 2017 bei BoD
€ 18,00

Erich Ledersberger

Ich bin so
VIELE

Kurzerzählungen

Neun gesammelte Kurzgeschichten erzählen in berührender und spannender Weise von dem, was man Leben nennt. Gnadenlos wird da zum Beispiel Gerlinde, die Checkerin, die als Marketing-Expertin jeden ihrer Kunden zu durchschauen glaubt, unvermittelt auf eine abgrundtiefe Fehleinschätzung gestoßen. Hartmut indes trinkt allzu oft zu viel Wein. Was er damit hinunterschwemmen möchte, ist ein Konvolut aus einst überengagierten Eltern.

Hardcover, 140 Seiten
ISBN-13: 9783735793805
erschienen 2014 bei BoD
€ 16,90

34 Haikus von Erich Ledersberger und
34 Radierungen von Ursula und
Dietmar Tiefengraber.

Hardcover, 76 Seiten
ISBN-13: 9783744800983
erschienen 2019 bei BoD
€ 18,00

Maria ist Opfer, Maria lebt ihr Leben.
Ein Frauenschicksal, wie es tausendmal gelebt wird.
Maria heiratet früh, denn nachdem sie beschlafen wurde, er-
wartet sie ein Kind.
Doch es ist vom falschen Mann. So leidet sie eine Existenz
lang, bis, ja bis das Leben sie trifft.
Umgeworfen, doch noch nicht entmutigt, setzt sie sich ins
Auto und fährt.
Der Süden ruft und erwartet wird Maria von einem Mann,
einer Tochter und Venedig.

Hardcover, 104 Seiten
ISBN-13: 9783752689594
erschienen 2021 bei BoD
€ 18,00

Erich Ledersberger

geb. 1951 in Wien,
Wirtschaftspädagoge und
Schriftsteller,
lebt in Innsbruck und Wien

Website (Blog) seit der
Jahrtausendwende
https://kakanien.eu/

Bücher
Maria fährt. – Erzählung
Kakanien Band 1 – Zeitgeschichte in Kolumnen
Fünf. Sieben. Fünf. – 34 Haiku mit 34 Bildern
von Ursula und Dietmar Tiefengraber
Ich bin so viele – Kurzgeschichten
Als mein Ich verschwand – Kurzgeschichten
Wiener Brut – Satiren über Wien
Schnitzel mit Beilage – Kurzgeschichten
Alles im Lot – Kurzgeschichten und Gedichte
Vorsicht, Glatteisgefahr – Gedichte